KB078285

관상왕의
1번룸

관상왕의 1번 룸 2

가프 장편 소설

초판 1쇄 찍은 날 § 2015년 5월 15일
초판 1쇄 펴낸 날 § 2015년 5월 22일

지은이 § 가프
펴낸이 § 서경석

편집책임 § 한준만

펴낸곳 § 도서출판 청어람
등록번호 § 제387-1999-000006호
등록일자 § 1999. 5. 31
어람번호 § 제1-2130호

주소 § 경기도 부천시 원미구 부일로 483번길 40 서경B/D 3F (우) 420-822
전화 § 032-656-4452 팩스 § 032-656-4453
http://www.chungeoram.com
E-mail § chungeorambook@daum.net

ISBN 979-11-316-90239-0 04810
ISBN 979-11-316-90237-6 (세트)

가프 장편 소설

관상왕의
1번룰

②

FUSION FANTASTIC STORY

도서출판
청어
람

CONTENTS

제1장

관상王이 되는 길

"우리 권재민 전문가 덕분에 제대로 챙겼는데 뽀지게 한 방 쏴야 하지 않겠어?"

키 큰 남자가 애널리스트라는 사람 옆에 앉아 박길제를 바라보았다.

"홍 부장이라고? 가서 내키는 대로 두어 병 들고 와. 방 사장님에게 대충 들어서 아니까 계산은 걱정하지 말고."

박길제의 입가에는 미소가 가시지 않았다.

"이야, 역시 시원하군. 이번에도 수십 장 챙겼지?"

키 큰 남자가 촐랑거리며 물었다.

"당연하지. 자그마치 5연상이었어. 모르긴 몰라도 길제가 작심하고 올인했으면 한 100억은 땡겼을걸?"

조용하던 안경도 입을 열었다.

"주식들 하시는군요?"

길모가 공손히 물었다.

"어? 홍 부장도 주식하나? 그럼 여기 박 팀장한테 잘 보이라고. 단돈 500만 원으로 100억대를 이룬 주식의 귀재이자 황제야."

키 큰 남자의 입에 침이 튀기 시작했다.

"황제는 무슨… 내가 날린 돈이 얼만데……."

슬쩍 겸손 모드에 돌입하는 박길제.

"하핫, 이거 왜 이래? 이번 작전도 자네 머리잖아? 난 솔직히 안 먹힐 줄 알고 중간에 세 장 꺼냈다가 다시 올라탔잖아? 그거만 아니었으면 큰 거 한두 장 더 먹는 건데."

"삼연상 시초가에 3만 주 내놓은 게 자네였군. 짐작은 하고 있었어."

박길제가 묵직한 핀잔을 던졌다.

"아무튼 이번에 개미들 제대로 털었지? 이게 전부 자네하고 우리 권재민 전문가 덕분이라니까."

키 큰 남자가 애널리스트를 향해 고개를 돌렸다.

"저도 실은 이번 작전으로 털린 개미가 두 명이나 한강에 가서 목숨 끊었다길래 좀 마음이 아프긴 합니다."

"그게 어째서 권 애널 때문이야? 그 새끼들도 다 돈 따먹자고 덤빈 거 아냐? 돈 놓고 돈 먹기인데 누굴 탓해?"

"하긴 그렇죠?"

애널이 물 잔을 들며 웃었다.

"그러니까 우리가 오늘 제대로 한잔해야 한다고. 금감원 새끼들도 눈치 못 까고 넘어갔으니 주머니 빵빵하게 채워준 개미들하고 저세상 간 두 개미의 명복을 위해서 달려보자고."

키 큰 남자는 의기양양했다.

개미 털기!

제대로 한 판 벌인 군상들의 파티 자리였다.

길모는 병당 300만 원짜리 꼬냑 두 병을 기본으로 세팅시켰다.

"그러니까 붕신이지. 미친 개미들. 제 놈들이 아무리 날고 뛰어봐? 여기 길제 같은 큰손 황제들이 벌여둔 판에서 거둬갈 게 있나?"

"자자자, 우리의 황제 박길제를 위하여!"

"다음 판에 털릴 개미들을 위하여!"

길모에게도 한 잔을 따라준 승자들이 축제를 벌이기 시작했다. 길모는 받은 잔을 비운 후에 룸의 주빈으로 보이는 박길제에게 한 잔을 따라주고 밖으로 나왔다.

박길제.

뒤통수가 끌렸다. 왜 이렇게 계속 마음에 밟히는 걸까? 주식판에서 털리고 자살을 택했다는 두 명의 개미. 새삼 처음 듣는 일도 아니었다. 그럼에도 불구하고 수많은 개미들이 오늘도 주식판에 기웃거린다. 그러나 재미 보기 어렵다.

주식의 본질은 돈 놓고 돈 먹기. 그렇다면 그 판의 주인공은 개미가 아니라 판을 좌우하는 저런 작전 큰형님 세력들이기 때문이었다.

길모는 복도 맨 뒤 구석에 놓인 노트북 앞에 앉았다.

검색을 하려는데 엉뚱한 팝업 광고가 보였다.

'뭐야?'

창을 닫았지만 닫히지 않았다. 한 번 더 클릭하자 이번에는
사룡공원이 떠올랐다.

'사룡공원? 이건 공원묘지인데 재수없게스리… 또 어떤 인간
이 야동 보다가 바이러스라도 먹은 거야?'

짜증이 살짝 창조되려 할 때 다행히도 팝업이 사라졌다.

검색을 하니 자살한 두 개미의 딱한 사연이 나왔다. 두 사람
은 난생 처음 주식판에 들어왔다. 견실한 지인의 추천이 결정타
였다. 은행 이자보다 짭짤한 재미를 보자 빚까지 땡겼다. 한 판
제대로 벌려다가 제대로 인생을 종친 것이다.

안타까운 건 그들 가족이었다. 세력에 놀아난 순진한 가장 덕
분에 집도 넘어가 길바닥에 나앉을 운명. 그중 한 개미에게는
투병하는 노부모까지 딸려 있었다.

'저것들도 인간쓰레기들이군.'

그사이에 담배를 가지고 들어간 장호가 룸에서 나왔다.

[형.]

"왜?"

[저 인간들 인간 말종이에요. 아주 대놓고 사람 벗겨 먹나 본
데요?]

"나도 알아."

[주식이 그렇게 더러운 건 줄 몰랐어요.]

"온갖 미화를 해봤자 본질은 도박이니까."

[난 주식이 저축 비슷한 건 줄 알았는데.]

그건 길모도 그랬었다. 주식은 '절대' 도박이 아니다. 그걸 사면 기업에 보탬이 되고 기업도 투명, 건전해진다. 잘하면 돈까지 벌 수 있는 숭고한 투자다. 그게 길모의 주식관이었다.

그걸 깬 건 방 사장이었다. 몇 해 전이었던가? 방 사장도 한몫을 잡았다. 손님 중 한 사람이 저희들이 작전을 걸기 직전에 소위 유망 종목이라며 찍어주었던 것이다. 5천만 원을 투자한 방 사장은 일주일 만에 자그마치 2천만 원을 거둬들였다.

그게 독이었다. 주식에 재미를 붙인 방 사장은 수억을 투자했다. 반년 후, 그 돈은 정확히 반토막으로 잘려 나갔다. 되로 받고 말로 쏟은 것이다. 그 후로 방 사장은 여의도 쪽으로 오줌도 싸지 않는다.

[아무튼 형 들어오래요.]

"그래?"

[2차 부탁할 눈치예요.]

2차!

룸싸롱에 들어온 한량들의 마지막 로망(?).

텐프로에는 2차가 없다는 걸 알고 오지만 그렇기 때문에 더욱 2차를 찔러보는 손님들이 많았다. 안 되는 곳에서의 2차. 자신의 능력을 과시하고 싶은 것이다.

"부르셨습니까?"

길모가 들어섰을 때 하필이면 손님들이 애널에게 사례를 하고 있었다. 길모는 잠시 투명인간 모드로 서 있었다. 손님들이 각자 내민 건 골드바 같았다.

돈을 받고 개미를 유혹하는 애널리스트. 아마 전문가랍시고 증권 방송이나 유력 일간지, 자기 까페 등을 통해 작전 종목을 띄웠을 것이다. 번지르르한 기업 분석과 이론을 덧붙여서…….

애널이 굽신 인사를 하고 골드바를 챙겼다. 입이 찢어질 듯한 기세다. 솔직히, 길모는 확 달려들어서 벌어진 입을 그대로 쭉 찢어놓고 싶었다.

'개미의 한숨과 혼을 뽑아 만든 금덩이…….'

길모의 귀에 소액투자자들의 한숨 소리가 들려왔다. 세상은 너무 뒤틀렸다. 너무나 간단하게 돈을 버는 저 인간들. 저들 주머니가 빵빵해지는 만큼 민초들의 눈물은 늘어나는 것이다.

"어이, 홍 부장!"

박길제는 그제야 길모를 불렀다.

"예!"

"우리 권 애널 말이야……."

길모를 당겨 귀엣말을 하는 박길제. 뒷말은 안 들어도 알 수 있었다.

2차!

강남 텐프로에서 2차를 가려면 아가씨 기본이 보통 200만 원이다. 물론 아가씨의 사이즈나 성향에 따라서는 더 많은 돈을 써야 한다. 얼마가 한도일까? 그런 건 없다.

길모는 부드러운 미소로 고개를 저었다.

"안 돼?"

"죄송하지만 우리 가게는 2차가 없습니다."

"이 친구 꽉 막혔네? 아, 대한민국에서 돈으로 안 되는 일이 어디 있어?"

박길제가 미간을 찡그렸다. 잘난 프라이드에 상처를 입었다는 표시였다.

"죄송합니다."

"500!"

"안 됩니다."

"700."

"죄송합니다."

"그럼 천!"

"……."

"천 콜?"

"콜 받지요. 대신……."

길모는 정중하게 뒷말을 이었다.

"여기 있는 아가씨들은 원래 2차가 없으니까 제가 다른 멋진 아가씨로 엮어드리겠습니다."

"오케이, 이제야 말 좀 통하는군."

자존심을 과시한 박길제가 길모의 등을 토닥거리며 위세를 뽐었다.

"이야, 오늘 박 팀장이 제대로 쏘네?"

"야, 길제 금고에 든 돈이 얼만데 그러냐? 천만 원은 재한테 껌이다, 껌!"

박길제의 일행들이 한마디씩 보태왔다.

'금고!'

길모의 귀가 자석처럼 그 단어로 쏠렸다.

"아니, 은행을 이용하지 않고 불편하게 금고를 쓰십니까?"

길모가 슬쩍 물었다.

"어이, 모르는 소리 말라고. 요즘 제대로 된 부자들은 세금 무서워서 전부 현찰 박치기야. 우리 박 팀장도 금고 열 개 채우는 게 목표잖아?"

금고 열 개?

그렇다면 지금도 몇 개는 채웠다는 얘기.

길모의 피가 보글보글, 라면 물 담은 냄비처럼 끓기 시작했다.

"당연하지. 앞으로 한 삼 년만 잘 굴리면 열 개 문제없다."

박길제가 남은 양주를 넘기며 대답했다.

"야, 나도 쓸 만한 금고 하나 추천해 줘라. 네 금고는 핵폭탄이 터지고 집이 홀랑 타도 끄떡없는 거라며?"

키 큰 남자가 고개를 디밀었다.

"요즘 최신형 금고 좋은 거 많다. 그러니까 다음에 내가 아이템 하나 발굴하면 협조나 제대로 해라. 이번처럼 중간에 변심하면 국물도 없다."

"오케바리!"

다시 거국적으로 건배하는 그들을 두고 길모가 나왔다. 길모는 전화를 꺼내 다찌방을 전문으로 하는 친구를 찾았다.

"사이즈 좀 제대로 나오는 애 하나 있냐?"

다찌방은 일본인 관광객을 전문으로 상대하는 보도방이다. 당연히 2차를 뛰는 아가씨들도 많았다. 당연히, 퀄리티는 꽤 떨어진다.

ㅡ한 명 있긴 한데 요즘 몸이 안 좋아.

"STD?"

—응!

STD는 성병을 의미한다. 성병에 걸리면 당연히 치료가 끝날 때까지 유흥업소에 종사할 수 없다. 하지만 그건 그냥 보건당국의 규정에 불과하다. 아가씨들은 누구처럼 금고에 돈을 쌓아놓고 탱자탱자 사는 사람들이 아니다.

"그럼 더 잘됐다. 그 아가씨 콜이다."

길모는 전화를 끊었다. 원래 얘들을 대타로 투입하면 몇 십만 원이면 가능하다. 하지만 오늘은 꽃값의 절반을 줄 생각이었다. 개미들에게 사기 친 인간들에게 성병 전파를 하는 숭고한 임무 달성을 위해서.

매상은 좋았다. 이번에도 천만 원 가까운 입금증을 손에 쥐었다. 대박이었다. 길모는 흥분했지만 이번에는 매상 때문이 아니었다.

박길제.

그 인간 때문이었다.

길모는 박길제의 세단 운전에 장호를 투입했다. 집을 알아내야 했다.

"안녕히갑쇼!"

길모가 허리를 접음으로써 손님 응대를 끝냈다.

후웅!

길모는 아직도 울림을 내고 있는 오른손을 보았다. 박길제. 손이 그를 원하고 있었다. 아니, 그의 금고를 원하고 있었다.

장호는 30분 후쯤에 택시를 타고 돌아왔다.

"머냐?"

[장충동이오.]

그리 멀지 않았다.

"집은?"

[마당 딸린 단독주택요.]

조건도 나쁘지 않았다.

길모는 유나와 승아를 통해 들은 정보를 종합했다. 박길제는 2남을 둔 40대 후반의 가장. 아들 둘은 캐나다 유학 중. 따라서 와이프가 해외에 나가는 날이 많았다.

이틀 후부터 홀아비 됨.

그 말은 이틀 후에 와이프가 외국에 나간다는 뜻. 그렇다면 디데이는 이틀 후가 좋았다.

'오냐, 이틀만 기다려라. 내가 제대로 손봐주마.'

길모는 후끈 달아오른 마음을 진정시켰다. 그때였다. 저벅, 발소리와 함께 손님이 계단을 내려섰다.

"홍길모 씨?"

문 앞에 선 남자가 거침없이 길모의 이름을 불렀다. 훤칠한 키에 묵직하게 눌러쓴 검은 선글라스. 한순간 길모의 뇌리에 까닭모를 불길함이 스쳐 갔다.

'혹시 검찰?'

그런 생각이 든 건 금고 때문이었다. 뉴스에 나지는 않지만 혹시라도 알 수 없는 일이었다. 하지만 다행히 검찰은 아니었다.

"내가 올 줄 몰랐습니까?"

여전히 어리둥절해 하는 길모에게, 남자가 물었다.

"예약… 하셨나요?"

"그럴 걸요."

"그럼 혹시 신약 개발실의 양 실장님?"

길모는 머리를 짜내며 나지막이 물었다. 며칠 동안 온갖 데다 호객 낚시를 던졌던 길모. 그러니 그중 누구인 줄 모르는 것도 당연한 일이었다.

"룸에 들어가서 얘기했으면 합니다만."

"……."

"들어가야 합니다."

남자의 목소리는 단정적이었다. 한순간, 길모와 그는 입장이 뒤바뀐 것처럼 보였다.

[형.]

엉거주춤 서 있던 장호가 슬쩍 옆구리를 찔러왔다.

"일단 모셔라!"

길모의 입에서 지시가 떨어졌다.

장호가 손님을 1번 룸으로 모시자 길모는 짱구를 굴리기 시작했다. 누구일까? 한 번도 본 적 없는 사람. 그러면서도 아주 낯선 느낌도 아니었다.

'기시감……'

그 생각을 하자 불현듯 윤호영이 스쳐 갔다. 그보다 더 기시 감이 들 인간이 누구란 말인가? 생각이 거기에 이르자 공연히 모골이 송연해졌다.

'에이, 누구면 어때? 누가 오든 손님은 손님이지.'

편하게 생각하기로 한 길모. 활기차게 1번 룸의 문을 열었다.
길모가 들어서자 남자는 천천히 선글라스를 벗었다. 순간, 길모
는 다시 머리카락이 쭈뼛 서는 걸 느꼈다. 아무래도 처음 보는
사람 같지는 않은 것이다.

"나 모르겠습니까?"

남자는 한마디 한마디를 꼭꼭 눌러가며 물었다.

"죄송합니다. 제가 요즘 좀 정신없이 바빠서……."

"그럼 이 이름은 알겠지요."

'이름?'

남자는 길모의 눈을 뽑아낼 듯 바라보며 뒷말을 이었다.

"윤호영!"

윤호영! 도플갱어.

순간 길모는 심장의 피가 확 굳어버리는 걸 느꼈다.

윤호영을 알다니?

이 인간은 대체 누구?

*   *   *

홍길모.

그리고 노은철.

물 잔을 놓은 두 사람 사이에 침묵이 지질리듯 내려앉았다.
둘의 눈빛은 소리 없이 허공에서 충돌했다. 길모의 머리가 빠르
게 돌아갔다. 혹시 보상금 받아갔다는 그 친척?

"실례지만 누구신지요?"

길모의 목소리가 낮게 깔렸다. 손님을 맞이하는 웨이터가 아니라 밤의 거친 세계를 살아온 수컷의 생존본능, 그것이었다.

"노은철!"

'노은철?

"내가 누군지 맞춰 봐요."

은철은 다리를 꼬며 길모에게 요구했다. 분명, 요구였다.

"내가 왜 그래야 하지?"

길모의 각이 조금 더 사납게 잡혔다. 그만큼 신경도 곤두선 상태였다.

"그게 당신의 운명이니까."

'운명?

그 한마디가 길모의 폐부를 깊숙이 찌르고 들어왔다. 길모는 당황스럽지만 은철은 지독히도 담담했다. 아니, 오히려 상황을 즐기는 거 같았다.

"당신, 나를 알아?"

"알기도 모르기도……."

은철의 기세는 변함이 없다. 그저 은근히 압박할 뿐이다.

"싫다면?"

"그건 당신이 결정할 문제가 아니야."

"무슨 헛소리야?"

"정말 나를 몰라?"

은철의 눈자위가 구겨지기 시작했다.

"그러니까 내가 왜 당신 요구에 따라야 하냐는 거지."

"말했잖아. 그게 당신의 운명이라고!"

은철이 잘라 말했다.

다시 한 번 허공에서 충돌하는 두 사람의 눈빛. 이번에는 길모의 눈살이 일그러졌다.

이 인간… 본 적이 있다.

아니야. 본 건 아니야.

하지만 그러면서도… 멀고도 가까운 기억~ 먼 타인이자 가까운 연인 같은 애달픈 느낌…….

'히익!'

길모는 연인이라는 단어 때문에 제 풀에 놀라 움찔 흔들렸다. 은철은 그걸 놓치지 않았다.

"생각이 났나?"

"뭐, 뭐가 말이야?"

"내가 누구인지…….."

소리도 없이 일어서 은철이 길모에게 다가섰다.

"왜, 왜 이래?"

섬뜩했다. 싸움에도 이골이 났겠다, 유흥가 주변 폭력배들에게 익숙해지면서 도무지 두려울 것이 없던 길모. 그런 길모였지만 등줄기에서 땀이 쏟아지고 있었다.

"말해. 당신보다 궁금한 건 나니까."

은철의 검지가 길모의 턱을 쓸었다. 길모는 단박에 밀쳐 내고 싶었지만 그러지 못했다. 눈과 오른손이 말을 듣지 않는 것이다.

"말도 안 되는 일이야."

길모가 고개를 저었다.

"말하라고!"

은철의 숨결이 고스란히 길모에게 닿았다. 그러자 길모의 입이 저절로 열려 버렸다.

"마치 옛 연인 같은……."

거기까지 말하고, 길모는 얼른 입을 막았다. 이 무슨 해괴한 상황이란 말인가? 하지만 그 말과 함께 강철처럼 단단하던 손님의 시선이 푹 꺼져 내렸다.

"하느님, 맙소사!"

은철은 그 자리에 주저앉았다.

"……?"

"말도 안 돼. 말도 안 돼. 진짜 이런 일이 일어나다니!"

은철은 고개를 저으며 소리 없이 울먹였다. 돌변한 상황에 길모는 그저 바라볼 뿐이었다.

"당신… 대체 뭐야? 누구냐고?"

겨우 정신을 가다듬은 길모가 물었다.

"노은철."

"이름 말고. 네 진짜 정체가 뭐냐고!"

"윤호영!"

"……?"

"나를 당신에게 보낸 사람."

"……."

"그리고 그와 정신적으로 교감하던 분신이자 전부!"

쾅!

콰광!

길모의 뇌리에 연속 뇌성이 울렸다. 정신적 교감? 그렇다면

진짜 연인? 그것도 남자끼리? 그러자 지하방에서 보았던 윤호
영의 꼴사나운 소지품들이 줄지어 스쳐 갔다. 실크 팬티와 야시
시 잠자리 팬티, 그리고 손바닥만 한 삼각팬티들…….

'닝기리조또.'

황당한 마음에 욕설이 들끓었다. 하지만 그보다 더 궁금한 게
있었다.

나를 당신에게 보낸 사람.

이 무슨 괴상망측하고 심오한 뜻인가?

윤호영 이 인간이 자기 애인까지 길모에게 물려준다는 거란
말인가? 아니, 그보다도 길모의 직장을 어떻게 알고 보냈단 말
인가?

"일어나, 일어나라고!"

심사가 뒤틀린 길모가 은철을 일으켜 세웠다.

"사기 치지 말고 똑바로 말해. 너 대체 정체가 뭐야? 그리고
여긴 어떻게 알고 왔어?"

길모는 은철의 옷깃을 쥐고 흔들었다. 은철은 속절없이 흔들
렸다. 저항도 하지 않았다. 하지만 그건 몸뚱아리에만 국한되어
있었다. 눈빛은 한 점의 흔들림도 없는 것이다.

"묻고 싶은 건 나야. 당신, 대체 윤호영과 무슨 일이 있었던
거지?"

은철이 눈빛을 세우며 물었다. 처음처럼 날이 잔뜩 선 사자의
눈빛이었다.

"그, 그걸 왜 묻는데?"

"둘이 만났지? 그리고 호영이가 뭔가를 주고 갔지?"

"알… 아?"

은철의 기세에 눌린 길모가 새된 소리를 냈다.

"그랬겠지. 당연히 그랬겠지. 운명의 부름을 완성해야 한다고 내 만류에도 불구하고 태국으로 날아간 인간이었으니까."

은철의 목소리에서 한숨이 섞여 나왔다. 그는 고조된 감정을 추스르며 말을 이었다.

"그놈이 보낸 예약 이메일이 그저께서야 들어왔다. 하나도 믿기지 않았지만 사고 대책 본부에서 당신을 확인하는 순간 믿을 수밖에 없었어. 도플갱어… 자기와 똑같은 인간이 지구에 있다고 하더니 그것까지 적중하다니… 그놈은 대체……."

"……?"

"거기서 당신 거처를 알았어. 그래서 찾아온 거고."

"그러니까 당신이 윤호영의 친구라는 거야, 애인이라는 거야?"

"어쩌면 둘 다."

"윤호영, 호모였나?"

결국 묻고 말았다. 길모는 궁금했다.

"천박한 소리. 우린 그저 정신적으로 교감했을 뿐 네가 생각하는 것처럼 세속적인 관계가 아니야."

"좋아. 그럼 나를 왜 찾아온 거냐?"

"걱정 마. 윤호영이 당신에게 준 능력을 뺏으려고 온 건 아니니까."

"그것도 알아?"

"호영이 다 언질해 주었으니까."

"……."

"내가 찾아온 건 그 반대야."

'반대?'

"당신을 업그레이드시키기 위해. 윤호영의 뜻대로!"

"무슨 헛소리야?"

길모가 목청을 높였다.

"신기의 눈, 신기의 손. 그래도 헛소린가?"

"……?"

"호영이가 혼과 바꾼 능력을 당신에게 주었지? 하지만 그건 시작에 불과해."

"이봐!"

"신기의 눈, 신기의 손. 하지만 뭔가 아쉬움도 있겠지?"

은철은 길모를 뚫어져라 바라보며 뒷말을 이었다.

"내일 모레가 윤호영의 사십구재라는 건 알고 있나?"

"내가 왜 그걸 알아야 하는데?"

"실망스럽군. 호영의 일부를 차지하고 있으면서 그런 말을 하다니."

"……."

"복사를 한 듯이 똑같이 생겼지만 성향은 완전 반대로군. 좋아. 그렇다면 당신이 내 말을 죄다 들어줄 리 없겠군. 윤호영조차도 마지막에는 내 말을 따르지 않았으니."

"……."

"아무튼 호영의 뜻이니 전해주지. 모레, 자정이 되기 전에 사룡공원으로 가."

"내가 왜?"

물컵을 들었던 길모가 컵을 내려놓으며 인상을 구겼다.

"거기 가면 호영의 혼이 너를 안내할 거야. 거기서 당신은 뱀에서 용으로 승천하는 거야. 사룡공원. 지상의 뱀들이, 이무기들이 용이 되어 승천하는 곳."

"이봐!"

"절대 헛소리 아니니까 잘 들어. 이건 내 뜻이 아니라 윤호영의 뜻이야!"

은철의 목소리는 칼날처럼 단호해졌다.

"게다가 이메일대로라면 당신은 이미 그의 정신을 받들고 있겠지."

"그의 정신이라니?"

"법장마의달마법상상상법!"

쾅!

은철의 한마디가 다시 한 번 길모의 뇌리에 벼락을 꽂았다. 그걸 알다니? 그걸 어떻게?

"그리고 접악제빈!"

'접악제빈까지?'

"호영의 뜻대로라면 당신은 이미 '미션 접'과 '미션 악'을 수행했겠군. 그런가?"

'이, 이 새끼……'

"그리고 착하게도 미션 중에 자신의 잇속은 차리지 않았을 테고?"

"……?"

"만약 당신 잇속을 차렸더라면 당신은 방금 끝났을 거야."

은철은 길모 앞에 놓인 물컵을 집어 들며 말을 이었다.

"입구에 수족관이 있더군. 미안하지만 붕어 한 마리만 가져 오라고 해줘."

"……."

"어서!"

은철이 소리치자 길모는 장호를 시켰다. 장호가 금붕어 한 마리를 건져오자 은철은 그걸 물컵에 넣었다. 그러자 붕어는 바로 색깔이 변하며 죽어버렸다.

"복어 독을 넣었다. 호영이 말이 당신이 제 잇속을 차렸으면 이걸 홀짝 마실 거라고 하더군. 그럼 당신이 붕어꼴이 되었겠지."

'으윽!'

한 치의 오차도 없는 무서운 예측. 길모의 눈동자는 무너질 듯 위태롭게 흔들렸다.

윤호영, 49재, 그리고 겁악제빈, 두 개의 미션!

길모는 아찔했다. 튼실한 종아리조차 후들거렸다. 그게 다 정해진 일이었다니? 윤호영은 다 알고 있었다니? 이 어찌 가공스럽지 않으랴?

"오늘쯤이면 세 번째 미션의 주인공이랑 마주쳤겠지?"

은철의 말은 위태로운 길모의 눈빛을 뚫고 들어왔다.

겁악제빈! 박길제!

그랬다.

방금 전 다녀간 주식의 큰손. 그가 바로 박길제였다.

"말도 안 돼……."

길모는 휘청거리는 몸을 벽에 의지해 지탱했다. 영화가 아니다. 그렇다고 드라마도 아니었다. 어떻게 현실에서, 그것도 죽은 사람이 이토록 정확하게 미래를 예견할 수 있단 말인가?

"말 돼!"

헐떡이는 길모의 호흡 속으로 은철의 목소리가 따라 들어왔다.

"어떻게… 어떻게?"

"당신은 하늘이 내린 적임자!"

"……."

"호영이 그렇게 말했어. 몸이 약한 호영이 얻은 능력을 강력한 육체를 가진 당신에게 결합시키면 그가 바라던 소프트웨어와 하드웨어의 결합이 완성된다고."

"완성?"

"그럼 부패하고 야비한 방법으로 돈을 끌어모은 사람들을 응징해 억울하고 정의로운 사람들을 도울 수 있다고."

"홍길동, 장길산, 임꺽정?"

"맞아. 그들처럼 의로운 힘을 가지고 약자를 돕는 사람. 겁악제빈의 완성을 위해 혼을 주고 산 능력을 당신에게 주었을 테니까."

"혼이라니?"

"호영의 집에서 CD를 가져갔다고 들었는데?"

'CD?'

"그는 인간의 능력으로 이룰 수 없는 것을 이루기 위해 자신을 희생한 거야. 한 번은 중국에서 한 번은 태국에서."

"그런 초능력이 있다면 왜 굳이 태국에서 나를 만난 거지? 이 가게로 찾아올 수도 있었을 텐데?"

"매사에는 타이밍이 있는 거지 당신은 거기에서만 호영을 받아들일 상황이 되었던 거야."

상황!

인정할 수밖에 없었다. 길모는 자살을 하러 갔었다. 그만큼 절박하고 초연했었다. 만약 윤호영이 카날리아로 찾아와 헛수작을 벌였다면 양주병으로 꿀통을 찍었을 게 뻔했다.

"받아!"

은철이 명함 한 장을 날려주었다.

헤르프메 대표간사 미카엘 짱가─노은철.

'헤르프메?'

첫 번째 단어부터 아슴푸레한 기억이 길모의 머리를 관통하고 지나갔다. 어디서 봤을까? 이어 두 번째 단어 또한 머릿속으로 우겨 들어왔다.

짱가!

이건 또 무슨 운명의 장난인가? 두 번째 금고를 연 돈을 보낼 때 썼던 이름 짱가. 그걸 떡하니 이 인간이 사용하고 있는 것이다.

"명심해. 사십구재의 자정 이전."

"……?"

생각이 많아, 길모는 뭐라고 답하지 못했다.

"그걸 넘기면 당신 능력은 여기서 멈춘다는 거. 그리고……."

은철은 옷깃을 여미며 말꼬리를 이었다.

"그건 호영의 뜻이 아니라는 거!"

"이봐!"

"그 증거로 당신은 세 번째 미션을 통과할 수 없을 거야. 사룡공원을 다녀오기 전에는."

"헐~!"

"핵심은 다 전했어. 이제부터는 헤르프메의 대표로서 한마디 하지."

은철이 고개를 들었다. 그러자 분위기가 달라졌다. 조금 전까지 팽팽하던 긴장과 비장미는 사라지고 온화함과 숭고함이 깃든 얼굴이었다.

"나는 당신을 잘 몰라. 어쩌면 사회 시스템의 낙오자나 불만자일 수도 있고 그냥 저냥 순응해 살아가는 소시민일 수도 있지."

순응은 쥐뿔. 길모는 그렇게 쏘아붙이려다 그만두었다. 일단은 들어보는 게 좋을 거 같았다.

"대한민국은 민주공화국이라더군. 비교적 사회 체제가 잘 작동하고 있지. 하지만 완벽한 건 아니야. 그건 어떤 체제도 마찬가지라고 할 수 있지."

은철은 세련된 화술로 말을 이었다. 거역하기 어려운 힘과 고상함이 깃든 목소리. 아까와는 딴판이었다.

"대저 자본주의가 만개하면 그에 따르는 그림자도 깊은 법. 소득 재분배 시스템까지 있지만 틈도 많고 허술하지. 그건 누가 바로 잡을까?"

누가?

은철의 시선이 길모를 압박해 왔다.

"윤호영이?"

주목하던 길모가 입을 열었다. 그건 파타야에서 일어난 일련의 사건 이후로 체감하던 느낌이었다.

"맞아. 이 삭막한 지구별 대한민국에 그런 사람 하나쯤 있어도 멋지지 않을까? 법망 안에서 교묘하게 사람들을 등치는 악당들을 털거나, 자기 운명을 알고 싶어 목말라하는 부자들의 길잡이가 되어 얻은 돈으로 왜곡된 부의 재분배를 행하는 슈퍼맨. 그리하여 그 돈으로 투명하고 깨끗한 재단을 만들어 좌절한 사람들에게 꿈을 갖게 하는 것. 그게 윤호영이 꿈꾸던 삶이었어."

"했나?"

길모는 그게 궁금했다. 몸이 약하다고 해도 능력은 기묘했던 그. 그러니 이미 몇 번은 탐욕스러운 인간의 금고를 열어 사회에 환원했을 수도 있었다.

"했지!"

"……?"

"당신을 통해 두 번!"

"장난하자는 게 아니거든."

"장난 아니야. 이미 그는 당신이고 당신은 그니까!"

"……."

"만약 당신이 내 말을 믿고 사룡공원을 다녀온다면 다시 연락해. 한 가지 더 알려줄 일이 있으니까."

'한 가지 더?'

"그럼 이만……."

은철이 돌아섰다. 잔뜩 고조된 탓일까? 발소리도 문소리도 들리지 않았다. 멍한 길모의 정신줄을 잡아세운 건 장호가 흔든 방울 소리였다.

딸랑!

                    *   *   *

[손님 갔어요.]

"……."

[그리고 손님 왔어요.]

비실거리던 길모의 정신은 단숨에 제자리로 돌아왔다. 손님
은 왕. 그러니 자다가도 깰 이름이었다. 길모는 음료수를 두 병
연타로 까 마시고 정신줄을 똑바로 세웠다.

손님은 광고 회사 이 실장의 선배 조 사장이었다. 이 실장의
소개를 받고 온 모양이었다. 중견 기업가인 그는 참모 이사와
갓 중년에 접어든 아들을 이끌고 들어왔다.

새 사업 아이템.

그는 방문한 목적이 있었다. 새로운 블루 오션을 찾는 중에
길모가 용하다는 소식을 전해들은 것.

'아뿔싸!'

슬쩍 관상을 본 길모는 고개를 저었다.

'이마의 중앙에서 뻗치기 시작한 검은 라인과 눈의 흰자위에
서린 격자…….'

좌절할 상에 더해 교도소에 갈 운이었다.

"죄송합니다만……."

길모는 기업가를 바라보며 조용히 뒷말을 이었다.

"새로운 사업은 좀 더 시간을 두고 추진하시는 게 좋을 듯합
니다."

"홍 부장, 이건 이미 여기저기 논의가 된 일이라네. 홍 부장 말은 그냥 참고용이니까 사장님께 어울리는 아이템만 짚어주면 돼."

이사가 넌지시 끼어들었다.

"그래도……."

"오라, 우리가 비싼 술을 안 시켜서 그런가? 그럼 최고 비싼 걸로 가지고 와요."

이사 옆에 있던 기업가의 아들까지 거들고 나섰다.

"술 때문이 아닙니다. 술은 편하게 드시고 모자라시거든 또 시키셔도 됩니다."

길모는 정중하게 응대했다. 액운이 든 사람의 주머니는 털고 싶지 않았다.

"자네, 뭔가 좋지 않은 모양이군?"

기업가가 길모를 바라보았다. 산전수전 다 겪은 나이답게 눈치가 빠른 사람이었다.

"……."

"김 이사하고 너는 잠깐 나가 있거라."

기업가가 두 사람을 물렸다.

"이제 말해보시게. 뭐가 문제인지……."

"그게……."

"어허, 홍 부장 실력은 이 실장에게 들어서 알고 있어요. 그 친구가 최고로 꼽는 백 거사도 홍 부장 앞에서 두 손을 들었다던데 웬 겸손?"

"겸손이 아닙니다."

"나쁘면 나쁜 대로 말하시게. 그걸 듣자고 일부러 찾아온 거 아닌가?"

조용히 다그친다. 이렇게 되면 입을 열지 않을 수 없는 길모.

"그럼 말씀드리겠습니다."

"진작 그러실 것이지."

기업가는 하대하지만, 공손했다. 다 길모의 관상 실력 때문이었다. 그렇지 않고서야 번듯한 큰손들이 길모를 대우할 까닭이 없었다.

"말씀드린 대로 새 사업 진출은 하지 않는 게 좋습니다. 하지만 부득이 하셔야 한다면 아드님에게 추진을 맡기십시오."

"우리 아들? 조 이사 말인가?"

"여기 계시던 분이 아드님 맞지요? 그분이 하시면 위험 부담이 덜어질 겁니다."

"내가 하면 안 되는 이유가 있나?"

"……."

"홍 부장!"

"송구하지만 사장님은 아무래도 옥고를 치른 후에야……."

"……!"

왈칵!

룸 문이 거칠게 열린 건 그때였다.

"아니, 이 친구가 돌았나? 내가 밖에서 들었는데 옥고가 어찌고 저째?"

이사가 핏대를 올리며 달려들었다.

"김 이사!"

바로 사장의 호통이 쏟아졌다. 그제야 김 이사는 흥분을 가라

앉혔다.

"술 주시게. 복채를 내야 하니까. 그전 이 실장이 마셨던 그
대로 세팅해 주게나."

"그냥 좋아하시는 술을 드셔도 괜찮습니다."

"아닐세. 공짜로 점을 보면 효험이 없지 않나?"

"제가 드린 말씀은 오히려 효험이 없는 게……."

"괜찮네. 나 그렇게 쫌팽이 아니야."

조 사장이 온화하게 말했다.

복도로 나온 길모는 장호에게 오더를 내렸다. 그러자 장호가
등 뒤를 가리켰다. 돌아보니 조 사장의 아들, 조 이사가 서 있었
다. 조 이사가 묻기에 룸에서 말한 대로 이야기를 전했다. 어차
피 룸에 들어가면 다 알 일이니 감출 것도 없었다.

"아버님이 머잖아 옥고를 치를 관상이다?"

"……."

"후유~!"

조 이사는 이러쿵저러쿵 캐묻지 않고 한숨과 함께 룸으로 들
어갔다.

"이모, 안주 좀 맛있게 해주세요. 처음 온 손님이거든요."

길모는 주방을 향해 외쳤다. 처음이지만 어쩌면 다시는 안 올
지도 모르는 손님. 이 밤만은 다 잊고 한바탕 걸쭉하게 마시다
갔으면 하는 바람이었다.

*　　　*　　　*

'박길제!'

한잠 곤하게 자고 일어난 길모의 머리에 그 이름이 뱅글뱅글 돌았다. 오늘은 그의 와이프가 집을 비우는 날. 그렇다면 금고를 열기에 맞춤한 날이었다.

하늘이 도왔는지 첫 손님 예약이 9시 반으로 잡혔다. 이번 손님은 전화 마케팅으로 건진 손님이었다. 길모는 승아와 유나에게 꽃단장을 지시하고 주차장으로 나왔다.

[형!]

이미 오토바이에 올라앉은 장호가 수화를 그렸다.

"잠깐만!"

참새가 방앗간을 그냥 지나가랴? 더구나 출정길에 나서는 길모. 아무래도 이런 일에 류설화의 음료수가 빠질 수 없었다.

"고맙습니다."

길모는 봉지를 대충 받아 들고 돌아섰다.

"홍 부장님, 잔돈 가져가야죠,"

하마터면 '팁이야'라고 말할 뻔했다.

길모는 재빨리 입을 틀어막고 잔돈을 받았다. 그새 류설화는 다시 조제 모드에 돌입해 있다. 슬쩍 안을 보니 주인이자 사장인 마 약사는 빈둥빈둥 놀고 있다. 마음 같아서는 음료 박스로 확 대머리를 찍고 싶지만 참았다.

음료 두 개를 까 넣은 길모. 헬멧을 쓰고 장호 뒤에 올라탔다.

[이제 고고싱이에요?]

"당근이지!"

[형은 그 음료 질리지도 않아요?]

"왜?"

[맨날 그거만 사니까 그러죠. 요즘은 비타 990이 유행이거든요.]

"얌마, 음료도 약이다. 그러니 약사님이 권한 걸 마셔야지."

길모가 근엄하게 말했다. 사실이 그랬다. 류설화가 처음 온 날, 음료수 달라는 길모에게 준 음료가 바로 그거였다. 그날부터 길모는 오직 '한 가지' 음료만 샀다. 비가 오나 눈이 오나.

부릉!

장호가 기어를 당겼다. 오토바이는 허공을 긁는 말처럼 앞 바퀴를 들더니 쏜살처럼 튀어나갔다.

'노은철……'

그가 한 말이 스쳐 갔다.

세 번째 미션은 불가!

그럴까?

믿지 않았다.

눈은 여전히 빛나고 오른손은 웅웅 떨림을 내고 있었다. 출근하기 전에 테스트도 마쳤다. 굵직한 자물통에 철사를 찔렀고 장호의 핸드폰 패턴도 뚫었다. 손은 녹슬거나 변하지 않았다. 전혀 이상이 없는 것이다.

'그 인간… 내 능력을 알고 꼽사리를 붙으려는 수작일 거야.'

길모는 그렇게 생각했다. 이런저런 시나리오를 종합해 보면 오싹할 정도로 아귀가 맞았지만 액면 그대로 다 믿을 수는 없는 노릇이었다.

'윤호영이 생전에 한 말을 멋대로 조합한 게 우연의 일치로 맞았을 수도 있지.'

길모의 상상은 거기서 멈췄다. 장호가 오토바이를 세운 것이다.

[저기예요.]

장호의 손이 저만치에 버티고 선 주택을 가리켰다. 2미터쯤 되는 담장에 마당이 딸린 집. 금고가 여러 개나 있다는 집이라지만 CCTV 카메라도 없었다.

딩동딩동!

마지막 확인을 위해 모자를 눌러쓴 장호가 출격했다. 인터폰은 대답하지 않았다.

"여기서 망 봐라."

길모는 장갑을 꺼내 들었다. 그러면서 눈으로 담 높이와 각도, 위치 선정을 계산했다.

'점프 앤 투 핸드 볼트에 이어 다이빙 낙법…….'

길모는 머릿속으로 동작을 그렸다.

[지금이에요.]

장호가 수화를 보냈다. 사람들의 인적이 딱 끊어진 시점이었다.

타다다다!

제자리에서 수차례 발돋움을 한 길모. 마침내 벽을 향해 출격했다.

팟!

점프는 제대로였다. 담장에 발도 제대로 걸렸다. 담장 끝도 두 손에 닿았다.

'오오옷!'

시원한 쾌감까지 제대로였다.

하지만!

담장 너머에 장애물이 있었다. 하필이면 개집이 있는 것이다.

'이런 된장!'

계산에 넣지 못한 변수. 개집 크기로 보아 성견이 있을 가능성이 컸다.

척!

폼은 엉망이지만 착지는 했다. 소리를 낮춰 개집을 보았다. 다행히, 개는 없었다. 잔뜩 긴장한 몸이 그제야 풀어졌다.

'휴우!'

일 년 감수. 길모는 가슴을 쓸어내렸다.

딸깍!

현관문은 대수롭지 않게 열었다. 6각 열쇠가 필요한 구조였지만 철사를 넣어 끝을 돌리니 끝이었다.

거실에 들어섰다. 밖에서 보던 것과는 사뭇 달랐다. 한쪽 벽을 가득 채운 양주와 고급 와인들. 또 다른 벽에는 골동품과 도자기, 고서화 등이 즐비했다. 금고는 서재에 있었다. 딴에는 비밀스럽게 배치된 금고였으니 미닫이 식으로 설치된 책장 뒤에 세 개가 자리 잡고 있었다.

금고는 최신형이었다. 다이얼이 아니라 디지털 번호 방식. 하지만 독특하게 숫자가 아니라 영문 알파벳 버튼이 A부터 Z까지 버티고 있었다.

후웅!

예의 오른손이 홍홍 반응을 해왔다.

'조금만 기다려라!'

길모는 심호흡을 하고 금고에 다가섰다. 울림과 설렘은 기노

겁과 강수악의 금고를 열 때보다 강렬했다. 재촉하는 손을 달래며 금고에 대자 알파벳 판 안의 은밀한 비밀이 고스란히 드러났다. 손을 타고나온 희미한 빛이 알파벳 기판을 휘돌더니 회로 안으로 뻗쳐 갔다.

EVERYTHING IS MINE.

자그마치 16자리 비밀번호. 그래봤자 답을 훔쳐볼 수 있는 길모에게는 별일이 아니었다. 회로는 다시 기판으로 반사되면서 비밀 번호를 알려주었다.

'역시 그놈 말은 구라였어.'

길모는 문을 당기며 은철을 마구 비웃어주었다.

철컹!

금고가 해제되는 소리는 경쾌했다.

'쿠쿠쿡!'

웃음이 저절로 나왔지만, 아뿔싸! 금고는 열리지 않았다.

"……?"

철컹!

다음 금고도, 그 옆 금고도 마찬가지였다.

'이럴 리가 없는데?'

마음을 가다듬고 처음부터 다시!

땀이 등골을 타고 흘러내렸다. 금고는 그래도 열리지 않았다. 손의 효험은 사라지지 않았지만 금고를 열 수 없는 것이다.

세 번째 미션은 불가!

기판 위에 노은철의 얼굴이 얄밉게 스쳐 갔다.

"내일 하루 쉬고 싶다고?"

개시를 하고 나서 방 사장을 찾은 길모. 하루 쉬겠다고 하자 방 사장이 미간을 찡그렸다. 술집은 휴일이 없다. 아니 더러는 6월 6일 현충일에 쉬기도 한다. 구국선열들이 나라를 위해 목숨을 바친 날. 그런 날까지 술을 퍼마시면 그분들께 송구하지. 그러니 하루쯤은 경건한 마음으로 쉬라는 의미가 들어 있었다.

"제가 몸이 좀 안 좋아서……."

"그럼 너만 쉬고 다른 부장들한테 애들 맡기면 되잖아?"

"저희가 단합대회를 좀 하려고 그럽니다."

"단합대회는 이 실장이 빚 갚아준 날 했잖아? 초고가 꼬냑을 냅름 마셔놓고 그보다 더 뻑적지근한 단합대회도 있냐?"

"사장님!"

길모는 물러서지 않았다. 그러자 방 사장의 태도도 변했다. 원래 한두 마디 소리지르면 깨갱 꼬리를 내리던 길모. 그런데 이제는 태도가 다른 것이다.

"너도 이젠 박스야. 기왕 시작했으면 3대 천황들 반은 해야지."

"박스 시작한 날부터 따지면 반은 됩니다."

길모가 말했다. 사장은 매상표를 보더니 고개를 갸우뚱거렸다. 길모의 말은 사실이었다. 이 실장의 매상도 그랬고 박길제도 그랬다. 비록 테이블 회전수는 적었지만 매상은 짭짤했던 것이다.

"알았어. 대신 하루만이야!"

"고맙습니다."

길모는 가벼운 묵례를 두고 돌아섰다.

이날 밤, 길모가 맞은 두 번째 손님은 서 부장을 찾아온 재벌

3세였다. 예약이 아니라서 룸이 없었던 것이다.

"죄송하지만 그러시면 두어 시간 기다리셔야……."

"아, 진짜 딱 한 병만 마시고 간다니까."

서 부장이 양해를 구하자 재벌 3세가 짜증을 부렸다. 괜히 재벌이 아니다. 어딜 가든 VVIP 대우를 받아온 그들. 더구나 주머니에는 한도 무제한의 카드와 현금을 쥐고 있는데 술집 따위(?)에서 밀려나고 싶지 않은 것이다.

"그럼 다른 룸에서 서비스해도 되겠습니까?"

요렇게 해서 재벌 3세 개차반 하나가 길모의 룸을 찾게 되었다. 비록 박스로 뛴다고 해도 상부상조는 필요했다.

"진궁철강 3세셔. 좀 진상이긴 한데 짠돌이는 아니니까 한 병 안겨서 보내."

서 부장은 손님과 함께 사전 정보를 넘겨주었다.

"홍 부장입니다. 성심껏 모시겠습니다."

룸으로 들어온 길모가 명함을 내밀었지만 재벌 3세는 콧방귀도 뀌지 않았다.

"됐으니까 민선아나 잠깐 왔다가라고 해."

오만한 목소리를 들으며 길모가 고개를 들었다.

재벌 3세 노희준. 타고 온 페라리처럼 럭셔리한 옷과 장식물들.

"……!"

옷 위로 드러난 재벌 3세를 보는 순간 길모는 벌어진 입을 다물지 못했다.

'대박!'

단숨에 탄성이 새어 나왔다. 이마가 부실한 게 흠이지만 얼굴

이미지가 시원했다. 더구나 목이 길고 눈도 길었다. 눈빛에는 불만이 가득하지만 안으로 온화한 빛이 숨어 있다. 얼굴은 길지만 둥근 느낌이 먼저온다. 말하자면 봄을 기다리는 겨울의 말미. 머잖아 만발할 백화만발의 상이 아닌가?

야구로 말하면 푹 쉬고 있다가 때가 되면 등판할 구원투수의 상이다. 그 '때'도 목전에 도래한 것 같았다.

'구원투수?'

동시에 창해가 떠올랐다. 룸싸롱 아가씨답지 않게 쓸 만하지만 줄줄 새는 상을 가진 창해. 이 남자라면 그녀의 인생에 구원투수가 될 수 있을지도 몰랐다.

"저기… 민선아는 오늘 쉬는 날입니다."

창해를 위해, 길모는 거짓말을 날렸다.

"뭐야?"

"대신 더 잘나가는 에이스를 앉혀드리죠."

"아, 오늘 끝까지 안 풀리네. 알았으니까 알아서 하고 술부터 들여."

노희준은 또 한 번 짜증을 작렬시켰다.

밖으로 나온 길모는 검색부터 했다.

진궁철강!

알찬 회사였다. 상장회사에 주식도 3만 원대의 짭짤한 회사. 하지만 사장 얼굴을 본 길모는 바로 인상을 찡그렸다.

'친아들이 아니다.'

칼끝 같은 느낌에 전율을 느끼는 길모. 그래서 그의 이마가 좋지 않았던 것이다. 자세한 이유는 모르지만 유년기 이후에 친자로 받아들였을 가능성이 높았다.

"……!"

마지막으로 놀란 건 사장의 관상이었다. 좋은 상이지만 목이 가늘어 보였다. 그렇다면 오래 살기는 글러먹은 상. 다시 검색을 하다 보니 노희준이 외동아들로 나왔다. 그렇다면 노희준의 겨울이 끝머리에 접어들었다는 것.

스스로 생각해도 놀라운 능력에 오싹하면서도 짜릿한 카타르시스가 스쳐 갔다.

"창해야!"

길모는 룸으로 오는 창해를 세웠다.

"부장님 신세졌으니까 잠깐은 놀아줄게요."

"그게 아니라……."

"뭐 할 말 있어요?"

"너, 내 관상 실력 믿냐 안 믿냐?"

"믿어요."

"그럼 두말말고 저 손님이랑 풀타임으로 뛰어라."

"안 돼요. 다른 지명 있단 말이에요."

"그러니까 그쪽은 눈도장만 찍고 이쪽을 메인으로 하란 말이야."

"부장님!"

"너한테 좋은 일이야. 한 번만 믿어줘라."

"그것도 관상에서 나온 거예요?"

"응!"

"아, 진짜… 오늘 지명 손님은 내가 모신 건데……."

"부탁한다."

길모가 한 번 더 말하자 창해의 수락이 떨어졌다. 인사만 시키려던 이 부장은 황당한 눈빛으로 변했다. 하지만 어쩔 수 없었다. 창해가 나서서 교통정리를 한 까닭이었다.

"따라라."

창해를 옆에 앉힌 재벌 3세 희준이 술병을 집어 들었다. 한 병이 금세 비워지자 또 한 병이 들어갔다. 그 즈음에서 창해가 잠깐 빠졌다. 들러리들을 체크할 타이밍이었다.

'지금이야.'

기회를 엿보던 길모가 1번 룸으로 들어섰다. 노희준은 술기운이 바짝 오른 채 핸드폰을 만지고 있었다.

"불편한 건 없습니까?"

길모가 묻자 그는 대뜸,

"꺼져. 부르기 전에 들어오지 말고."

하며 오만을 부렸다.

"잠깐 막간에 관상을 좀 봐드릴까 하고요."

"관상?"

"예!"

"깝치지 말고 찌그러져. 술 맛 떨어지니까."

"아버지 원망 많이 하면서 자랐죠? 척 보니 어린 시절에는 아버지 복이 쥐뿔도 없었습니다."

"……?"

다른 짓을 하고 있던 노희준이 고개를 들었다.

"하지만 부친께서는 오래 살지 못할 것 같습니다. 관상을 보

니 사장님에게 대운이 터질 상이라. 이제부터라도 이미지 관리
를 반듯하게 하시면 겨울의 고난이 끝날 걸로 보입니다."

"뭐라고?"

그제야 관심을 보이는 노희준.

"그 운을 가지고 온 게 옆에 앉은 창해입니다. 제 말이 틀리지
않거든 가끔 오셔서 술이나 빽적지근하게 팔아주시기 바랍니다."

길모가 뻐꾸기를 날렸다.

뻐꾸기는 손님만 날리라는 법이 없다.

그러자 노희준이 핸드폰에서 사진을 열어보였다. 내로라하
는 미모를 가진 여자가 한 다스도 넘었다.

"이 중에서 내 여자를 찾아봐. 맞추면 믿어주지."

홍, 하는 콧방귀가 길모의 귀를 파고들어 왔다. 그렇거나 말
거나 길모는 화면을 하나씩 밀어 넘겼다.

"여기 두 명은 사장님이 좋아서 쫓아다니는 여자고 나머지
열 명은 데리고 노는 여자들입니다."

"……?"

그때 창해가 다시 돌아왔다.

"그럼 저는 이만!"

길모는 묵례를 하고 룸을 나왔다. 길모의 말이 적중한 걸까?
노희준은 그날 밤 유별난 개진상을 떨지 않았다. 창해에게도 제
법 호의적이었다고 한다. 매상은 480만 원. 길모로서는 그리 나
쁘지 않은 결과였다.

"좋은 일 생길 거다."

노희준이 나가자 길모는 창해에게 엄지를 세워 보였다. 확신

에 찬 미소와 함께.

다음 날, 길모는 진짜 단합 대회를 열었다. 장호와 승아, 유나를 묶어 1박 동해바다 여행을 보낸 것이다. 셋은 어린아이처럼 좋아했다.

[부장님도 같이 가요.]

"그래요. 죽어도 홍 박스, 살아도 홍 박스인데······."

승아와 유나가 합창을 했지만 길모는 고개를 저었다. 할 일이 있는 것이다.

박길제!

그의 금고는 열리지 않았다.

윤호영!

그의 49재가 오늘이었다.

뭐가 맛보기고 뭐가 알짬이란 말인가? 그 인간은 대체 어떻게 이런 신기의 재주를 이루었을까? 길모는 궁금한 게 많았다. 그러니 그냥 넘길 수가 없었다.

49재, 윤호영!

'오냐. 어디 한 번 갈 데까지 가보자.'

어둠이 내리자 길모는 사룡공원으로 향했다. 그를 기다리는 운명을 만나기 위해!

제2장

王의 카리스마

사룡(蛇龍)공원.

사룡공원은 납골묘역이었다. 한두 기짜리도 있고 10기 이상을 한꺼번에 넣을 수 있는 묘지형 납골묘도 많았다. 그 꼭대기에는 자작나무 군락이 보였다.

오기는 왔다. 그런데 뭘 어쩌라는 것일까?

어둠 속에서 희끄무레 보였다 사라지는 묘역들은 사람의 기분을 오싹하게 만들었다. 식은땀을 닦을 때 자작나무 잎사귀를 돌아 나온 바람이 길모를 스쳐 갔다.

태국의 바다. 그곳에서 저승사자를 만났을 때의 기분이 이랬을까?

윤호영.

그 얼굴이 스쳐 갔다. 저승사자 앞에서도 초연하던 얼굴. 그가 이 묘역에 있다. 어디일까? 그걸 물어보지 못했다. 날은 이미 저물어 사방이 어두운 납골묘. 저만치 사무실의 불도 꺼져 있다. 그렇다고 영면에 든 혼을 깨워 물어볼 수도 없는 일.

주머니에 넣어둔 노은철의 명함이 떠올랐지만 꺼내지 않았다. 어차피 맨몸으로 부딪치러 온 길모. 공동묘지에까지 와서 편하고 싶은 마음은 없었다.

길모는 잔디 위에 철퍼덕 주저앉았다. 어둠 속으로 엿보이는 자작나무의 군락은 기묘했다. 원래 자작나무는 추운 지방에 산다. 그 자태가 귀부인을 닮았고 탈 때는 자작자작 소리를 낸다는 고아한 나무.

길모도 딱 한 번 강원도에 있는 자작나무 숲을 다녀온 적이 있었다. 손님으로 온 명사께서 입에 침이 마르도록 칭찬을 했기 때문이었다.

아침, 가게 문을 닫기 무섭게 달려왔지만 별것은 없었다. 숲이 높은 곳에 있어 다리만 아팠다. 그때 길모를 만족시킨 건 자작나무 숲이 아니라 그 정상 부근에서 막걸리와 전을 팔던 그 동네 부녀회의 좌판이었다.

그때 자작나무를 무시한 대가일까?

어둠과 바람에 섞여 가물거리는 자작나무의 몸통은 더러 영혼의 뒤틀림처럼도 보였다. 아니, 때로는 천국으로 이르는 다리 같기도 했고 또 때로는 악마의 흰 이빨 같기도 했다. 넋을 놓고 있을 때 전화기가 울렸다.

'깜짝이야!'

공동묘지에서 받는 전화는 기묘했다.

"야, 이 새끼야. 애 떨어질 뻔했잖아?"

그래서 욕도 나오고 말았다.

—오빠 성전환 수술했어? 남자가 무슨 애야?

수화기에서 유나의 목소리가 새어 나왔다.

"왜?"

—우리 속초에 도착했다고. 오빠도 마음 변했으면 와. 밤새워서라도 기다려 줄게.

"됐으니까 끊어라. 너무 달리지 말고."

—우리 한 잔 빨고 나이트클럽 갈 거다. 오빠 여기 혹시 아는 웨이터 없어?

"내가 무슨 나이트 뚜냐? 까불지 말고 끊어."

—알았어. 낼 봐요.

유나의 목소리가 사라지자 다시 칠흑의 어둠과 함께 적막이 찾아들었다.

'아, 씨… 그냥 계속 얘기라도 계속할 걸 그랬나?'

사람이 그리운 시간이 있다. 누구라도 그저 생명체가 옆에 있으면 하는 시간이 있다. 길모에게는 어쩌면 지금이 그 시간이었다.

시계를 보았다.

11시 40분.

이제 자정이 코앞이었다. 그러자 은근 걱정이 되었다. 이렇게 있는 게 맞는 건지. 죽은 사람을 맞으려면 적어도 그 사람 납골묘 앞에는 가 있어야 하는 거 아닌가? 향이라도 피워야 하는 거 아닌가? 이런 저런 생각에 길모는 납골묘역을 향해 고개를 돌렸다. 자정이라는 무게감 때문일까? 아까와는 달리 묘지 위에 귀신들이 아른거리는 것만 같았다.

자정!

드디어 그 시간이 되었다. 길모는 두 눈을 부릅떴다. 오래 서 있던 까닭일까? 두렵다는 생각은 사라지고 춥다는 생각이 달라붙었다.

자작나무 숲!

납골묘역!

그리고 납골묘 사이사이로 난 길들!

길모의 눈은 여기저기를 더듬지만 호영의 혼 같은 건 보이지 않았다.

밤 12시 10분.

다만 10분이 지난 것뿐인데 생각은 달랐다. 사기를 당했다는 생각이 쭈뼛 일어난 것이다.

'내가 미쳤지. 죽은 놈을 어떻게 만난다고.'

노은철.

어디 두고 보자.

그 이름을 살생부 리스트 끝자락에 살포시 올려둔 길모가 발길을 돌렸다.

순간!

길모의 등 뒤, 정확히 말하면 자작나무 숲에서 푸른빛 무리가 순식간에 터져 나왔다.

'......?'

처음에, 길모는 돌아보지 못했다. 갑작스레 느껴지는 거대한

푸른빛. 더구나 시간은 자정. 이건 천하의 길모라도 해도 쉽게 돌아볼 수 있는 일이 아니었다.

오싹!

후들!

솜털까지 죄다 일어선 길모. 푸른빛은 점점 길모에게로 다가왔다. 걸음을 멈춘 채 가만히 눈알을 돌렸다. 다른 곳은 아무 변화가 없었다. 그저 길모 주변만 미치도록 환한 빛으로 물들어 있을 뿐.

'설마 다시 저승사자가?'

제일 먼저 머리카락 뿌리에 맺혀오는 두려움. 두려움은 길모를 마비시켰다. 마음은 미사일처럼 뛰어 달아나야 하는데 다리의 근육이 움직여지지 않는다.

'이런 제기랄!'

후들거리는 다리에 안간힘을 가할 때 흰 빛이 눈앞으로 옮겨왔다.

"……!"

길모는 보았다. 그 흰 빛을 따라 아련하게 너울거리는 속삭임. 마치 요정들의 소곤거림 같은 그 속삭임. 길모가 눈을 감았다 뜨자 빛 안에서 애잔한 형체가 걸어 나왔다.

'아아!'

찰나의 짧은 탄식. 길모 앞에 나타난 건 윤호영이었다. 초점이 맞지 않은 영상처럼 조금 불투명하지만 그는 분명 윤호영이었다.

"당신……"

길모는 뒷걸음질 쳤다. 발이 움직였다. 덕분에 그대로 엉덩방아를 찧고 말았다. 호영이 손을 내밀었다. 잡고 싶지 않았지만 오른손이 저절로 반응을 했다.

"홍길모……."

"……."

"오랜만이지?"

"……."

"나를 제대로 보려면 나와 교감한 눈만 네 번 감았다 떠봐."

'네 번.'

그 또한 거역할 수 있는 말이 아니었다. 오른손처럼 눈이 저절로 네 번을 깜박여 버린 것이다.

보였다!

파타야의 선상에서 보았던 그.

저승사자 앞에서 초연히 자신의 일부를 주고 간 그.

하나도 다름이 없었다. 다르다면 몸 전체에서 아우라를 내쏘고 있다는 것뿐.

"놀라지 마."

길모는 보았다. 호영의 입에서 쏟아지는 말에 푸른 연기가 묻어 있다는 것. 그 언어는 허공에서 천천히 명멸해 갔다.

"당신……."

그제야 겨우 입을 떼는 길모.

"올 줄 알았어."

"당신은 죽은 건가? 살은 건가?"

길모가 물었다.

"보다시피 죽었어. 그러나 살아 있지."

"……?"

"사람은 목숨으로만 존재하는 게 아니야. 더러는 뜻으로 존재하고 또 더러는 정신으로 존재하니까."

"대체……."

길모는 미친 듯이 불규칙하게 뛰는 심장을 달래며 말을 이었다.

"어떻게 한 거지? 그리고 네가 바라는 건 대체 뭐야?"

"그건 노은철이 전한 걸로 아는데?"

"노은철?"

"그는 맑은 영혼의 소유자야. 자신을 다 바쳐 자선단체를 운영하는 사람이니까 그렇게 경계하지 않아도 돼."

"그건 상관없고. 둘이 무슨 수작을 꾸민 거지?"

"수작?"

"그렇지 않으면? 내게 일어나는 현상을 다 믿으란 말인가?"

"불편한가?"

호영은 안개처럼 하르르 부서졌다가 다시 몸체를 이루며 물었다.

"뭐가?"

"내가 너에게 준 능력……."

"……."

길모는 대답하지 못했다. 어째서 불편하단 말인가? 관상 능력 덕분에 다시 정식 박스를 인정받게 되었다. 손님들도 차츰 늘어나고 보람도 느낀다. 그런데 왜?

"불편하면 오늘 거두어 갈 수도 있어. 미처 너에게 다 설명하지 못하고 전달한 능력이니까."

"……."

"우선 그것만 말해줘. 불편한가?"

"아니!"

길모는, 칼처럼 잘라 말했다. 이 능력은 뺏기고 싶지도, 그럴 마음도 없었다.

"고마워. 나는 당신이 그걸 받아줄 줄 알았어."

"궁금한 게 있어."

"뭐든지 말해 봐."

"대체 어떻게 된 거지? 이런 일은… 있을 수 없는 일 아닌가?"

"그렇지. 보통 사람에게는……."

"노은철이 말하기로 당신은 혼을 바쳐 관상 능력과 금고따기 능력을 얻었다고 하더군. 그것도 만화 같은 이야기지만 더구나 그걸 내게 전해준다는 건……."

"믿기 어렵지. 그 또한 보통사람이라면……."

"설명해 봐."

길모가 힘주어 말했다. 어느새 마음 속 가득하던 공포는 다 사라지고 없었다.

"나는 말이야 날 때부터 몸이 약했어."

호영의 눈이 자작나무 숲으로 옮겨갔다. 그러자 그 시선이 닿은 곳의 잎들이 눈부신 흰색으로 바스락거리기 시작했다. 호영의 눈빛은, 그 바스락거림 위로 올라서더니 먼 중국 쪽으로 향했다.

그는 고등학교에 들어가지 못했다. 집안의 몰락 때문이었다. 아버지와 어머니는 그 충격으로 죽었다. 선천적으로 몸도 약했다.

그는 하루 종일 서 있는 편의점 알바도 할 수 없었다. 한동안은 어린 노숙자로 떠돌았다.

그때 서울역에서 만난 관상쟁이에게서 관상을 배웠다. 재미가 있었다. 나중에야 알았다. 아버지의 관상에 낀 액운. 관상을 미리 배웠더라면 막을 수도 있는 액운이었다.

관상을 배우면서 운명이나 비밀 같은 것에 대한 호기심이 커졌다. 사람의 얼굴은 인생의 지도였다. 관상에 통달하면 그걸 훤히 들여다볼 수 있다고 했다.

관상을 알면 천기에 도달한다.

그에게 관상을 가르쳐 준 노숙자의 명언이었다. 관상에 조금 눈을 뜨자 더욱 목이 마르기 시작했다. 그러나 전국을 뒤져도 쓸 만한 관상쟁이는 없었다. 호영은 그저 용돈벌이나 하는, 흉내나 내는 관상쟁이가 되고 싶지 않았다.

천기를 읽으리라!

원대한 꿈을 품고 중국으로 건너갔다. 비행기 삯은 서울역 광장에 관상점판을 벌여 마련했다. 매일 푼돈을 벌었지만 한 번은 목돈을 받았다. 한 중년 남자에게 집 나간 마누라를 찾아준 덕분이었다.

호영이 찾은 곳은 중국의 하남이었다.

하남성에 자리한 숭산. 소림사가 있는 곳이다. 이곳에서 달마대사가 관상의 기원을 이룩했다. 그는 자신의 도를 마의선생에게 전했다.

달마상법.

관상학의 3대 법전으로 불리는 책 중 하나. 달마상법은 물형을 기본으로 하고 있다. 예를 들어 곰의 상을 가진 사람에게는 앉아서 묵묵히 일하는 게 어울린다. 멧돼지의 상을 한 사람은 활발하게 움직이는 일이 좋다는 식이다. 왜냐면 멧돼지 상은 끊임없이 돌진하는데 앉아서 하는 일은 참아내기 힘드니 크게 성공하기 어렵다는 것.

머리, 이마, 눈, 코, 잎, 치아, 귀.

얼굴을 삼등분해서 세분화.

황도십이궁.

기색, 즉 얼굴의 혈색.

얼굴 외의 점이나 사마귀, 주름살, 말투, 걸음걸이 등등.

달마상법은 주로 이런 순으로 종합해 관상을 읽어낸다.

호영은 달마가 관상의 도를 터득한 산, 숲의 작은 토굴에 오래 머물렀다. 물만 마시며 달마상법, 마의상법, 유장상법 등을 읽었다. 읽고 또 읽었다. 그렇잖아도 약한 몸은 더욱 사위어갔다. 그러다 21일이 되는 날, 더는 눈을 뜨지 못했다. 몸이 말을 듣지 않은 것이다.

몸이 나른해질 때 호영은 토굴 벽에서 배어나온 푸른빛 덩어리를 만났다. 그는 자신을 송나라 진박을 스승으로 둔 관상가

제자의 혼이라고 했다. 그 토굴이 자신의 수련굴이라고 했다.

"그대가 운명의 빛을 따라왔으니 내 제안을 듣겠느냐?"

푸른빛 덩어리가 말했다. 호영은 그 제안을 받아들였다.

"제안이란 게 뭔데?"

그때까지 귀를 기울이던 길모가 물었다.

"나는 관상 득도를 하고 그는 원한을 푸는 일."

호영은 빈 바람처럼 대답했다.

"……?"

"나는 그의 혼을 받아들였어. 결국 그 무리함으로 뇌암이 생기게 되었지만 후회하지 않아. 그 덕분에 나는 천기를 읽을 수 있는 신묘막측(神妙莫測)의 관상 능력을 완성하게 되었으니까."

"신묘… 막측?"

"인간의 전후좌우 과거와 미래를 짚어내는 능력, 신묘막측!"

"그, 그게 가능하단 말이야?"

"당연히!"

"거짓말, 너는 네 능력을 내게 줬다고 했는데 나는 거기까지는 아니었어."

"어땠는데?"

"그냥 관상을 덩어리로 짚어내는 정도. 목마르고 감질나지만 디테일하지는 못한!"

"당연하지. 나는 너를 시험하는 중이었으니까."

"시험… 이라고?"

"비록 네가 나와 빼다 박은 얼굴에 몸이지만 자란 환경이 다르지. 그러니 갑자기 엄청난 능력을 갖게 되면 어떻게 될까 걱정할 수밖에 없었어. 내 예상이 빗나가지 않아 다행이지만…….”

“예상이란 거… 사심 말인가? 금고를 열었을 때 내 몫을 챙기지 않은?”

“맞아. 만약 네가 사악한 사심을 가졌더라면 지금쯤 내 옆 납골의 빈 칸으로 들어왔을 거야. 한 줌의 잿빛 재가 되어 말이야.”

“…그럼 오늘 나를 부른 이유는?”

“뭘까?”

호영이 아슬하게 웃었다.

“둘 중 하나겠지. 내 능력을 거둬가거나…….”

“가거나?”

“그 말이 사실일까? 노은철이 말하길, 여길 가야 관상 능력이 완성된다고 했거든. 그러니…….”

“맞아. 너는 나의 분신.”

“분신이라고?”

“우린 이미 그렇지 않은가?”

“윤호영…….”

“내 시험은 이미 끝났고 너는 이 자리에 나왔어. 더 말이 필요한가?”

호영의 시선이 숭고하게 반짝거렸다. 샘물처럼, 이슬처럼.

“내 운명… 전부 다 너에게 강요하거나 부탁하지는 않아. 내가 바라는 건 공감대 정도. 하지만 기왕이면 제대로 통하면 좋겠지."

"그런데 왜 관상과 금고털이를 배합한 거지? 짜릿함을 느끼라고?"

"천만에. 짜릿하기는 관상이 최고지. 남의 운명을 고스란히 지켜보는 재미. 그보다 더한 전율이 또 있을까?"

"그럼 금고털이는 왜 내게 전수한 건데?"

"세상에는 말로 안 통하는 사람이 많거든. 자기 자신이 신인 줄 아는 인간들. 그런 인간들에게 네가 입버릇처럼 하는 말이 있을 텐데?"

"법보다 주먹?"

"바로 그거야. 금고 개방은 최후의 수단일 뿐이야. 운명을 거역하는 뒤틀린 인간들에게 보여주는 본보기."

"……."

"이제 마음의 준비를 해."

"마음의 준비?"

"사십구재… 내 바람이 간절해 아직 이승에 남았지만 새벽이 오기 전에 내 모든 건 하늘로 올라가야 해."

"……."

"그동안 여기 누워 있는 혼들의 힘까지 모아 준비를 해왔다. 네게 전해줄 선물……."

"선물이라고?"

"신묘막측!"

호영의 입에서 한 단어가 새어 나왔다.

"잠깐!"

"……?"

"한 가지는 짚고 넘어가자. 그런 능력을 주면 옵션 같은 게 있겠지?"

"없어."

호영은 한마디로 말했다.

"없다고?"

"미리 말했지만 네가 여기까지 이르렀다는 것, 그것으로 우린 이미 통한 거야. 그렇지 않나? 친구."

친구!

호영의 말이 길모의 귀 안으로 밀려들자 엄마의 손이 닿은 귀불이 따뜻해졌다. 이신전심이랄까? 소소하게 캐묻는 건 의미가 없을 것 같았다.

길모의 입가에 미소가 피어올랐다.

호영도 입에 잔잔한 미소를 물었다.

이윽고 호영이 두 손을 들어 올렸다. 동시에 그의 주변에 네 줄기의 창대한 빛이 꿈틀거리기 시작했다.

동!

서!

남!

북!

벼락처럼 네 방위가 출렁 흔들렸다.

아아아아!

한 번도 들어보지 못한 아련한 메아리가 납골묘역 곳곳에서 울려 퍼졌다.

'아아!'

길모의 입에서도 메아리를 닮은 신음이 새었다. 납골묘 여기 저기에서 혼들이 일어서기 시작했다.

"일부는 관상쟁이들이고 또 일부는 금고 따쇠와 해커들 혼이야."

호영이 찬란한 빛 안에서 말했다.

"저들은 군불 역할. 네 몸이 뜨거워지는 바탕의 불쏘시개들……"

그 말과 함께 혼들이 길모가 딛고 있는 바닥을 향해 날아들었다. 먼 말단, 발끝에서부터 짜릿한 신호가 왔다. 그게 시작이었다.

좌청룡.

우백호.

남주작.

북현무.

네 방위의 귀퉁이에서 투명한 신물들이 기다렸다는 듯이 튀어나왔다. 백호는 거침없이 길모를 물었다. 그리고 청룡의 등에 올라탔다. 청룡은 수직으로 하강해 한 납골묘 앞에 길모를 내려놓았다. 맨 구석의 초라한 납골묘. 그걸 본 길모의 눈이 휘둥그레졌다.

윤호영!

호영의 납골이었다. 수많은 납골 중에서도 싸디싼 자리였다.

"내 집이야."

네 신물 앞에서 호영이 말했다. 원망도 회한도 없는 목소리였다.

"여기가 네 납골……."

"문을 열어."

"뭐라고?"

느닷없는 요구에 길모가 돌아보았다.

"문을 열면 내 납골 항아리가 들었을 거야. 그걸 꺼내."

"윤호영!"

"납골 문은 번호키야. 네 능력이면 있으나 마나한 거잖아."

"대체……."

"항아리를 열면 내 유골 중에 사리가 하나 있을 거야. 그걸 삼켜."

"……?"

"그런 눈 할 거 없어. 신묘막측을 이루어야지."

"하지만 그런 짓은……."

"관념 따위는 가질 필요 없어. 어쩌면 우리는 이미 둘이자 하나. 그러니 그냥 산삼을 먹는다고 생각해."

"……."

"시간이 별로 없어."

호영의 뒤에서 네 신물이 파르르 흔들렸다. 그들도 동시에 재촉하는 것이다.

"꼭 이렇게 해야만 하냐?"

"너를 위해 남긴 거야. 그 뜨거운 화장장의 불길 속에서도 고이고이!"

그 말이 길모의 뇌를 뚫고 들어왔다. 과장이 아닌 것 같았다. 저승사자 앞에서도 제 뜻을 굽히지 않던 불굴의 윤호영. 그라면 그러고도 남았을 인간이었다. 아니, 지금은 인간이 아니지만……

"젠장!"

잠깐 탄식을 쏟아내고, 길모는 디지털 잠금을 바라보았다. 그저 형식상 달아놓은 자물쇠. 길모의 손이 닿자 위아래의 길목이 보였고 그걸 누르자 스프링이 차단 장치를 밀어냈다.

드르륵!

차디찬 대리석 문이 열렸다. 길모는 좁디좁은 묘 안에서 유골 항아리를 꺼냈다.

"뚜껑을 열어."

호영이 재촉했다.

길모는 눈물을 머금고 시키는 대로 따랐다. 이깟 항아리 여는데 무슨 눈물이 날까? 하지만 이건 그냥 항아리가 아니고 사자의 몸이 담긴 것. 뚜껑이 열리자 유골의 일부가 투명한 빛을 뿌리며 날아올랐다.

사리는,

맨 위에 있었다.

"삼켜."

호영의 말과 함께 길모는 사리를 손에 쥐었다. 작았다. 작은 진주알만 하달까? 길모는 마른침을 한 번 넘긴 후에 사리를 목구멍에 털어 넣었다.

'우어어!'

뜨거움이 목을 기점으로 온몸으로 번져 가기 시작했다. 심장에 용광로가 들어온 것 같았다.

몸부림치는 길모의 몸이 적색으로 변했을 때, 호영의 손이 벼락처럼 허공을 휘저었다. 흡사 공간을 베어내기라도 하려는 듯.

숭덩!

도열한 네 개의 신물이 동시에 허리가 잘리는 순간, 그들은 나뉘고 합해지며 하나의 관상을 이루었다. 마치 태산처럼 큰 관상. 그러나 그 안에 수억의 운명이 담긴 관상.

'아아!'

길모는 벌린 입을 다물지 못했다. 그건 차마 상상조차도 할 수 없는 거룩한 광경이기 때문이었다.

"홍길모!"

멍한 시선 사이로 호영의 목소리가 날아들었다.

"이제 너는 달마나 마의에 버금가는 관상왕이 될 것이니……."

잠시 멈췄다가 다시 꼬리를 무는 호영의 목소리.

"그 능력으로 소외된 이들의 마음을 어루만져 주어라."

"……."

"신묘막측(神妙莫測)!"

네 글자를 따라 무수한 성어(成語)와 만상(萬象), 12간지와 십간 등이 머리로 밀려들었다.

천지인.

삼라만상.

자축인묘진사오미신유술해.

갑을병정무기경신임계.

두각, 발제, 월각, 일각, 변지, 천창, 복당, 마골, 중정, 역마골, 인당, 산근, 와잠, 관골, 법령, 준두, 인중, 명문, 귓불……

후끈! 후아악!

천지개벽이 잠시 세상이 멈춘 느낌과 함께 길모의 머릿속에 가공할 핵폭발이 일어나기 시작했다.

"으아아악!"

길모는 머리를 싸안고 뒹굴었다. 미친 듯이 굴렀다. 여기저기 납골묘가 부딪치고 조화들이 뭉개졌다. 길모의 하늘에는 별이 없었다. 그 많은 별들이 죄다 사람의 관상으로 보였다. 납골묘도 보이지 않았다. 그 또한 커다란 얼굴을 한 사람들의 관상이 아닌가? 늘어지는 의식 사이로 희미해지는 호영이 보였다. 그가 손을 들어 허공에 글자를 썼다.

심상(心相)!

글자 사이로 호영이 하늘거렸다.

'마지막으로 명심해. 모든 관상은 심상 다음이라는 거.'

희미하게, 속삭임이 전해왔다. 그리고 마침내 그는 하늘에서 내려온 빛줄기의 끝으로 옮겨갔다. 보였다. 희미한 그의 미소. 나른하면서도 부드러운 미소. 그게 길모가 본 호영의 마지막 모습이었다.

*　　　*　　　*

"으응……."

길모가 눈을 뜬 건 아침이었다. 윤호영의 납골묘 앞이었다. 머리가 미친 듯이 아팠지만 겨우 몸을 일으켜 세웠다. 세상은 고요했다. 숭고하게 휘날리던 자작나무도 그대로고 납골묘에는 아무런 이상도 없었다.

'꿈을 꾼 건가?'

길모는 자신의 손을 바라보았다. 핸드폰으로 셀카를 찍어 눈도 바라보았다. 그래도 이상은 찾을 수 없었다.

꿈!

그렇다기엔 너무나 생생한 밤이었다. 더구나 발밑에 자리 잡은 윤호영의 묘. 길모는 이름 하나 달랑 써진 표지석을 향해 묵념을 했다.

'개자식!'

다음으로 나온 게 욕설이었다. 그 재산 상속인이라는 친척을 향하는 말이었다. 자그마치 보상금을 6억이나 챙겼으면서 이렇게 초라한 자리에 눕히다니.

길모는 천천히 묘역을 걸어 내려왔다.

가벼웠다.

몸이 새털처럼 가벼웠다.

맑았다.

길모의 눈은, 원초의 샘물로 씻어낸 듯 맑은 느낌이 들었다. 그게 신기해 제자리에서 한 바퀴를 돌았다.

"에그머니나!"

아래로 내려오자 청소하던 아줌마가 기겁을 했다.

"왜요?"

"으아악!"

아줌마는 대답대신 비명을 지르며 달아났다.

이유는 사무실 앞에 세워진 차의 백미러를 보고야 알게 되었다. 길모의 꼬락서니는 노숙자를 방불케하고 있었다. 아무렇게나 풀어진 머리와 흙투성이의 옷차림. 게다가 얼굴까지 깊은 얼룩이 져서 귀신은 저리가라 할 정도였다.

하는 수 없이 가까운 사우나를 찾아갔다.

"너무 더러워서 안 돼요."

카운터에서 청년이 손사래를 쳤다.

'응?

살짝 인상을 찡그리던 길모의 숨이 멈췄다. 몸 안에서 느닷없는 폭발을 느낀 것이다. 푸른 폭발, 그것은 소리없는 핵폭탄처럼 길모의 온몸에 줄기를 내며 퍼져 나갔다.

그리고,

보았다.

한눈에 들어오는 청년의 관상. 그건, 어제까지 느끼던 그 느낌과는 사뭇 다른 것이었다. 마치 전자현미경을 눈에 단 느낌이랄까?

청년의 운명이 보였다.

왼쪽 이마에 자리 잡은 보골자리 일각에 스며든 어두운 기색. 그 기세와 길이로 보아 약 다섯 시간 후에 어머니 사망.

돌연한 느낌에 스스로도 놀라는 길모. 호흡을 가다듬고 확인에 나섰다.

"어머니 아프시지?"

길모가 질문을 던지자,

"아저씨가 어떻게 아세요? 우리 어머니 알아요?"

하며 되묻는 청년.

"나 신경 쓰지 말고 어머니가 좋아하는 거나 사다드려. 몇 시간 후면 영영 볼 수 없을 테니까."

"뭐라고요?"

길모는 만 원을 던지고 안으로 들어갔다.

홀홀 옷을 벗어던지고 그대로 온탕에 들어간 길모. 밤을 건너온 몸이 풀어지기 시작하자 자신도 모르는 전율에 휩싸였다.

약 다섯 시간.

그건 자연스레 뱉은 말이었다. 의식한 것도 지어낸 말도 아니다. 그런데 어떻게? 어떻게 시간 예측이 가능해졌단 말인가?

스스로도 신기하기만 해 옆 자리의 남자를 바라보았다.

'아뿔싸!'

못 볼꼴을 보고 말았다. 남자의 안구가 불규칙하게 움직였다. 더구나 길게 드리운 살기의 빛과 흰 눈자위에서 뻗친 실핏줄. 그게 검은 눈동자를 넘보고 있다. 살인에 가까운 중상해를 저질렀다는 반증이었다.

'두 시간 전.'

길모의 입이 저절로 중얼거렸다. 이 남자는 두 시간 전에 대형 사고를 저질렀다.

잠시 물을 털고 나온 길모는 시험 삼아 경찰에 신고를 했다. 오래지 않아 경찰이 들이닥쳤다. 신기하게도, 남자는 정말 살인미수범이었다. 중국 동포인 그는 꼭 2시간 전에 내연녀를 찌르고 달아나 사우나에 왔던 것이다.

'우워어!'

전율.

몸의 대들보인 척추가 무너져 내릴 듯한 전율. 길모는 벽을 의지해 그걸 버텨냈다. 그리고 내친 김에 조금 더 기다려 보기로 했다.

다섯 시간!

탈의실의 마루 평상에서 한잠을 자고 일어난 길모가 카운터를 바라보았다.

틀렸나? 싶을 때 카운터 쪽에서 청년의 통화음이 들려왔다.

"뭐라고요? 어머니가 뇌출혈로 돌아가셨다고요?"

청년의 목소리가 자지러지는 걸 들으며 길모는 사우나를 나왔다.

"이, 이봐요."

길모를 기억하는 청년이 인도까지 따라 나오며 소리쳤다.

"왜?"

"당신……."

청년은 공포와 경외감으로 물든 채 부들부들 떨었다. 사실, 길모도 떨고 있었다. 태연하게 걸어간 길모는 커다란 건물의 화장실로 뛰어 들어갔다. 참고 참았던 경련이 오장육부를 뒤집고 말았다.

"우엑, 우에엑!"

토했다. 엊그제 먹은 컵라면까지 몽땅 토했다. 나오는 건 물뿐이었지만 느낌이 그랬다. 이전의 길모를 몽땅 비워낸 것 같왔다.

길모는 벽을 짚고 일어섰다.

관상!

보였다.

그 끝 간 데까지 보였다.

더 없이 명쾌했다.

어제처럼 덩어리를 보는 관상이 아니었다. 마음을 먹으면 그 인간의 운명을 손바닥 보듯 하는 것이다. 전에는 하나의 조짐으로 보이던 실금이나 사색(死色), 그리고 청색 등의 해로운 기운이 뜻하는 바를 세세히, 정확하게 짚어낼 수 있게 된 것이다.

"까악!"

후들거리는 다리를 바로 세울 때 비명이 들려왔다. 안쪽 화장실에서 나오던 여자의 목소리였다.

"변태예요 뭐예요? 여자화장실에 왜 들어왔어요?"

여자가 핸드백을 휘둘렀다. 그사이에 여자의 관상이 보였다. 얼굴의 광대뼈 부근이 발그레한 아가씨. 그건 바로 여자의 그곳을 상징하는 자리였으니 검은 기운이 아니라 붉은 기운이라는 건 천연기념물로 불리는 처녀라는 뜻이었다.

'세상에나!'

거기까지는 생각도 못한 길모. 여자가 휘두르는 핸드백을 그대로 맞아주었다. 하나도 아프지 않았다.

신묘막측!

건물을 나온 길모는 그제야 호영이 한 말의 뜻을 알았다. 그가 혼으로 남아 자신을 완성시켜 준 게 무엇인지 깨달았다.

인간의 운명을 거침없이 읽어내는 능력. 산 길모에게 죽은 달마대사의 능력을 고스란히 안겨준 것이다.

'나는……'

길모는 남몰래, 그러나 부서지도록 주먹을 쥐며 읊조렸다.

'관상의 대가가 되었다.'

사룡. 길모는 용이 되었다. 이무기도 아닌 용!

　　　　　*　　　　*　　　　*

[형!]

옥탑방으로 돌아오자 오토바이를 닦던 장호가 반색을 했다. 그 얼굴을 보던 길모는 아차 싶었다. 장호의 얼굴에 서린 검푸른 빛. 그건 죽음이 깃든 빛이었다.

"너 어제 사고 날 뻔했지?"

[어떻게 알았어요?]

장호가 파뜩 고개를 들었다.

"새벽 2시쯤… 술 마신 채?"

[으악, 귀신…….]

"맞아? 틀려?"

[맞아요. 유나가 오토바이 타고 싶다길래…….]

"죽으려고 환장을 했냐? 목숨이 왔다 갔다 했을 거 같구만."

[우와, 해안가에서 간신히 멈춰서 목숨은 구했는데…….]

"어디보자. 횡액이 오늘까지 서렸으니 오늘은 오토바이 타지 마라."

[진짜요?]

"그래."

[그런데 이상하다.]

"뭐가?"

[형 말이에요. 갑자기 변한 거 같아요.]

"어떻게?"

[갑자기 의젓하고 점잖아진 느낌… 맑아졌다고 해야 하나?]

"내가 언제는 안 그랬냐?"

[에이, 우리 몰래 어디 모델 학원 같은 데 가서 매너 교육이라도 받은 거예요?]

"까불지 말고 라면이나 끓여라. 배고프다."

[올라가 봐요. 그렇잖아도 우리가 돈 모아서 닭새우 사왔거든요. 쪄놨는데 맛이 죽여요.]

장호가 옥상을 가리켰다.

닭새우!

화려했다. 맛은 더 화려했다. 그러나 머리를 떼어내니 살은 별로 없었다. 화려한 대가일까? 그걸 보며 길모는 텐프로 아가씨들을 생각했다.

그녀들은 화려하다. 연봉도 화려하다.

하지만!

화무십일홍(花無十日紅)이라던가?

대신 꽃피는 기간이 짧았다. 아무리 잘나가는 아가씨라도 나이는 당할 수 없다. 그렇기에 30에 가까우면 정년을 맞는다.

미인박명(美人薄命).

미인들의 운명도 비슷하다. 지금이야 다 옛말이라지만 템프로에서는 여전히 현재 진행형인 말. 제아무리 경국지색(傾國之色)을 갖춘 미녀라 해도 예외는 별로 없는 것이다.

'윽?'

혼자 생각하던 길모는 또 한 번 자지러졌다.

'이게 내 머리 맞아?'

한문 때문이었다. 귀에 못이 박히도록 들은 거야 물론 알고 있지만 생소한 한문이 턱턱 튀어나오다니? 혹시나 하는 마음에서 부장에게 빌려온 책 중 하나를 꺼내 들었다. 어려운 한문이 많이 나오는 책이었다.

호시우행(虎視牛行), 눈은 호랑이처럼 예리하게 행동은 소처럼 우직하고 끈기 있게.

중석몰시(中石沒矢), 주변이 어려울수록 긍정적 마음가짐으로 집중.

암중유광(暗中有光), 어둠 속에서도 빛을 찾아가라.

지록위마(指鹿爲馬), 윗사람을 농락하여 권세를 마음대로 함.

읽혔다.

뿐만 아니라 뜻도 짐작이 갔다.

재빨리 관상 용어 한문들도 검색해 보았다. 백 거사라는 인간이 유식한 척 읊어대던 전문용어들… 그 또한 한눈에 들어왔다.

'오, 마이 갓!'

길모는 벌린 입을 다물지 못했다.

윤호영.

그는 설마 신이었을까? 길모는 그 경외감에 다시 한 번 몸서리를 치고 말았다.

빵·빵·빵!

출근길, 길모는 장호와 함께 걸었다. 오늘은 도보로 출근할 생각이었다.

[형······.]

영문을 모르는 장호는 울상을 지었다.

'오토바이를 타고 왔다면 이쯤······.'

길모는 시간을 확인했다. 그리고 장호의 얼굴을 바라보았다. 그 얼굴에 드리워진 어두운 청색의 그늘. 분명 이 시간에 횡액을 입을 상이었다. 길모는 지금 강화된 능력을 확인하고 있는 것이다.

[형······.]

'오후 6시경······.'

다시 한 번 장호의 관상을 바라보는 길모.

그때였다. 뒤쪽에서 지축을 흔드는 굉음이 들리더니 두 대의 스포츠카가 미친 듯한 폭주를 하며 달려왔다. 한 대는 신호의 꼬리를 물고 넘어갔다. 하지만 그 다음 차가 문제였다.

직진 적색등이 꺼지자 기다렸다는 듯이 배달 오토바이가 튀어나왔다.

'엇!'

길모가 숨 돌릴 사이도 없이 스포츠카가 급정거 페달을 밟았다.

끼아아악!

완전히 두 바퀴를 돈 스포츠카는 우회전을 하던 트럭을 들이

박고도 모자라 인도까지 올라와 편의점으로 돌진했다. 그 바람에 뒤에서 달려오던 택배 오토바이가 트럭의 꼬리를 박아버렸다. 두 번의 충돌로 인해 트럭에 실린 배추가 쏟아져 굴렀다.

[형…….]

그걸 지켜본 장호가 부들부들 떨었다.

"오늘 네 출근길에 큰 사고가 난다."

그 고집 때문에 오토바이를 두고 온 장호. 만약 오토바이를 탔더라면? 불안에 떠는 사이에 펑 하는 폭음이 일었다. 편의점 안에서 휴대용 가스통이 터진 것이다.

"숙여!"

길모가 장호를 덮쳤지만 그중 하나가 장호의 목을 스치고 지나갔다.

"괜찮냐?"

[그런 거 같아요.]

장호의 목에서 피가 흘러내렸다. 그나마 찰과상에 불과해 다행이었다.

편의점에 불이 붙는 통에 소방차도 오고 구급차도 달려왔다. 네거리는 아수라장이 되었다.

[나… 무서워요.]

장호가 몸을 움츠리며 수화를 날렸다.

"그 정도면 다행이지 뭐가 무서워?"

[다친 거 말고 형 말이에요.]

"내가 뭐?"

[어떻게 이렇게 정확해요? 마치 내 운명을 들여다보는 거 같

잖아요?"

"그러냐?"

[형…….]

"나쁜 놈."

―뭐가요?

"구해줬으면 고맙다는 말이나 할 것이지 겨우 한다는 말이
무섭다냐?"

[그건…….]

"택시!"

길모는 조금 떨어진 곳에서 택시를 세웠다.

[걸어서 가자면서요?]

"액땜했잖아? 이젠 괜찮을 거야."

길모는 장호를 뒷자리에 쑤셔 넣었다.

만복약국.

참새가 방앗간을 그냥 지나치랴. 고작 이틀이 지났지만 어쩐
지 허전한 길모.

'내가 달라 보인다고?'

길모는 장호의 말을 떠올렸다. 실제로도 몸이 가볍고 눈이 맑
아진 느낌의 길모.

'그녀에게도?'

궁금한 마음이 보이지 않는 연기가 되어 풍풍 새어 나왔다.

'류 약사의 관상을 한 번 봐?'

잠시 그런 유혹이 들었지만 길모는 고개를 저었다. 이제 마음

만 먹으면 그녀의 운명을 읽을 수도 있지만 그녀만큼은 처음 느낌대로 대하고 싶었다.

길모는 방앗간으로 들어섰다.

"출근하세요?"

류설화가 알은 체를 하자 길모의 기분이 좋아졌다.

"음료수 주세요."

대오각성도 소용없나 보다. 길모의 목소리는 여전히 허둥거리고 있었다. 길모는 늘 그 음료수를 받아 들고 약국을 나왔다. 그래도 그녀를 보니, 기분은 좋아졌다.

[형!]

가게 문을 열고 청소를 하던 장호가 수화를 시작했다.

"왜?"

[청소 말이에요. 이제 교대로 해야 하는 거 아닌가요? 우리도 이제 어엿한 박스인데…….]

"왜? 청소하기 지겹냐?"

[그건 아니지만 기분 꿀꿀하잖아요. 승만이 시키하고 병태 시키도 뺀질거리고…….]

"이 달 결산까지만 참자. 그때 내가 사장님에게 말할게."

[오늘 당장 하면 안 돼요?]

"아직은 우리가 딸리잖냐? 그동안 도움 받은 것도 있고."

[알았어요.]

"그리고 너 사룡공원 납골묘 가격 좀 알아봐라."

[누가 죽었어요?]

장호가 파득 고개를 들었다.

"이미 죽은 사람이야. 좀 좋은 데로 옮겨줬으면 해서……."

[그거야 뭐 어렵지 않지요.]

장호의 손가락이 핸드폰을 화면을 날아다니기 시작했다.

[제일 좋은 게 2천만 원대고요 제일 싼 건 벽 납골로 300만 원 정도인데요?]

"알았다."

[그런데 거긴 언제 갈 거예요?]

"어디?"

[그 있잖아요. 주식 작전 세력 금고…….]

박길제.

장호의 말은 길모의 긴장을 바짝 당겨 버렸다.

"오늘 갈까?"

[그럼 제가 이따가 손님 뜸할 때 가서 망 좀 보고 올게요.]

"그러자. 그거 털어서 납골묘도 마련해야겠다."

길모가 가게 간판에 불을 넣을 때 방 사장이 오 양과 함께 계단을 내려왔다.

"오셨습니까?"

"어이쿠, 오늘도 가게가 깨끗하구나. 수고했다."

방 사장은 길모의 등을 쳐 주고 사무실 쪽으로 걸어갔다. 그 잠시 후에 길모의 전화기가 울렸다.

뜻밖에도… 박길제였다!

"……?"

길모는 놀란 마음에 뭐라고 대꾸하지 못했다.

박길제.

길모가 열지 못한 금고를 가지고 있는 인물…….

그러자 박길제가 목소리를 높였다.

―이봐, 홍 부장. 예약되는 거야 안 되는 거야?

"오늘 예약……."

길모는 잠시 뜸을 들인 다음에 말을 이었다.

"꽉 찼습니다."

장호의 시선이 길모에게로 향해 왔다.

"뭐 그러시다면 룸을 비워보죠. 자정 무렵에 와주십시오."

길모가 통화를 끝내자 장호가 수화를 날렸다.

[누군데 그래요? 온다고 하면 넙죽 받지…….]

"박길제야. 그 주식 작전 세력……."

길모가 말하자 장호가 움찔거렸다. 그 또한 박길제의 집에서
허탕을 치고 온 일을 또렷이 기억하고 있었다.

[혹시 데리고 왔던 사람이 성병 옮았다고 따지러 오는 거 아
닐까요?]

"목소리를 들으니 그건 아닌 거 같은데?"

[그럼 그 인간은 성병에 안 걸렸다는 얘기네요?]

"그거야 알 수 있나? 잠복기일 수도 있고 쪽팔리니까 얘기 못
할 수도 있고……."

[하긴…….]

"혼자 조용히 한잔하시고 싶으시단다. 꼬냑이나 비싼 걸로
한 병 꿍쳐 둬라. 천황 형님들이 다 빼가기 전에."

[알았어요.]

그사이에 에이스들이 출근을 시작했다. 제일 먼저 민선아가

들어섰다. 눈만 닿아도 섹시하다. 간발의 차이로 들어서는 안지영도 빛이 난다. 살짝 몽환의 기운이 있는 룸의 조명. 그녀들이라면 여신강림이라고 해도 지나칠 정도는 아니었다.

'나도 에이스 하나 땡겨와야 할 텐데.'

"부장님, 커피요."

룸 상태를 확인할 때 오 양이 커피를 들고 들어왔다.

"땡큐!"

"말로만요?"

오 양이 팔짱을 끼며 웃었다.

"그럼 뭐?"

한 번 눌러줘? 전 같으면 속된 농담으로 받았을 길모. 오늘은 점잖은 멘트로 오 양을 바라보았다.

"저도 관상 좀 봐주세요. 언제 시집가고 언제 부자 될 것 같아요?"

그녀가 얼굴을 들이밀었다.

'쥐!'

길모의 뇌리에 찍찍 쥐가 스쳐 갔다. 오 양 얼굴에서 쥐가 연상된 것이다. 눈과 귀 사이의 미구가 사뭇 밋밋하여 큰 부자가 되기에는 글렀다. 그저 쥐처럼 조금씩 재산을 모아갈 상이다. 거기에 이마가 좁으니 중매가 알맞고 얼굴에 각이 보여 만혼(晚婚)의 운명이었다.

"부자가 되고 싶어?"

"네."

"그럼 적금 들어. 그게 딱이야."

"결혼은요?"

"늦을 거야. 그러니 아예 지금 집적거리는 놈들은 쳐다보지도 마. 몸 버리고 돈 날리고 할 테니까."

"그럼 액땜하는 방법은 없어요?"

"액땜?"

"성형하면 될까요?"

성형!

"조금은 낫겠지. 하지만 견적이 꽤 나올 텐데?"

"아, 어디 나 좋다고 덤비는 부자 홀아비 없나? 누구는 하루에 1억 준다는 배팅도 들어온다며……."

오 양은 공허란 바람을 남겨놓고 룸을 나갔다.

'도벽(盜癖)!'

그녀가 나간 후에 길모가 혼자 중얼거렸다. 한 가지는 말하지 않았다. 그건 바로 그녀의 도벽이었다. 관상으로 엿보이는 그녀의 도벽은 조금씩 깊이가 더해가고 있었다. 더 말할 것도 없이 카운터에서 쥐처럼 방 사장의 곳간을 갉아먹고 있는 것이다.

'기회 봐서 방 사장님께 전해줘야지.'

미우나 고우나 방 사장의 인척. 그러니 확실한 낌새가 있을 때까지는 두고 볼 작정이었다.

*   *   *

9시가 되자 30대 중반의 신사가 가게에 들어섰다. 그는 이 부장을 찾았다.

"안 돼요."

카운터 앞에서 이 부장의 목소리가 높아졌다.

"한 번만 도와주십시오."

"글쎄 안 된다니까요. 그게 말이 됩니까? 나가세요. 다른 데 가서 알아보시고."

이 부장이 문을 가리킬 때 길모가 룸에서 나왔다. 남자는 어깨를 늘어뜨리고 계단을 올라갔다.

"진상입니까?"

길모가 물었다.

"별거 아니야. 별 미친놈이 다 있지."

이 부장은 손님들의 주문을 받기 위해 룸으로 들어갔다. 그로부터 얼마 후, 마침내 박길제가 모습을 드러냈다.

"오랜만이야?"

룸에 자리를 잡은 박길제가 웃었다. 진짜 혼자였다.

텐프로에 혼자 온 남자. 이런 경우에는 대개 찍어놓은 지명 아가씨가 있는 게 보통이었다.

"오늘은 제대로 초이스를 하고 싶은데?"

박길제가 다리를 꼬았다. 계산대로라면 와이프는 캐나다로 갔고 가진 건 돈뿐인 남자. 이 남자야 말로 마음에 드는 여자가 있다면 원 나잇에 몇 천만 원도 지를 인간이었다.

왜냐고?

그 정도야 주문표 클릭 한 번으로 챙길 수도 있을 테니까.

"사장님은……."

길모는 뒷말을 흐리며 박길제를 바라보았다. 작은 검은 눈동자에 이마 끝이 살아 있는 상. 주식에 어울리는 관상. 지난번에 본 박길제의 관상은 여기까지였다.

'양의 상.'

지난번과는 다른 느낌이 왔다. 그때가 표면적이었다면 이번에는 그의 운이 한눈에 들어왔다.

'정오에 나쁜 운, 하지만 오후 3시경에 화색이 돌았고… 오후 8시경에 돈이 되는 지인을 만났다. 그래서 좌우 이맛살에 윤기가 돌고 있어.'

길모는 느낌이 오는 대로 더 관상을 짚어나갔다. 두각에 이어 부모궁으로 불리는 월각과 일각을 지났다.

'완악지상에 대탐대실!'

자세히 보니 양의 눈에 살기가 탱탱하다. 몸의 털이 그걸 뒷받침하고 있어 시기심과 지나친 모험심으로 인해 단명할 운명.

양형의 인간이 걸어가는 운명 중의 하나가 바로 시기심과 모험심이다. 양은 본래 순하다. 하지만 뜯어보면 다르다. 양은 시력이 나쁘지만 절벽을 오르는 것도 마다하지 않는다. 보기보다 야망에 불타는 것이다.

이런 모험심의 양형에 영감을 더한 박길제의 관상. 그렇기에 그는 큰손으로서의 승부사적 기질을 만끽하며 사는 것 같았다.

그리고!

간문에 이르러 길모의 눈이 한 번 더 멈췄다.

'간문이 어둡다. 지난밤에 미친 듯이 색욕을 쏟아냈다는 말?'

간문은 눈썹 끝과 눈끝 사이다. 난잡한 사람들은 이곳이 어둡다. 그러니 박길제 또한 어젯밤에 누군가와 홍콩을 들락거렸다는 증거였다.

"오늘 밤은 지난번 그 아가씨하고 관상학적으로 잘 맞습니다."

길모가 한참의 침묵 후에 말을 이었다. 이건 박길제의 건강을 배려한 말이었다.

"그 쪼그맣고 아담한 아가씨?"

"네."

"이봐. 우리 좀 친하게 지내자고."

박길제가 손가방에서 5백만 원 현금 두 다발을 꺼내놓았다.

"웨이터가 관상 논하지 말고 에이스 데려와 봐. 가슴 좀 크고 늘씬한 애로. 머니는 아가씨가 마음에 들면 더 배팅할 수도 있고."

"제 말을 믿지 않으시는군요."

"요즘 세상에 누가 관상을 믿나?"

박길제가 웃었다.

"오늘 점심 때 운에 찬바람 들어왔지요? 그러나 오후 들어서 기분 좋은 운을 만났을 겁니다. 그리고 조금 전에는 좋은 투자 정보를 전하는 귀인을 만나셨군요."

"……?"

"미래는 어떻습니까? 궁금해지지 않습니까?"

길모는 빙그레 미소를 머금은 채 박길제를 바라보았다. 그의 눈가에 머물던 미소가 수직으로 끊어지기 시작했다.

"장난 아닌데?"

한동안 눈빛을 멈췄던 박길제가 소파에 등을 기댔다. 길모의 관상에 관심을 가졌다는 신호였다.

"사장님은 세 개의 보물함을 가지셨군요. 그 안에는 지상의 금은보화가 가득합니다."

길모는 박길제의 집에서 본 금고를 말하는 게 아니었다. 실제로 그의 얼굴에 세 개의 보물함이 보였다. 그걸 본 길모는 살며시 미소를 삼켰다. 보물함은 단 세 개. 그러나 그 빛이 사그라지고 있었다.

아싸!

길모는 박길제 몰래 혼자 쿡 웃었다.

"계속해 봐."

"죄송하지만, 사장님은 머잖아 보물함을 날리게 될 겁니다. 쪽박 차실 운명이시군요."

"뭐라?"

본시 쓴 말은 귀에 거슬리는 법. 쪽박이라는 말이 나오자 박길제가 상체를 곤두세웠다. 그러나 왜 아니겠는가? 그 금고는 이제 길모가 마음먹기에 따라서 경각에 달린 목숨과도 같은 신세였다.

제3장

신묘막측(神妙莫測) 관상파워

"푸하하핫!

박길제는 목청이 터져라 웃었다.

"너 내가 누군 줄 알아?"

그러더니 바로 각을 세우며 목에 힘을 주는 박길제.

"주식판의 큰손이지요."

"내가 보통 큰손인줄 아냐? 백전백승, 여의도에서는 IT 시대 불곰으로 불리는 사람이야."

"죄송하지만 불곰이 뭔지 모릅니다."

"증권가에서는 불곰하면 전설적인 큰손을 가리키는 말이다. 알아?"

"그래봤자 이거 아닙니까?"

길모는 구석의 장식 유리잔 속에서 주사위 하나를 꺼내 들었다. 손님들이 가끔 내기나 하라고 놓아둔 것이었다.

"주사위?"

"한 번 맞춰보시겠습니까?"

길모는 주사위를 쥔 손을 내밀었다.

"지금 나랑 장난하자는 건가?"

"맞추시면 오늘밤은 제가 무료로 대접하겠습니다. 단, 옵션
은 사장님이 틀리면 전체 무효가 된다는 겁니다."

"3."

박길제는 바로 응했다. 오기작렬, 그 역시 승부사 기질 때문
이었다.

"맞았군요."

손을 펴니 맨 위의 숫자는 3이었다. 박길제는 비웃음을 쏟아
냈다.

"한 번 더 갑니다. 이번에 맞추시면 여자까지 안겨드리죠."

길모가 다시 손을 내밀었다.

"6."

박길제는, 또 맞췄다.

"한 번 더 입니다. 이번에 맞추시면 2차까지 책임집니다."

세 번째 판에는 박길제가 틀렸다. 2라고 말했지만 5가 나온
것이다.

"홍 부장, 지금 나랑 뭐하자는 건가?"

박길제가 길모를 쏘아보았다.

"주식은 잘 모릅니다만 계속하면 지는 거 아닙니까? 지금 사
장님의 운이 딱 거기에 와 있다 이겁니다. 두어 번 적중하며 승

승장구했지만 결국 마지막에는 도로아미타불이 되어버리는……."

"……?"

"사장님의 명궁에 살(殺)이 들었습니다. 이제부터 운이 막힙니다. 돼지 쓸개를 반으로 갈라 매단 듯하던 재백궁, 즉 코에도 먹구름이 살짝 올라앉았으니 제 말은 명백합니다. 그래도 노복궁, 즉 턱이 받쳐 주고 있으니 지금 제대로 정리를 하면 큰 대과 없이 여생을 마칠 걸로 봅니다."

"그래서? 내 금고를 열어 기부라도 하란 말인가?"

"그렇게 하신다면 노년 운에 좀 더 좋은 공덕이 되겠지요."

"홍 부장!"

참고 있던 박길제가 테이블을 내려쳤다.

"앞으로 3시간 후, 그리고 내일 아침 11시, 그 신호탄이 터질 겁니다. 죄송하지만 오늘은 집에 일찍 귀가하시는 게 좋을 듯합니다만……."

"됐으니까 술이나 가져와!"

박길제가 목청을 높였다.

길모는 일단 복도로 나왔다.

[술 들여요?]

기다리던 장호가 물었다.

"300만 원 꼬냑 한 병 넣고 아가씨는 승아 불러라."

[술 넣고 바로 금고 터는 거죠?]

기대감에 젖은 장호가 길모를 바라보았다. 하지만 길모는 천천히 고개를 저었다.

[아니라고요?]

"그래."

길모의 대답은 짧고 명쾌했다.

박길제!

겁악제빈의 세 번째 미션.

윤호영이 준비한 미션이었으니 당연히 깰 마음이었다. 다만 길모는 전략을 바꾸었다. 호영의 말을 상기한 것이다.

"금고 개방은 최후의 수단일 뿐이다. 운명을 거역하는 인간들에게 보여주는 본보기."

금고 개방은 최후의 수단.

그 말에 격하게 공감이 되었다.

신묘막측의 관상 능력.

그게 정말 천기를 들여다보는 것이라면 굳이 매번 노가다 같은 금고털이를 나설 필요가 없었다. 그건, 윤호영의 말처럼 최후의 수단이면 충분한 것이다.

이제 한층 레벨 업이 된 길모. 그 관상 능력의 실체를 확인해 보고 싶어졌다.

[포기예요?]

장호가 다시 물었다.

"천만에. 손 안 대고 열어보려고."

[네?]

장호의 눈이 휘둥그레졌다.

"그러니까 빨리 가서 술이나 안겨."

길모는 장호의 등짝을 팡 하고 쳐주었다. 영문을 모르는 장호는 그래도 꼼지락거렸다. 결국 엉덩짝을 걷어차 버리는 길모.

장호가 들어가고,

승아도 들여보냈다.

그때 오 양이 길모를 불렀다.

"홍 부장님, 전화요."

전화를 건 사람은 조 이사였다. 횡액의 악운이 끼었던 사업가의 아들.

"두 시간 후에 오시면 괜찮습니다."

길모는 예약을 받아들였다. 그렇잖아도 다시 초대하려던 조이사였다. 통화를 끝내고 돌아설 때 서 부장이 다가왔다.

"예약이냐?"

"예."

"오늘도 그럭저럭 선방이네?"

"그래봤자 형님만이야 하겠습니까?"

"그보다 잠깐 나 좀 도와줘야겠다."

"뭘?"

"방금 오신 손님이 오늘 처음 모시는 분이야. 육만섬유 사장 아들인데 대화 중에 나온 말이 부모님 성화에 선을 봐야 한다네. 두 명을 점지해 주셨는데 쉽게 결정하기가 어려운가 봐. 워낙 상류층들이라 양다리는 걸칠 수 없고……."

"관상을 봐달라는 거군요?"

"좀 부탁해. 첫 인연이 중요하거든."

"그러죠. 대신!"

길모는 미소와 함께 뒷말을 이었다.

"형님의 노하우 하나를 알려주시는 조건."

"야, 노하우랄 것도 없지만 그런 거라면 환영한다. 우리 서로 잘되어야 카날리아가 사는 거야."

서 부장은 프로페셔널이다. 그는 시원하게 수락을 했다.

8번 룸의 손님은 세 명이었다. 30대 초반의 남자들은 이마가 탐스러웠다. 다 부모를 잘 만났다는 반증에 부자라는 의미였다.

"이 여자들입니다."

따로 떨어져 앉은 남자가 화면을 열어주었다. 재벌가 출신답지 않게 공손하고 싸가지도 있었다. 여자들의 사진은 청아했다. 아무 말도 하지 않으면 탤런트 사진인 줄 알 정도였다.

"죄송하지만 사장님이 원하는 게 뭔지……."

길모가 물었다.

"원판불변의 법칙이 깨진지 오래잖아요? 다들 성형이다 포샵이다 해대니 사진을 보고야 알 수가 있어야죠. 부모님은 둘 다 조신하고 참신한 여자라고 하는데……."

남자가 온화하게 말을 이었다.

"내가 동생이 둘인데 우리집 가훈이 가화만사성입니다. 제 고등학교 동창 중에 장가간 놈들이 많은데 한결같이 그러더군요. 결혼하고 나니 형제들이랑 소원해지는데 그게 대부분 마누라 때문이라고. 제가 장남이다 보니 패밀리를 원만하게 이끌고 부모님도 공경하는 내조가 필요하거든요. 그래서……."

'그렇다면 눈썹이군.'

길모는 시선을 여자들의 눈썹으로 옮겨갔다. 관상에서는 눈썹이 형제자매궁이기 때문이었다. 눈썹은 곧 지붕이라 눈보다 길어야 길하다. 그렇지 못하면 고독할 상. 더불어 눈썹 끝의 위쪽 부분이 맑은 느낌이어야 좋다. 그래야 평생 행복을 구가하며 살 수 있는 것이다.

길모는 두 번째 화면의 여자를 골라주었다.

"이 여자입니까?"

남자가 물었다.

"예."

"그래요? 솔직히 난 앞 사진에 끌렸는데… 이 여자는 가문은 좀 딸리거든요. 대학도 국내파고……."

남자가 길모를 바라보았다. 신의 점지가 아닌 다음에야 설명이 필요한 순간이었다. 사람은 이해를 해야 쉽게 받아들이는 법.

"오관 중에서 사람의 인상을 결정하는 핵심은 눈썹입니다. 이는 형제자매궁을 뜻하는 것이니 이 눈썹이 눈보다 길어 수려하면 형제자매 우애가 좋습니다. 앞의 여자는 미녀지만 눈썹이 짧지 않습니까? 이분은 장차 형제자매의 우애를 깨뜨리고 사장님을 고독하게 만들 수 있습니다."

"이야, 그러고 보니 진짜 이 여자는 눈썹이 짧네?"

앞쪽에서 귀를 기울이던 친구들이 입을 모아 말했다.

"홍 부장님이라고 하셨죠?"

남자가 길모를 바라보았다.

"내친 김에 한 가지 더 부탁해 봅시다."

남자가 지갑에서 100만 원을 꺼내놓았다. 복채였다.

"뭘 원하시는지?"

"짓궂은 거겠지만 관상으로 누가 밤일을 더 잘할지도 알 수 있나요?"

"……."

"김 상무님, 그런 거까지는……."

길모가 침묵하자 서 부장이 나서서 수습을 시도했다. 길모의 입장을 고려한 것이다.

"뭐, 틀려도 괜찮습니다. 겸사겸사 드리는 복채니까요."

남자가 한발을 물러섰다.

"그렇다면 눈썹과 산근, 그리고 볼을 보면 될 것입니다."

길모의 입이 열린 게 그때였다. 딱히 말하지 못할 일도 없었다.

"좀 자세히 말해보세요."

이번에는 친구들이 채근을 했다. 여자와의 속궁합을 보는 능력. 그걸 마다할 수컷은 안드로메다에도 없을지도 몰랐다.

"우선 눈썹에 숱이 적당하고 윤기가 나면 그곳의 음모도 그렇습니다. 두 부분의 터럭은 서로 닮기 때문이죠. 나아가 산근은 눈과 눈 사이를 말합니다. 이곳이 바로 질액궁으로 이곳이 윤기가 나면 그곳의 사랑 액체가 맞춤하다는 것이니 당연히 좋겠지요. 나아가 볼은 여자의 그곳이니 발그레 홍조가 돌면 처녀성을 잃지 않았을 가능성이 높습니다."

"우아!"

친구 하나가 감탄을 내질렀다.

"하지만 술집에서는 조명이 어둡고, 또 술은 한잔 마시며 대개 누구나 볼이 발그레해지니 판단하기 쉽지 않을 겁니다. 그래서 술이 한잔 들어가면 아무 여자든 예뻐 보이는 거지요."

"우리 홍 부장님, 아주 귀신이네. 족집게예요!"

친구들은 박장대소를 하며 좋아했다. 길모의 찬조 출연은 대성공이었다.

"대단하다. 너 정말 내가 아는 홍 부장이 맞냐?"

복도로 나오자 입이 귀에 걸린 서 부장이 숨도 쉬지 않고 물었다.

"왜 이러십니까? 저도 주특기 하나는 있어야죠."

"주특기 정도가 아니잖아? 처음에는 이 친구가 관상책 몇 번 뒤져 보고 운이 좋아 몇 번 맞춘 거겠지 했는데 지금 보니 아주 도사잖아? 도사."

"그만하시고 내놓으세요."

"뭐?"

"복채 100만 원 하고 노하우요."

"아, 그거……."

서 부장이 수표를 꺼내놓았다. 길모를 대신해 집어왔기 때문이었다.

"노하우라고 할 것도 없다만……."

서 부장은 담배를 꺼내 물었다.

노하우!

노하우라는 게 그렇다. 이미 그게 몸에 밴 사람에게는 노하우가 아니다. 그러나 그걸 모르는 사람에게는 달랐다. 성공으로 가는 초고속 엘리베이터가 되기도 하는 것이다.

"뭐, 거창하게 말할 것도 없고 한 가지만 간단하게 말해줄게."

서 부장이 입을 열자 길모는 메모지를 꺼내 들었다.

"야, 이런 걸 뭘 적냐? 그냥 머리에 넣어두면 되지?"

"그래도 적어야……."

"너 진짜 변했구나. 좋다. 그 자세……."

서 부장은 담배를 비벼 끄며 말을 이었다.

"내가 오늘 홍 부장을 왜 부른 줄 알아?"

"그야 관상 때문에……."

"물론 그렇지. 그런데 진짜 이유는 저 손님들이 처음 찾아온 손님이라서 그런 거다."

'처음 온 손님…….'

"내가 이 바닥 생활하면서 갖는 첫 번째 원칙이 있다. 그게 바로 첫 손님에게 올인이라는 거야."

"첫 손님에게 올인이라고요?"

"생각해 봐라. 처음 온 손님은 무슨 짓을 해서라도 잡아야지. 그래야 단골이 되는 거 아니냐?"

"그, 그러네요."

"처음 온 손님의 마음을 사로잡지 못하면 바로 발길 끊잖아? 그러니까 처음 온 손님은 각별히 대접해서 단골로 삼는다. 노하우의 첫 번째!"

"어떻게 사로잡는데요?"

"그거야 사람에 따라 각개격파지. 술을 좋아하면 그 취향에 맞추고, 여자를 좋아하면 여자, 혹은 안주를 좋아하거나 분위기 따지면 거기에 맞춰서……."

"아하, 그래서 첫 손님에게는 꼭 형님 아가씨들을 전부 끌고 가서 인사를 시켰군요?"

"이야, 홍 부장 눈썰미 좋네?"

서 부장이 웃었다.

그랬다.

서 부장은 첫 손님이 오면 그게 한 사람이든 다섯 사람이든 자신의 박스 아가씨를 총출동시켰다. 어쩌다 다른 박스의 에이스가 있으면 그들도 함께 인사를 시켰다. 자신의 자원(?)을 과시하는 것이다.

"그거 우습게 볼 게 아니거든. 아무래도 예쁜 아가씨가 많으면 그만큼 유리하니까."

"그래서 형님 단골이 많은 거로군요."

"거기엔 두 번째 노하우가 또 있다. 이번에는 두 번째 오는 손님."

길모는 귀를 기울였다. 두 번째 오는 손님은 또 어떻게 공략하는 걸까?

"역시 올인이다. 절대 기분 상하지 않게, 최선을 다해."

"……?"

"세 번째, 네 번째, 다섯 번째도 마찬가지고 마지막으로 단골 손님들."

'단골들?'

"그분들 역시 올인이다. 왜냐면 사실 단골이 되면 얼굴 익혔다고 조금 소홀할 수가 있거든. 다들 잡은 고기에는 먹이를 주지 않으니까."

그 또한 진리였다. 텐프로에도 조금 친해지면 형님 아우하면서 대충 때우는 웨이터들이 있다. 단골이니까 쉽게 변심하지 않고 조금 소홀해도 이해하리라는 기대감 때문이었다.

"절대 그렇지 않다. 단골이 왜 단골인줄 아니? 새로 오는 손님들보다 대우받는다는 생각 때문에 단골로 오는 거야. 그러니 오히려 조금이라도 소홀하면 바로 발길 끊는 수가 있다."

"아!"

길모는 감탄했다. 마치 자신의 과거를 보는 것 같았기 때문이었다.

"정리하면 나는 이런 웨이터 철학을 가지고 있다. 세 번 친절해서 단골 안 될 손님 없고 세 번 불친절해서 등 안 돌릴 단골 없다."

"……!"

"그건 조선시대 유명한 학자의 말을 응용한 건데 후자는 수정해야 한다. 세 번이 아니고 한 번 불친절해서 등 안 돌릴 단골 없다로!"

길모.

서 부장에게 꾸벅 허리를 조아렸다. 관상왕 홍길모. 하지만 카날리아 안에서 웨이터 왕은 여전히 서 부장이었다.

룸싸롱 웨이터.

밤의 지휘자.

룸싸롱 아가씨.

밤의 꽃.

이들의 사회도 변혁기에 들어섰다. IT 산업은 유흥가까지 파급을 미쳤다. 급변하는 산업 현장에서 변화를 따라가지 못하는 분야는 대다수 도태되거나 그 직전이었다.

한때는 돈을 긁어모으던 유흥업소들. 그들도 90년대 이후에 불야성의 철옹성이 무너지기 시작했다. 그와 더불어 룸싸롱 신화도 풀이 꺾였다.

그 와중에 이름도 방식도 다양하게 시도되었다.

요정.

룸싸롱.

비즈니스룸.

하이퍼블릭.

풀싸롱.

텐프로.

단란주점.

심지어는 하드풀방으로까지.

말하자면 길모가 웨이터에 입문한 시기는, 역설적으로 웨이터업으로는 내리막길에 있었다. 불패를 자랑하던 나이트클럽이 '클럽' 문화에 밀려 장년층 중심으로 돌아서고 카바레는 그보다 더한 고난을 만나 무슨 텍으로까지 변모를 시도하기도 했다.

그런데!

거기서 길모는 잠시 생각을 멈췄다.

신묘막측의 천기를 읽는 능력을 전해준 호영. 그는 그걸 몰랐던 걸까?

어째서 웨이터인 나에게?

길모의 생각이 덜컹거리기 시작했다. 그 또한 뭔가 의도가 있지 않을까 싶은 것이다. 그러다 3번 룸과 7번 룸에서 약간의 차이를 두고 나온 거부들을 보며 손뼉을 쳤다.

돌아보니 이만큼 맞춤한 곳도 없었다.

강북 최고의 텐프로.

견실한 사업가들이 비즈니스를 위해 오기도 하지만 졸부나 부정한 방법으로 돈을 긁어모은 인간도 넘친다. 그들은 결코 대포집에서 2만 원짜리 안주에 소주를 마시지 않는다. 왜냐하면 거하게 써야 거하게 들어온다는 법칙을 체득하고 있기 때문이다.

뭔가 떠오른 길모가 구석의 노트북을 켰다. 그리고 인터넷 게임방에서 '고스톱' 게임을 열었다. 파리 팍팍 날릴 때 궁상맞게 소일하던 게임이었다.

화면을 바라보았다.

처음 로그인하면 10만 원의 게임머니를 준다. 이걸 가지고 점 500원 방에서 게임을 한다. 컴퓨터의 농간이라 대박 아니면 쪽박이다. 어쩌다 운이 좋으면 바로 억 단위 방으로 진출한다. 그래봤자 한 방이다. 어떨 때는 수십억을 긁기도 하지만 결국에는 개털이 된다.

컴퓨터의 농간이란, 게임머니 단위로 점당 판돈이 달라진다는 것이다. 즉 수십 억 게임머니를 가지고 있으면 반드시 점당 100만 원 게임방에서만 게임을 할 수 있는 것이다.

오링, 소위 쪽박은 정해진 수순이다. 한참 불붙어 재미가 오를 때 '반드시' 털린다. 열불 나는 사람은 바로 현질을 해서 게임머니를 충전한다. 결국 돈을 버는 사람은 게임 회사뿐이다.

길모는 1번 룸을 바라보았다.

슬슬 파장을 암시해야 할 시간이었다. 더구나 조 이사가 올 시간이 아닌가?

"뭐 더 필요하신 거 없습니까?"

길모는 시치미를 뚝 떼고 들어섰다. 이럴 때 대한민국 룸싸롱 웨이터들의 공통점은 부처상이다. 일단 미소를 머금는다. 미소로 가실 시간입니다 하고 윽박지르는 것이다.

"가라고?"

박길제는 베테랑이었다. 대꾸하는 투가 룸싸롱 많이 다녀본 사람이었다.

"아까 말씀드렸다시피 오늘은 일찍 가시는 게……."

"일진 사납다?"

"그렇다기보다……."

"내가 오늘은 피곤해서 그냥 가는데 다음엔 알아서 해."

"알겠습니다."

박길제가 일어섰다. 그런데 멀쩡해 보였다.

[술 별로 안 마셨어요.]

빈 틈 사이로 승아가 수화를 날려왔다. 그래서 박길제는 대리도 거절했다.

"양주 두 잔 마셨는데 마시면서 깼어. 홍 부장, 이래가지고 돈 벌겠어? 손님이 오면 술 팔 생각을 해야지. 다시 내 얼굴 볼 생각 말라고."

"그럴 리가요? 아마 내일도 오시게 될 겁니다."

"내가?"

"네."

"내기할까?"

"좋지요."

"좋아. 내일 안 오면 다음에 에이스하고의 원나잇 책임지라고."

"그러죠."

"허, 이 친구……."

"어쨌든 운전은 안 하시는 게… 우리 직원에게 모셔다 드리라고 하겠습니다."

"됐어. 나 멀쩡하니까 일 보라고."

"사장님."

"됐다고."

짜증을 내는 박길제의 얼굴. 길모는 보았다. 그의 얼굴에 서린 액운의 그림자가 조금 더 짙어진 걸.

"그럼 조심히 운전하십시오."

길모와 승아, 장호의 인사를 뒤로 하고 세단이 출발했다. 동시에 길모가 장호에게 눈짓을 보냈다. 장호는 단숨에 오토바이의 시동을 걸었다.

[어디 가는 거예요?]

승아가 물었다.

"응. 안전하게 가시나 보고 오라고."

길모는 웃으며 대답했지만 마음 한편에서 긴장감이 칼날처럼 솟아올랐다.

'맞을까?'

박길제의 관상을 타고 내려온 커다란 불운. 그것도 지금으로부터 한 시간 이내.

맞는다면 금고는 털지 않아도 된다. 하지만 빗나간다면, 내일이라도 출동할 생각이었다.

끼익!

먼 도로를 바라보는 사이에 또 다른 차량이 들어섰다. 조 이사였다.

"어서 오십시오."

길모는 서 부장의 말을 떠올리며 성심껏 조 이사를 맞이했다. 두 번째 온 손님. 이전 같으면 깝죽거리며 아는 체를 할 판이었지만 길모의 응대 자세는 사뭇 달랐다.

'오빠가 많이 의젓해졌어.'

그런 길모의 뒷모습을 바라보며 승아가 웃었다.

"술은 알아서 세팅해요. 외상은 안 할 테니까."

1번 룸 안에 들어선 조 이사가 웃었다. 얼굴은 웃지만 마음은 착잡한 표정. 길모는 그런 분위기를 읽을 수 있었다.

"아가씨는……?"

"그 아가씨로 넣어줘요. 말 못 한다는……."

"알겠습니다."

장호가 나간 탓에 서빙은 승만이를 우겨넣었다. 주류 창고에서 망설이던 길모는 일단 로얄살루트 38년으로 잡았다.

"홍 부장!"

뒤따라 들어온 서 부장이 길모를 불렀다.

"네?"

"어떤 손님이야?"

"저번에 새 사업에 진출한다고 오셨던⋯⋯."

"며칠 안 지났는데 왜 왔대? 더구나 혼자서? 이거?"

서 부장이 새끼손가락을 들어보였다. 아직 젊은 남자니 아가 씨에게 빠져서 온 건가 묻고 있는 것이다.

"그게 아니고 관상 좀 봐달라고 온 거 같아요."

"관상?"

"네⋯⋯."

"보아하니 알아서 세팅하라고 한 모양이군?"

"으악, 어떻게 아셨어요?"

"사람 장난해? 내가 비록 관상 보는 재주는 없지만 눈치는 빠 꼼이잖아?"

"그래도 너무 족집게라⋯⋯."

"이걸로 세팅해."

서 부장은 로얄살루트를 빼고 300만 원짜리 꼬냑을 안겨주었 다.

"형님⋯⋯."

"왜? 돈 없는 손님이야?"

"그건 아닙니다만 이건 좀 과한 거 같아서⋯⋯."

"뭐가 과한데?"

"여럿이 온 것도 아닌데 300만 원짜리는 좀⋯⋯."

"혼자 왔으니까 더욱 300만 원짜리로 가야지. 잘해야 두 병 마실 거 아니야?"

서 부장이 우묵한 눈으로 길모를 바라보았다.

"내가 가불로 팁 하나 더 줄 테니까 나중에 관상 원하는 손님 오시면 지원 좀 해줘. 오케이?"

"네. 오케이……."

"저 손님이 관상 보려고 온 거 같다고 했지?"

"네."

"그럼 봐줘. 잘!"

"……?"

"대신 비싼 거 세팅해서 매상 팍팍 올려. 그게 서로 윈윈하는 길이잖아?"

말은 맞았다.

"생각해 봐. 저 손님이 왜 홍 부장을 찾았겠어? 그건 홍 부장만의 주특기가 있어서 그런 거잖아? 관상 솜씨."

"네……."

"게다가 돈 여유가 없는 것도 아닌데 뭐가 걱정이야? 큰 기업이면 접대비로 충당이야. 홍 부장은 저 손님이 원하는 걸 주고 대신 홍 부장이 원하는 걸 받아내면 되잖아?"

"내가 원하는 거?"

"매상! 우린 프로잖아?"

서 부장은 그 말을 남기고 창고를 나갔다.

매상!

프로!

두 단어가 길모의 정신에 알전구를 밝혀주었다. 이제 길모는 그가 원하는 관상을 봐줄 능력이 생겼다. 그 관상은 300만 원짜리 싸구려가 아니다.

'못 할 거 없지.'

길모는 서 부장이 골라준 꼬냑을 내려놓았다. 그리고 그 옆에 남아 있는 단 한 병의 900만 원짜리를 집어 들었다. 헤네시였다.

사실, 그걸 테이블에 올렸을 때 길모는 살짝 양심에 찔렸다. 하룻밤 2억 매상이 나온 전설이 떠돌기도 하는 텐프로지만 천만 원이 애들 장난인가? 더구나 한두 시간에 사라지는 것이다.

그런데 조 이사는 군말하지 않았다. 길모가 꼬냑의 가격을 알리고 원치 않으시면 다른 걸로 대령하겠다고 했는데도 말이다.

다만 이 한마디는 물었다.

"그걸 마시면 행운이 올까요?"

길모는 그럴 거라고 대답했다.

"한 잔 받아요."

병이 개봉되자 조 이사가 술잔을 내밀었다.

"안 됩니다. 제가 먼저 올리겠습니다."

길모가 술병을 잡았다. 손님에 앞서 잔을 받지 않는 것. 그 또한 일류 웨이터들의 자세였다. 마찬가지로 프로 아가씨들은 특별한 경우를 제외하고는 먼저 술을 밝히지 않는다. 그건 방 사장의 훈시이기도 했다.

주면 황송하게 받고 안 주면 달라 하지 않는다.
술은 손님의 피와 같기 때문이다.

피를 주는 건 마음이 기껍다는 이야기. 방 사장의 설파는 아주 엉터리 같지는 않았다.

"실은 아버지가 검찰에 소환되었습니다."

한 잔을 마신 조 이사가 빈 목소리로 입을 열었다.

"저런……."

"검찰에 가시면서 말씀하시더군요. 홍 부장님을 찾아가 보라고."

"제가 무슨 힘이 된다고……."

"아버지의 운명을 적확히 짚어내지 않았습니까? 그건 아무도 예상 못 한 일이었습니다."

"그렇게 말씀해 주시니 비록 계명구도의 몸이지만 고심해 보겠습니다."

계명구도(鷄鳴狗盜).

어려운 말이 나오자 승아가 길모를 바라보았다. 이는 닭이 우는 재주가 있고 개는 구멍에 들어갈 재주가 있으니 작은 재주라도 있으면 남을 도울 수 있다는 뜻이었지만 길모의 입에서 나온 건 처음이기 때문이었다.

길모도 자신의 입에서 어려운 말이 술술 나오자 섬뜩했지만 한편으로는 짜릿했다.

"아가씨를 잠깐 내보낼까요?"

길모가 조 이사의 입장을 고려해 물었다.

"아닙니다. 말을 못 하는 데다 조신해서 상관없습니다."

"……."

더러 들어왔던 말. 그런데도 오늘 밤의 길모에게는 와 닿는 게 있었다.

말을 못 하는 승아. 그렇기에 비밀과 보안에는 더 유리했다. 즉, 크게 의식하지 않고 대화를 나눌 수 있는 장점이 되고 있는 것이다.

"변호사와 상의해 보니 구속은 피하기 어렵겠다는데 방법이 없겠습니까?"

조 이사의 눈빛은 애절했다. 검찰에 불려간 아버지. 곧 구속될 혈육을 걱정하지 않을 사람이 누가 있단 말인가?

"혹시 최근에 찍은 아버지 사진이 있습니까?"

길모가 물었다. 엊그제 본 사람이지만 오늘의 길모는 그 길모가 아니었다.

"마침 검찰에 가기 전에 간부회의를 주재한 영상이 있습니다만……."

"좀 보여주시죠."

"잠깐만요."

조 이사는 직원에게 전화를 걸어 파일 전송을 지시했다. 그사이에 길모는 승아를 시켜 노트북을 가져오도록 했다. 노트북을 조 이사에게 넘겨주자 이메일 속의 영상이 재생되기 시작했다.

"그 얼굴을 확대해 주시죠."

어느 부분에서 길모가 요청을 했다. 조 이사는 날렵한 손놀림으로 아버지의 얼굴을 실물 크기로 확대해 놓았다.

"그동안 축록자불견산(逐鹿者不見山)이었군요."

다시 한 번 고사성어가 작렬했다. 승아의 눈은 이제 쏟아질 듯 둥그레졌다.

"무슨 뜻이신지?"

유식해 보이는 조 이사도 뜻을 가늠하기 어렵다는 표정을 지었다.

"이익과 욕심에 눈이 멀어 눈앞에 닥칠 위험을 몰랐다는 얘깁니다."

"아!"

"죄송하지만 감옥 생활을 면키는 어려울 상입니다."

"그럼 얼마나?"

"이마의 명궁에 죽은 불기운이 서리고 양쪽 눈썹이 각을 세웠으니 거친 소나기 쏟아질 시기입니다. 하지만 복덕궁이 아직 폭 꺼지지 않았으니 그리 오래 고생하시지는 않을 것 같습니다."

"그럼 이 사진도 좀……."

조 이사는 품에서 몇 장의 사진을 꺼내놓았다. 다들 반듯한 얼굴이었다.

"변호를 맡길 변호사들을 수배 중입니다. 어떤 변호사가 제일 좋을지도 좀 봐주시죠."

길모가 막 입을 떼려할 때 서 부장의 목소리가 떠올랐다.

매상!

프로!

"그러시면 매상도 좀 올려주셔야……."

길모는 부드럽게 말했다. 손님은 원하는 걸 얻고 길모는 매상을 올리는 것. 혹시 비싼 거 시키라고 하면 화내고 가버릴까 잔뜩 쫄던 길모는 더 이상 1번 룸에 없었다.

"술값은 걱정하지 말고 잘만 봐주세요."

이래저래 아쉬운 입장의 조 이사는 앞뒤 가리지 않았다.

"이 변호사의 관상이 호랑이 상입니다. 그것도 잠자리에 들 호랑이나 늑대 떼에게 물린 호랑이가 아니라 막 기상에 불타오르는…….."

"……?"

"호랑이는 제 먹이를 빼앗기지 않지요. 그러니 이분에게 변호를 맡기면 최상의 판결을 이끌어낼 것 같습니다."

"그 사람입니까? 우리 이사회에서는 이분을 밀고 있던데……."

조 이사가 뽑아낸 사진은 60대의 변호사였다.

"법원장 출신이라 아직 전관예우도 기대할 수 있다고……."

길모의 눈이 법원장 출신 변호사에게로 향했다. 하지만 바로 고개를 저었다.

"이마가 좋군요. 하지만 이마 양쪽에 주름이 많이 생겼습니다. 이는 곧 관재수를 의미하니 이분은 일주일 이내로 관재수에 시달릴 겁니다. 그래도 좋으시다면……."

길모의 관상은 거기서 끝났다. 박길제를 따라갔던 장호가 돌아왔기 때문이었다. 물을 가지고 들어온 장호는 길모에게 손짓을 날렸다.

하얗게 질린 얼굴.

뭔가 큼지막한 일이 터진 게 분명했다.

"왜?"

복도로 나온 길모가 후들거리는 장호에게 물었다.

[그, 그게…….]

장호의 수화가 허공에서 버벅거렸다.

"그 인간, 사고 났지?"

길모, 태연히 질문을 던진다.

[어, 어떻게 알았어요?]

"얼마나 크냐?"

[네거리에서 신호 무시하고 밟다가 다른 외제차를 들이박았어요. 그렇게 세게 박은 거 같지는 않은데 상대방이 의식을 잃어서 119 구조대가 실어갔어요.]

"사고가 크지 않다고?"

[네. 피도 안 나고… 아마 외제차라서 튼튼해서 그런 거 아닐까요?]

"박길제는?"

[경찰이 데려갔어요.]

"알았으니까 룸에 양주나 한 병 더 넣어라."

[뭘로요?]

"지금 창고에 남은 것 중에서 제일 비싼 걸로.

[알았어요.]

지시를 받은 장호가 주류 창고로 뛰었다.

'사고가 크지 않다?'

찜찜했다. 박길제의 관상에서 읽혀진 바로는 대형사고가 나야 했다. 그래서 금고 하나쯤의 보상금이 날아가야 했다.

'하긴 일단 그 정도 맞은 것만 해도 어디냐?'

실망하지 않기로 했다. 아직 자세한 걸 알 수는 없지만 여기

까지 적중한 것만으로도 천지개벽, 가히 신묘막측에 속하는 일
이었다.

조 이사는 1,500만 원을 계산하고 나갔다. 이날 밤, 현재까지
의 매상으로는 톱에 위치하는 기록이었다. 기분 좋게 매출 장부
에 사인을 할 때 강 부장이 손짓을 했다.

"부르셨습니까?"

길모는 명랑하게 달려갔다.

"룸 비었지?"

"네⋯⋯."

"손님 하나 받을래?"

"저야 좋지요."

"좋아할 거 없다. 좋은 물주라면 내가 너 줄까?"

강 부장은 솔직했다. 수완이 좋고 정관계 인사 손님이 많은
강 부장⋯⋯.

"제가 찬밥 더운밥 가리겠습니까?"

"왜 이러냐? 방금 전 한 테이블로 내 세 테이블 매상 끊었다
면서."

"그거야 어쩌다 재수가 좋아서⋯⋯."

"재수가 아니고 관상이지. 너 아예 그 길로 나가라."

"네?"

"관상 보는 웨이터 말이야. 솔직히 카날리아에는 그런 거 좋
아할 손님 많을 거다. 삐딱한 사업가나 돈질하는 인간들 많잖
아?"

"저도 그렇게 생각하고 있습니다."

"그런데 너는 관상을 척 보면 아냐?"

"아닙니다. 한 번 제대로 보면 진이 다 빠집니다."

그건 거의 사실이었다. 스윽 보면 대충 보일 뿐이다. 그 사람의 운을 제대로 보려면 길모도 그만한 공을 들여야 했다.

"아무튼 대단하다. 우리 홍 부장이 이런 재주가 있을 줄 누가 알았을까?"

"형님은……."

"다른 게 아니고 누가 소개해 줬는지 모르는데 젊은 손님이 전화를 해왔어. 셋이 놀 건데 견적 좀 뽑아달라고 말이야. 우리 룸이 꽉 차서 그러니까 생각 있으면 하고 아니면 뺀찌 놓으려고."

"지금요?"

"아니면? 젊은 애들은 내일이 없잖아? 오늘 달리다 죽어야지."

도련님과 손님의 견적 요청.

이런 손님들은 대개 열정적 아가씨들이 필요하다. 무한폭주. 이름하여 광란의 밤. 마시고 추고 달리려는 것이다.

즉 유나는 몰라도 승아는 어울리지 않는다. 승아와 놀면 파트너가 제대로 못 놀아서 재미 다운이었다는 불평이 나오기 쉬웠다.

"말로는 두당 200씩 해서 600까지는 된다니까 알아서 결정해."

"지지입니다."

길모는 게임 용어로 대답을 대신했다. 포기하는 것이다.

"그래?"

"저희 1번 룸하고는 맞지 않는 거 같아서요. 그래도 챙겨주셔서 고맙습니다."

길모는 꾸벅 인사를 하고 돌아섰다.

600만 원.

전 같으면 환장을 하고 달려들 매상이었다.

보도에서 사이즈 좀 나오는 애 하나 불러 유나와 승아를 끼워 넣으면 그만이다. 체인지 요구가 나오면 아가씨가 없다고 쌩까면 된다. 그것도 아니면 B급 마스크를 불러준다. 그렇게 되면 결국 승아하고 놀 수밖에 없다.

하지만!

자꾸 보도 신세를 지고 싶지는 않았다. 텐프로의 퀄리티를 떨어뜨리는 일이다.

1번 룸.

그걸 중심으로 승부를 보려면 결단이 필요했다.

관상왕의 1번 룸.

괄시받던 웨이터로서 길모가 꾸던 꿈.

그 위에 윤호영의 꿈이 투영되었다.

악행이나 불법으로 치부한 부자를 징치하거나 운명을 들여다보길 원하는 부자들의 가려운 데를 긁어 소외된 사람들을 돕기.

그러자면 큰 꿈을 꾸어야 했다. 잡동사니 손님들을 끌어모아 푼돈에 쩌는 게 아니라 차원 높은 관상을 내세운 운명 안내자로서의 품격.

호영의 혼을 만난 시간.

그 후로 길모는 차곡차곡 변모하기 시작했다. 그가 얻은 달마 대사의 능력을 고스란히 넘겨준 데에는 그만한 바람이 있을 것 같았다.

기왕이면 고상하게, 기왕이면 화끈하게, 그리고 기왕이면 자발적으로 금고를 열게 하리라.

부자들이 돈주머니를 열게 하리라.

그래야 자신을 위해 두 번이나 희생한 호영에게 부끄럽지 않을 것 같았다.

그도 화답하는 것일까?

길모의 결심을 따라 눈에서 후끈한 느낌이 배어나왔다. 손도 그랬다. 그 뜨거움은 단순한 열이 아니었다.

의지이자 열정, 나아가 빛나는 숭고함이었다.

길모는 확실하게 업그레이드되었다. 그 자신도 그걸 확실하게 인지하고 있었다. 이제 길모에게 남은 아이템은 단 하나. 관상왕에게 어울리는 에이스를 확보하는 길이었다.

길모가 한 번도 데리고 있어보지 못한 에이스.

* * *

"전원 집합!"

새벽 4시, 매상을 마감한 길모는 팀원을 끌고 도가니탕 집으로 향했다. 한 가지 확인할 일이 있었다.

"먹고 싶은 거 마음대로 시켜라. 오늘 서 부장님 손님한테 복채 100만 원 땡겼다."

길모가 수표를 흔들며 말했다.

[오빠, 아까 완전 전율이었어요.]

옆에 앉은 승아가 바로 응수를 한다.

"관상 보는 거 때문에?"

유나가 물었다.

[어디서 들었어?]

"서 부장님이 아주 족집게 도사 났다고 하시던데?"

[맞아. 우리 홍 오빠, 너무 변한 거 있지.]

"야야, 너무 그러지 말고 빨리 주문이나 해."

칭찬에 얼굴이 붉어진 길모. 공연히 주문을 재촉했다.

잠시 후에 알바 아줌마가 도가니탕 네 그릇과 수육 하나를 세팅해 주었다.

길모는 깍두기를 집어 들었다. 맛났다. 방금 담근 얼갈이김치도 맛이 좋았다. 오늘은 술도 거의 멀쩡했다. 늘 3대 천황의 매상을 부러워하면서 손님이 남긴 양주나 홀짝거리던 길모는 어디로 갔을까?

식사를 하면서 길모는 승아와 유나, 장호의 관상을 슬쩍 바라보았다.

등잔불 밑부터 챙기기. 사실 인성으로 보아 믿을 만한 멤버들이지만 돌다리도 밟고 가려는 것이다.

먼저 승아.

동남아 사람이라 얼굴 자체가 크지 않았다. 이마는 괜찮았다. 특히 어머니를 뜻하는 월각이 좋다. 부모 중에서도 어머니의 사랑을 많이 받았다는 증거였다. 눈꺼풀 선의 간문으로 내려온 길모의 눈살이 찡그려졌다.

좋지 않았다.

대충 볼 때는 몰랐는데 자세히 보니 복잡하다. 탁한 빛이 어리니 이별 상이라. 승아를 버린 한국 남편이 아니었더라도 이별수를 타고난 상이었다.

콧등도 대동소이했다. 희미한 주름이 있어 자식을 낳더라도 인연이 없을 관상. 다만, 작지만 이목구비는 시원하고 목소리도 착하다. 입속의 치아도 고르다. 장수할 상이었다.

'혼자 사는 게 좋겠군.'

다음으로 유나를 보았다.

유나는 귀가 좋았다. 도톰하다.

귀는 본시 두터울수록 좋은 상으로 친다. 다만 흠이 있다. 귀가 앞에서 봐도 고스란히 보인다. 이런 상은 입술이 가벼운 상이다. 속내를 감추지 못하는 것이다. 하지만 희망도 있었다.

암중유광(暗中有光)이라!

전체적으로는 어둠 속에서 빛을 찾아가는 과정. 지금은 고단하여 술집에서 웃음을 팔고 있지만 언젠가는 귀한 손님이 데려갈 운명이었다.

와작!

깍두기를 깨물며 장호를 보았다.

최장호.

길모와의 인연은 무지막지하게 스페셜하다.

길모는 장호를 만난 날로 기억을 되감았다. 겨울이었다.

와다당!

그때 길모는 건물이 무너지는 줄 알았다. 나이트클럽에서 자리를 옮긴 룸싸롱. 나흘째 공치고 꿀꿀한 기분으로 퇴근하기 위해 가게를 나서던 날이었다.

와당!

돌아보는 동시에 낡은 오토바이 한 대가 길모의 머리 위로 날아올랐다.

'영화라도 찍나?'

맹세코, 눈앞에서 공중에 뜬 오토바이는 그때가 처음이었다. 영화는 아니었다. 왜냐면 멋지게 날아오른 오토바이가 그대로 추락해 버린 것이다.

하필이면 빙판을 박차고 솟구친 탓이다. 그리고 하필이면 그 빙판은 길모가 뿌린 물이었다.

제멋대로 나뒹군 사람이 바로 최장호였다. 추운 겨울인데도 옷은 헐렁한 야상이 전부였다.

"얌마, 거기 스톱!"

놀란 길모가 소리쳤다. 장호는 당연히 그대로 내뺐다.

"서라니까!"

약이 오른 길모가 쫓아갔다.

그런데!

이게 웬일일까? 길모의 뒤에서도 네댓 명의 남자가 가세했다. 그들은 술에 알딸딸해진 길모를 추월해 장호를 덮쳤다. 장호는 반항했지만 금세 포위망에 갇히고 말았다.

"씨방새가 어딜 토껴?"

한 놈이 껌을 짝짝 씹으며 다가섰다. 장호가 선빵을 날리지만 쓰러진 건 그 자신이었다. 단 한 방. 장호는 울컥 액체를 토하며 무너졌다.

"야, 끌고 가."

그놈이 뒤에 포진한 남자들에게 말했다. 딱 봐도 건전하고 선량한 아이들은 아니었다.

"어이!"

그 길을 길모가 막아섰다. 사연은 모르지만 길모가 노리던 먹이(?)였다.

"뭔데?"

껌 씹던 놈이 눈부터 부라렸다. 꺼지라는 몸짓이었다.

"미안하지만 나도 그놈에게 볼일이 있어서."

"볼일?"

껌이 허, 하고 콧방귀를 쏟아냈다.

"그러니까 이리 넘기고 귀가해라. 엄마 아빠 기다리신다."

척 봐도 스무 살 안팎. 이런 부류의 양아치들은 나이트클럽에서 신물이 나도록 본 길모였다.

"니가 뭔데?"

껌은 어이가 없다는 듯 턱짓으로 물었다.

"나?"

"그래. 너."

"너?"

"그래. 너."

"아니, 이 대그빡에 엄마 젖내도 안 마른 새끼들이 그런데……."

길모가 각을 세웠다. 그렇잖아도 가뜩이나 심산이 뒤틀린 요즘. 이제는 이런 핏덩이들까지 개기니 살포시 웃어넘길 길모가 아니었다.

"씨발, 그러니까 니가 뭐냐고? 뭔데 참견하고 개지랄이야?"

개지랄?

길모, 거기서 빡 돌아버렸다.

"나 웨이터다, 왜?"

길모가 받아치자 양아치 다섯 명이 동시에 배꼽을 잡고 자지러졌다.

"웃어?"

"씨발아. 웨이터면 가서 삐끼질이나 해서 팁이나 우려 처먹어. 형님들 비즈니스에 끼어 깝치지 말고."

껌이 주머니에서 나이프를 꺼내 보였다. 알아서 꺼져라, 무려 그런 위협이었다.

"아, 예… 형님들."

슬쩍 고개를 숙이는 척하던 길모는 어깨로 껌의 가슴팍을 들이박았다. 그 다음부터는 고속도로였다. 당시만 해도 파쿠르에 단련된 근육에 고무 같은 탄력을 지녔던 길모. 게다가 웨이터로 술판의 깽판을 말리느라 실전(?) 속에서 단련된 주먹은 치기 어린 양아치들이 넘볼 수준이 아니었다.

"우어어!"

단 몇 초 만에 양아치들을 휩쓴·길모는 그중에서도 껌에게 특별대우를 해주었다. 보스 조지기. 그 또한 실전으로 체득한 경류(?)이었다.

"형님!"

배를 두어 대 더 얻어 맞은 껌은 기어이 백기 투항을 했다. 그러자 나머지 떨거지들은 자동으로 두 손을 들었다.

"다시 이런 거 흔들었다간!"

길모는 껌에게 압수한 나이프를 벽의 나무판을 향해 날렸다.

퍽!

하고 폼 나게 꽂히면 좋으련만 모양 조졌다. 틱 하고 튕겨져 나가 버린 것이다.

"뭘 봐? 새끼들아. 빨리 집에 가서 엄마 젖이나 빨지 못해?"

쪽팔림을 감추려고 악을 쓰는 길모. 껌을 비롯한 양아치들은 꽁지가 빠져라 달아났다.

"헤이, 이리 컴온."

길모는 정복자 나폴레옹이라도 된 듯 장호를 향해 손가락을 까닥거렸다.

"이름 뭐냐?"

지금 생각하면 참 어리석은 질문이었다. 장호는 대답하지 않았다. 지금 생각하면 참 당연한 일이었다.

"이름 뭐냐고?"

길모의 목소리가 찢어졌다.

"……."

"야, 이 새끼야. 너 한국사람 아니야? 네임, 네임이 뭐냐고?"

"……."

"너 지금 묵비권이냐? 뭐 잘했다고 묵비권이야?"

한 대 쥐어박으려 할 때 장호가 수화를 날려 왔다.

"이 새끼, 뭐라는 거야? 말로 해. 새끼야."

그래도 수화가 날아왔다. 결국 흥분한 길모는 장호의 턱에 주먹을 날리고 말았다.

"새끼가 웨이터라고 사람 우습게 아나?"

멱살을 잡아 세울 때 장호가 핸드폰에 찍힌 문자를 내밀었다.

—미안해요. 저는 말을 못 해요.

"……!"

"뭐? 말을 못 해? 말을 왜 못 해? 새꺄!"

길모는 장호의 멱살을 잡고 흔들었다. 지금 생각하면 그 또한 매우 쪽팔리는 일이었다.

—농아예요.

또 문자가 찍혔다.

"농아? 그게 뭔데 씨발아!"

—말 못 하는 병에 걸렸어요. 그걸 농아라고 해요.

농아!

말 못 하는 장애. 그 한마디가 길모를 무장 해제시키고 말았다. 무식에는 약도 없다. 그걸 못 알아먹고 악을 썼으니 그 또한 쪽팔리는 일이었다.

"에이, 씨발."

그대로 장호를 밀었다. 그런 다음 엉뚱한 곳에 괜히 침을 한 번 뱉고는 돌아섰다.

딸랑딸랑!

그때 길모의 등 뒤에서 청아한 방울 소리가 들렸다. 장호가 흔든 방울이었다. 길모가 돌아보자 장호가 문자 찍힌 화면을 흔들었다.

—고맙습니다.

"새끼… 고맙긴……."

길모가 웃었다. 그걸 본 장호도 웃었다. 그게 길모와 장호의 첫 만남이었다.

그날 장호를 쫓아온 양아치들은 몇 년 동안 줄기차게 장호를 괴롭히던 놈들이었다고 한다. 다행히 길모가 새콤욱신한 맛을 보여준 후로 장호는 그 고통에서 벗어났다.

그 이틀 후에, 여전히 헐렁한 어깨로 퇴근하던 길모는 장호를 다시 만났다.

와다당!

그때도 역시 장호의 오토바이 소리가 먼저였다. 숨 쉬는 것보다 오토바이를 잘 타는 장호. 그러나 말을 못 해 늘 착취에 가까운 대우를 받으며 일하던 그는 길모가 카날리아에 온 후로 보조로 합류했다. 길모가 부리던 보조가 수입이 안 된다며 때려치운 까닭이었다.

'장호…….'

그 역시 이마가 여의치 않았다. 초년운이 좋지 않으니 좋을 리도 없었다.

장호의 얼굴에서는 닭이 연상되었다. 거리에서 흔히 볼 수 있는 관상. 아침에 일어나 출근하고 저녁에 잠들며 평생 주어진 일이나 하는… 동시에 개를 닮은 구석도 있었다. 뒤통수를 물 상은 아닌 것이다.

나아가 얼굴은 둥근 편. 눈도 크지 않고 눈썹 사이가 좀 좁았다. 대인 관계를 적극적으로 하지 못하는 상. 천상 길모가 데리고 있어야 좋을 상이다.

'결혼도 늦게 하겠군.'

멤버들은 문제가 없었다. 적어도 등잔 밑 걱정은 하지 않아도 될 것 같았다.

"오빠!"

골몰하는 길모의 귀에 유나의 고함이 치고 들어왔다.

"응? 응… 왜?"

"지금 뭐 하는 거예요? 우리 얼굴 가지고 관상 공부하는 거지?"

"아, 아니. 그게 아니고……."

"실습비로 소주 한 병 쏘세요. 알았죠?"

"그, 그래."

길모는 기꺼이 수락했다.

관상 테스트는 끝났다.

'홍길모 사단.'

길모는 비로소 그 이름을 불러보았다.

이제부터 거침없이 꽃으로 피어날 그 이름을!

제4장

王은 앉아서 행한다

옥탑방으로 돌아온 길모는 인터넷 서점에 관상책을 몇 권 주문했다.

달마상법.

마의상법.

유장상법.

그리고 또 다른 전문가들이 엮은 관상책들.

'이거 얼마 만에 주문하는 책이야.'

학교에 다닐 때, 선생은 책 읽기 싫으면 서점이라도 가라고 했었다.

책은 곧 지식의 숲이니 그 안에 앉아만 있어도 얻는 게 있단다. 그 말이 괜히 공감이 갔다. 주문만으로도 이렇게 뿌듯하다니.

책을 주문한 이유는 명백했다.

관상 능력!

길모의 능력은 가히 천재적이었다. 배워서 습득한 게 아니라 천부의 능력을 받은 것이다. 더구나 이제는 '척하면 압니다'의 수준까지 이르고 보니 거꾸로 기본이 궁금했다. 진심으로 관상에 마음이 가는 것이다.

검색에 나오는 관상책들도 괜히 향기로웠다.

사랑하면 알게 되고 알면 보이나니 그때 보이는 것은 전과 같지 않으리라.

조선시대 유한준의 명언이다. 관상으로 다시 태어난 길모. 관상에 대해 애정을 갖는 건 당연한 이치인지도 몰랐다.

주문을 넣고 널브러져 잤다. 길모는 이 순간이 가장 행복하다. 따뜻한 바닥에 등을 대고 잠드는 기분. 이는 길모가 얼마나 고생을 하며 자랐는지의 반증이기도 하다.

나이트의 보조 웨이터 시절.

삐끼도 하고 기도도 보면서 사람들의 무시를 받을 때 길모는 한동안 한뎃잠을 잤었다. 나이트는 넓고 청소는 끝도 없었다. 그걸 겨우 치우다 보면 아침 해는 어느새 중천에 걸린다. 의자 몇 개를 당겨 잠을 청할라치면 어느새 오픈 시간.

그나마 여름에는 나았다. 겨울이 오면 난방비 때문에 난로를 끌어다 자야 했다. 그때 길모는 자신의 전생이 새우인가 싶었다. 날마다 새우잠을 자야 했기 때문이었다.

그러다 겨우겨우 이 옥탑방을 얻었다. 비록 월세에 불과하지만 집이 있다는 사실.

길모는 푸근했다. 거기다 장호가 합류하면서 외로움도 덜었다.

장호는 말을 못 한다. 하지만 문제되지 않았다. 오히려 떠벌거리는 인간보다 나았다.

다음에는 오피스텔 월세.

그 다음에는 전세.

그 다음에는 아파트 구매.

그 다음에는 결혼.

길모의 머릿속에 멋대로 떠도는 인생의 시나리오다.

그리고 마지막은, 당연히 번듯한 가게 하나 차리는 것.

요기까지가 인간 길모의 소박대박한 꿈이었다.

길모의 롤모델은 서 부장이었다.

그는 견실하다. 아파트도 두 채나 있다. 어쩌면 방 사장보다도 내실이 있는지도 몰랐다. 룸싸롱 웨이터답지 않게 사업가의 마인드를 가진 그는 자상한 남편이자 아빠이기도 했다.

다른 웨이터들처럼 아가씨를 건드리지도 않는다. 그에게 아가씨는 동업자이자 직원이었고 동시에 손님이었다.

처음에 길모는 밥맛이라고 생각했었다.

보도실장하는 친구 놈들 보면 아가씨나 아줌마 주워 먹기를 밥 먹듯이 하고 있었다. 그런데 대한민국 최고의 사이즈를 가진 아가씨들을 손님이라니? 오래 부려먹으려면 육체의 인연도 맺어야 하는 거 아닌가?

그런데 서 부장이 옳았다.

길모는 나중에야 알았다. 서 부장은 아가씨가 딸리지 않는다. 그가 직심하고 가서 딜을 하면 아가씨들이 다투어 응했다. 더러는 아가씨가 아가씨를 소개해 주었다.

깔끔하고 아빠 같은 부장 아저씨.

거기에 더해 아가씨 관리도 최상이었다. 성형외과나 피부과에 연결해 외모를 다듬어주고, 골프를 가르쳐 더러는 손님들과 동반하게 해주었다.

룸 안에서는 칼 같지만 퇴근 후에는 일절 노터치. 어쩌다 손님과 눈이 맞아 가는 아가씨도 쿨하게 정리해 주었다.

그러니 어찌 아가씨들에게 평판이 좋지 않을까? 강 부장과 이 부장 또한 마인드와 수완이 뛰어나지만 서 부장은 그중에서도 넘사벽으로 통하고 있었다.

그렇게 길모의 롤모델이었던 서 부장.

그저 하늘같고 부러움의 대상이었지만 이제는 왠지 닿을 거 같았다. 아니, 넘을 수도 있을 거 같았다. 따라서 소박한 꿈도 무너졌다.

그건 보통 웨이터 길모가 꾸던 꿈. 지금은 바뀌는 게 당연했다.

'적어도 대한민국 최고!'

길모는 감히 그 폭을 넓혔다.

관상이면 관상, 돈이면 돈, 매상이면 매상, 뭐든지 거기에 이르고 싶은 길모였다.

디로롱딩동!

달콤하게 잠이 들었다. 곤한 잠이라 길모는 처음에는 벨소리를 듣지 못했다. 그러다 한쪽 귀가 열리면서 벨소리를 알았다.

귀찮아서 거부했다.

디로롱딩댕!

전화기가 다시 울렸다. 게슴츠레한 눈으로 발신자를 보다 눈이 휘둥그레지는 길모.

'박길제?'

발신자는 박길제였다. 그제야 길모는 얼른 시간을 확인했다.

오전 11시 48분.

예상대로라면 그에게 두 번째 횡액이 지나갔을 시간이었다.

"여보세요?"

길모가 대답하자,

—야, 너 지금 어디야?

하고 거친 말투가 쏟아졌다.

"잠자는 중이니까 나중에 통화하시죠."

—어디냐고? 내가 지금 당장 갈 테니까.

"자야 하니까 할 말 있으면 이따가 가게로 오세요. 8시 예약해 드려요?"

—이, 이봐. 홍 부장!

"뭐 싫으면 다른 사람 예약 받고요."

그 말을 두고 전화를 끊었다. 말소리에 눈을 뜬 장호가 눈을 꿈벅거렸다.

"자라. 아직 일어날 시간 아니다."

전화기를 꺼버리고 담요를 뒤집어썼다. 길모에게는, 아직 깊은 밤에 속하는 시간이었다.

*　　　*　　　*

와다당!

여전히 컵라면으로 뱃속 비둘기를 달래고 오토바이에 오른 장호와 길모.

[형, 우리도 이달 결산 나오면 차 한 대 뽑아요.]

시동을 건 장호가 수화로 말했다.

"뭘로 뽑을까?"

[우아, 진짜 뽑을 거예요?]

"까짓것 못 할 게 뭐냐? 기왕이면 우리도 페라리로 뽑을까?"

[진짜요?]

"아니지. 마이바흐는 어때? 최고 사양으로?"

[그건 좀 무리 아닌가요?]

"그렇지?"

[그러지 말고 폭스바겐 딱정벌레는 어때요? 난 그 차가 좋던데?]

"난 네 오토바이가 최고다."

[형.]

"밟아라. 어쩌면 우리 지각일지도 몰라."

[에? 지금이 몇 신데 지각이에요? 지금 가면 아무도 안 나왔을 텐데.]

"그거야 가보면 알겠지."

[형, 오늘은 나 괜찮아요? 관상에 무슨 살이나 마가 낀 거 아니죠?]

장호가 뒤돌아보았다.

"오늘은 훤하다. 팁 좀 받겠는데?"

[오케이. 그럼 출발합니다. 홍 박사님!]

"홍 박사?"

[어제 유나하고 승아하고 얘기한 건데요, 형을 홍 박사로 부르기로 했어요. 폼 나잖아요.]

"졸지에 파벽비거(破壁飛去)로구나."

[파벽비거요?]

"벽을 깨고 날아간다는 말이니 벼락출세했다 이 말이다."

[우와!]

"그만하고 땡겨라. 우리도 바람을 깨고 날아보자."

[오케이, 갑니다!]

바아앙!

장호의 오토바이는 단숨에 가속을 올렸다. 뺨을 스치고 머리카락을 어르는 바람이 상큼했다.

어제와 다른 오늘. 이 오늘은 어제 죽은 이가 그토록 그리워하던 내일이라고 누가 말했던가? 길모의 오늘은, 요란한 마후라 소리처럼 열정으로 가득 차 있었다.

아홉!

카날리아가 가까워지자 길모는 마음속으로 카운트다운을 세기 시작했다.

여덟, 다섯, 셋…….

둘…….

'하나!'

마지막 카운트와 함께 주차장에 낯익은 차가 보였다. 그 옆에 선 사람도 보였다.

[그 인간이에요.]

"인간이 아니고 손님!"

길모는 장호에게 주의를 주었다. 그는 손님이다. 그건 '절대로' 분명했다.

"웬일이시죠?"

오토바이에서 내린 길모는 시치미를 떼고 박길제를 바라보았다.

"얘기 좀 하자고."

박길제는 오래 기다린 눈치였다.

"미안하지만 약국 좀 들러야 하는데요?"

"잠깐이면 돼."

짧고 높으며 단호한 목소리. 짜증을 참고 있는 목소리였다.

"미안하지만 지금은 손님이 아니십니다."

"뭐야?"

"그러니 이래라저래라 하면 안 된다는 겁니다."

길모는 반듯한 시선을 하고 박길제를 대했다. 박길제는 그 기세에 눌려 뭐라고 대꾸하지 못했다.

놀란 건 장호도 마찬가지였다. 날마다 새로운 면모를 보여주는 길모. 오늘은 거기에 카리스마까지 엿보였다.

[형…….]

"문 열어라."

길모는 박길제를 바라보며 장호에게 말했다.

"예약하시겠습니까?"

그러면서 빙그레 추파 아닌 추파를 던지는 길모.

"너 정말…….."

"지금 바쁘시면 따로 예약을 하시고 오시든지요."

길모가 돌아섰다. 그러자 박길제의 손이 다가와 길모를 돌려
세웠다.

"예약이다. 지금 당장!"

"뭐? 손님? 지금 이 시간에?"

아직 청소가 끝나기 전, 막 계단을 내려선 방 사장이 말끝을
올렸다. 장호는 손가락을 입술로 가져갔다.

쉬잇!

"담배 피러 온 놈들이냐? 웬 손님?"

방 사장이 말하는 건 샐러리맨들이었다. 가끔은 겁대가리 상
실한 샐러리맨들이 담배 피울 곳을 찾는다며 커피라도 팔라는
요구를 하기도 했었다.

—사장님이 소개시켰던 주식 큰손이에요.

장호가 문자를 찍어 내밀었다.

"박 전문가?"

—네.

"아가씨는?"

—홍 부장님이면 된대요.

"술도 시켰냐? 청주댁도 안 나온 거 같은데?"

—안주는 오징어면 된다고 해서 제가 마트에서 사다드렸어요.

"허얼, 그 친구 새 투자 건 때문에 관상이라도 보려고 왔나?"

방 사장은 고개를 갸웃거리고는 사무실로 들어갔다.

사실 궁금하기는 장호도 마찬 가지였다. 두 사람, 길모와 박길제. 장호가 오징어를 구워 들어갔을 때까지도 서로 뚫어져라 보기만 하고 있었다.

장호는 애가 탔다.

길모가 그의 금고를 노린 걸 아는 까닭이다. 어쩌면 그가 낌새를 채고 찾아왔을지도 모른다는 생각이 들자 불안감까지 달려들었다.

침묵!

1번 룸 안에는 숨소리도 들리지 않았다. 길모는 박길제의 얼굴에서 눈을 떼지 않았다.

그 눈빛은 청아했다. 그저 손님의 처분이나 바라며 짓던 그 천박한 미소는 티끌만치도 엿보이지 않았다. 온화하지만 단단한 표정…….

박길제는 입안에 고이는 침을 소리 없이 넘겼다.

'이놈…….'

술집 웨이터.

돈이면 사족을 못 쓰는 족속들. 박길제가 알기로 세상의 모든 술집 웨이터는 그랬다. 돈을 뿌리면 기는 흉내도 내는 족속들인 것이다.

그런데…….

홍길모. 이 인간은 달랐다.

더 이상한 건!

처음 볼 때와도 달라진 느낌이었다.

살짝살짝 허술하고 헐렁한 기색이 엿보이던 첫 인상. 그 후로 며칠 지나지도 않았건만 사람이 변했다. 주식으로 치면 웬만한 작전으로는 미동도 않을 초우량 주식에 속했다.

'이놈이 진짜 도사라도 된단 말인가?

박길제의 손이 몰래 떨었다. 얼굴만 봐서는 그저 평범한 청년 웨이터. 그런데 기가 막히게 관상을 보았으니 믿지 않을 수도 없었다.

목숨을 잃을 수도 있던 사고.

오전 장의 개박살.

길모의 관상은 한 치의 오차도 없이 적중했다. 오전 장의 작전은 실패할래야 실패할 수도 없는 거였다. 그 안에는 외국인 큰손까지 포함되어 있었다. 포장 효과와 함께 개미들의 의심을 사지 않기 위해 일주일 전부터 야금야금 매집에 가담시켰던 외국인 큰손.

더구나 종목의 성장 모멘텀도 좋았고 빅 소스도 코앞에 있었다.

세팅은 끝났다. 이제 주워 담기만 하면 되는 일. 미친 듯이 쏟아 부어 상한가에 이르렀을 때 느닷없는 악재가 터졌다. 회사가 유럽계 자본을 유치하기로 한 게 백지화되었다는 것.

잠깐 담배 한 대를 피우고 온 사이에 장은 지옥으로 떨어져 있었다. 매물은 이미 쏟아졌고 가격은 바닥을 뚫고 지하실에 처박힌 것. 하한가에 쌓인 매물을 본 박길제는 아뜩했다.

　'자칫하면 4연상 하한가.'

　머리에 지진이 일었다. 그 자신이 멋모르는 개미 시절에 느끼던 좌절이 거기 있었다. 감시 시스템을 피해 여기저기 찢어놓은 작전 자금. 그것까지 합치면 금고 하나가 날아갈 판이었다.

　처음에는 다른 큰손들의 역작전을 생각했었다. 어차피 주식은 돈 놓고 돈 먹기. 그러니 누군가 박길제의 작전을 알고 있다면 허를 찌를 수도 있었다.

　골똘하던 박길제의 생각은 길모의 예견 앞에서 멈췄다.

　'맙소사!'

　그는 거기서 제대로 한 방을 맞았다. 돈을 잃은 충격은 회복이 가능했다. 기분은 더럽지만 한 판만 긁으면 회복이니까. 하지만 길모의 예견만은 그럴 성질이 아니었다.

　"홍 부장."

　깊은 침묵 후에 박길제가 입을 열었다. 세팅된 양주는 아직 거들떠도 보지 않고 있었다.

　"말씀하시죠."

　길모는 담담하게 응수했다.

　"진짜 관상의 대가냐? 아니면 우연이냐?"

　"믿는 건 사장님 마음이지요. 그러나!"

　길모는 잘 숙성된 위스키에서 느껴지는 나른한 향처럼 미소 지으며 뒷말을 이었다.

"운명에 우연은 없습니다!"

"그러니까 내 운이 도로 아미타불에 와 있다?"

"아마!"

"그러니 금고를 열어 기부하라?"

"원래 부자의 미덕이 기부 아닙니까? 빌 게이츠도 워런 버핏도⋯⋯."

"웨이터 주제에 자신만만하군."

웨이터 주제.

그 말은 길모의 밑바닥을 강력하게 자극했다. 하지만 참았다. 손님의 기분을 맞추는 것. 그 또한 웨이터의 사명이었다.

"저는 단지 보이는 대로 말씀드린 것뿐이고 일어날 일은 일어날 뿐입니다."

"그럼 한 번 더 제대로 보라고. 인생은 길흉화복이 주식 차트처럼 들고 나는 것이니 불행 다음에 오는 건 행운이겠지?"

"새옹지마 말입니까?"

"또 맞추면 기부를 고려해 보지."

박길제의 눈에는 오기가 아른거렸다.

'물었다!'

길모는 내심 쾌재를 불렀다. 어쨌든 마음이 움직였다는 증거. 그건 금고의 잠금장치 하나를 열어 제친 느낌이었다.

"죄송하지만 거절하겠습니다."

그럼에도 불구하고 길모는 단칼에 잘라 버렸다.

"자신이 없군?"

"아뇨."

"그럼 왜지?"

박길제가 길모를 쏘아보았다. 그 눈빛을 그대로 받아낸 길모는 마침내 진짜 자물쇠를 열기 위한 포석을 던졌다.

"사장님의 관상에 더 큰 액운이 엿보이기 때문입니다."

더 큰 액운?

박길제의 동공이 터질 듯 꿈틀거리기 시작했다.

"액운이 또 끼었다고?"

박길제가 면도날처럼 쏘아보았다.

"장호야!"

길모가 복도를 향해 소리치자 장호가 룸의 문을 열고 들어섰다.

"아가씨 대기실에 가서 손거울 하나 집어와라."

지시를 받은 장호는 바로 이행했다.

"눈꼬리를 보시죠."

장호가 나가자 거울을 내미는 길모.

"무슨 수작이야?"

"눈꼬리 끝에 난 붉은 점에서 검푸른 빛이 내비치고 있으니 필시 자식에게 변고가 있을 상입니다.:

"……?"

"왼쪽 눈 밑 볼록한 부분이 보이죠? 자세히 보면 적색 기운이 느껴지지 않습니까? 그곳이 바로 자식궁인데 중간에서 끊기거나 허당으로 꺼지면 자식의 수명이 경각에 달렸다는 얘기지요."

"홍 부장!"

박길제의 목소리가 높아졌다. 다른 말도 아니고 자식에게 불행이 닥친다는 말. 기분이 좋을 리 없었다.

"아드님의 사진이 있으면 좀 보여주시겠습니까?"

"⋯⋯?"

"싫으시면 그냥 두셔도 됩니다."

"오냐, 주마!"

박길제는 입술을 깨물며 화면의 사진을 열었다.

"둘째 쪽입니다. 기세로 보아 찬 쇠붙이의 위험입니다. 칼일 것 같군요."

얼굴을 찬찬히 살펴본 길모가 말했다.

"칼?"

급격히 미간을 찡그리는 박길제.

"어쩌면 이미 첫 위험이 도래했을지도⋯⋯."

"이런 미친!"

발끈한 박길제가 양주병을 거머쥐고 몸을 일으켰다. 금세라도 길모를 내리찍을 기세였다. 그래도 길모는 눈빛 하나 변하지 않았다.

'천기⋯⋯.'

길모의 머리에는 오직 그 생각뿐이었다. 천기를 읽을 수 있는 능력이라면 양주병의 위협 따위에 꼬리를 내릴 수는 없는 것이다.

순간.

빠라빠빰 하며 박길제의 전화기가 요란하게 울렸다.

"여보세요!"

길모를 노려보다 전화를 받는 박길제. 하지만 그는 바로 전화기를 떨어뜨리고 말았다.

"……!"

파르르 떠는 눈자위와 손, 그리고 어깨…….

'적중했다!'

길모의 피가 심장에서 머리끝까지 확 끓어올랐다.

"이… 이…….'"

박길제는 길모를 쏘아본 후에 다시 전화기를 집어 들고 통화를 계속했다.

"제일 좋은 병원으로 옮기고 경찰에 신고해. 큰 애도 밖에 내보내지 말고!"

박길제가 허둥대는 사이에 길모는 내심 콧노래를 불렀다. 이제부터는 순풍에 돛 단 격이 될 것 같았다.

"……."

통화를 마친 박길제는 한동안 말이 없었다. 작금에 벌어진 상황을 정리해 보는 모양이었다.

"아가씨 불러드릴까요?"

슬쩍 일어난 길모가 박길제에게 물었다.

"거기 앉아."

"제 할 일은 다 끝났습니다만……."

"닥쳐, 기부를 하면 액운이 끝난다고 했잖아?"

박길제가 상처 입은 호랑이처럼 벽력같이 소리쳤다. 그래봤자 길모의 눈에는 비명으로 들렸다. 호랑이라고 한들 그의 발톱은 이미 무너진 지 오래였다.

흥진비래(興盡悲來)!

기쁜 일 다음에는 슬픈 일이 온다.

"다른 방법은 없나?"

양주 세 잔을 스트레이트로 거푸 들이켠 박길제가 물었다.

"수서양단(首鼠兩端)이시라면 제가 도울 일은 없습니다."

"수서양단? 쥐가 의심이 나서 주저하고 있다? 어찌 그러지 않을까?"

"조금 천한 말로, 밤 문화에는 주려면 화끈하게 주라는 말이 있습니다. 고식지계(姑息之計)하면 더 큰 횡액을 만날 겁니다."

길모의 입에서 또 문자가 튀어나왔다.

"후우!"

박길제의 입으로는 또 양주가 들어갔다.

"근본을 해결하라? 그럼 어떻게 하면 되나?"

"세 가지 공덕을 행해야 합니다."

"세 가지라……."

"그동안 작전으로 망한 개미가 몇 명입니까?"

"내가 증권거래 프로그램 관리자야? 그걸 어떻게 알아?"

"목숨이 망한 개미 말입니다."

길모의 목소리에서는 점점 더 묵직함이 배어났다.

"죽은 사람?"

"그 정도는 알겠지요? 신문이나 방송에 났을 테니까."

"네 명… 그 이상은 있어도 몰라."

"그 네 명을 구제하세요."

"죽은 사람을 어떻게?"

"그들 가족들에게 가장이 털린 돈에 위로금 좀 얹어서 주시면 됩니다. 그게 첫째입니다."

"그리고?"

"두 번째로 사룡공원의 좋은 명당에다 납골묘 하나를 사주시기 바랍니다."

"납골묘?"

"사장님의 공덕을 위해서입니다."

"그럼 세 번째는?"

"그러고도 금고 안에 남은 돈은 전부 기부하세요."

"기부라고? 어디에?"

'어디?'

순간 노은철의 재단 헤르프메가 떠올랐다.

"기부 재단 헤르프메, 아시나요?"

"헤르프메?"

"검색하면 나올 겁니다."

"액운으로 금고 두 개가 날아간다고 했으니 남는 건 하나뿐이야."

"진심으로 결심한다면 운은 바뀔 수도 있습니다."

"……?"

"단, 변덕이 일어나면 더 큰 화마가 닥칠 것이고!"

"말이 되나? 나는 미국 국적을 가진 유망한 과학자를 치어서 의식불명에 빠뜨렸어. 변호사 말이 그놈 미래까지 물어내려면 천문학적인 배상금이 들지도 모른다고 하더군. 그리고 주식판에 박아둔 돈 또한 반의반에 반의반 토막이 나는 건 정해진 수순이야."

"개의치 마시고 차분하게 마음의 결정을 실행하세요. 뜻이 있는 곳에 길이 있습니다."

길모는 잘라 말했다. 그리고 확신했다. 이 신묘막측은 반드시 성공할 거라고. 그래서 더욱 기분이 달아올랐다. 살짝 공개하건대 이 천기누설은 천기가 아니었다. 박길제의 관상에 그런 운명이 엿보인 게 아닌 것이다. 다만 길모가 침소봉대(針小棒大)하여 살에 살을 붙인 것뿐!

"아하하핫!"

박길제가 돌아간 후, 길모는 목이 터져라 웃었다. 오죽하면 방 사장이 달려와 길모 머리에 물을 부었을까? 그래도 길모는 시원하기만 했다.

통쾌, 상쾌, 유쾌!

길모는 물수건으로 얼굴을 닦았다.

박길제의 금고가 활짝 열린다면, 그리하며 그 돈이 밝은 빛으로 변해 세상의 그늘을 비출 수 있다면 그보다 더 상쾌한 일이 어디 있을까?

'윤호영. 네가 원한 게 이런 거였나?

길모는 먼 하늘을 바라보았다.

'나도 미친 듯이 좋구나.'

길모는 손바닥이 터져라 강하게 그러쥐었다.

　　　　　*　　　　　*　　　　　*

　겁악제빈.
　기노겁—미션 클리어.
　강수악—미션 클리어.
　박길제—미션 클리어.

　세 과제는 해결되었다.
　박길제는 결심을 하고 돌아가는 길에, 미국에서 칼에 찔린 아들이 심장을 아슬아슬하게 빗나가 큰 문제가 없다는 전화를 받았다. 잔뜩 고무된 박길제는 자신이 설계한 작전판에 희생되어 자살한 개미 가족을 찾아가 익명으로 배상금을 돌려주었다.
　신기하게도 그 얼마 후에 교통사고 피해자가 깨어났다는 소리를 들었다. 그렇게 되니 더는 길모를 의심할 수 없었다.
　폭락을 거듭할 줄 알았던 주식도 이틀 만에 진정이 되었다. 그 또한 유럽계 투자회사가 MOU 체결 의향을 전격적으로 밝힌 것이다.
　금고 세 개의 문을 열어젖힌 그는 나흘 후의 저녁에 길모를 찾아와 사룡공원 납골묘 계약서를 내밀고 간단하게 기본을 주문했다.
　그가 물은 첫 마디는,
　"앞으로 주식을 하면 안 되나?"
　라는 말이었다.
　"전처럼 개미 덫을 놓는 식만 아니면 되겠지요."

길모도 간단하게 응대했다. 관상의 경지를 품었다지만 그렇다고 신이 된 것은 아니었다. 인간의 모든 일에 관여할 수는 없었다.

한 가지 재미난 건 박길제의 얼굴이 몹시 편안해 보였다는 것이다. 그는 그 까닭을 이렇게 설명했다.

"금고를 열어버리니 마음이 편하더군. 역시 돈은 버는 것보다 보람 있게 쓰는 게 더 중요한 모양이야. 빌 게이츠도 그러더니 뻥이 아니더라고."

박길제는 웃으며 말을 이었다.

"앞으로는 대박 같은 거 쫓지 않고 쉬엄쉬엄하려고. 돌아보니 그동안 더 큰 건을 터뜨려야 한다는 강박관념에 매어 살았더라고. 그래서 조금씩 벌어 여행도 하고 어려운 사람을 위해 정기 기부도 하려고 말이야."

박길제의 미소 속에 파타야의 바다가 출렁거렸다. 길모를 다시 태어나게 한 그 바다……

'그는 저승사자를 만났고 나는 그의 사자였다.'

길모는 속으로 웃었다. 더 짜릿한 큰 판을 위해 타인을 무차별 희생양으로 삼던 그가 변해 있었다. 자신을 속박하던 큰 굴레의 압박에서 벗어난 것이다.

그래서일까? 그의 눈썹 사이, 즉 명궁은 맑아지고 있었고 눈꼬리 끝에 머물던 검푸른 기색도 끝을 보이고 있었다.

"다 털리고 자살한 개미의 유가족에게 위로금을 전했네. 홍부장이 말한 헤르프메에 기부도 했고."

"애 많이 쓰셨습니다."

"그리고 이거⋯⋯."

박길제가 작은 가방을 내밀었다.

"뭐죠?"

"복채. 금고를 정리하다 보니 금두꺼비가 몇 개 나오더군. 허덕이던 내 삶에 여유를 찾아준 보답이기도 하니까 받아둬."

박길제가 웃었다. 진심이 담긴 후련한 미소였다.

순간, 길모는 느꼈다. 그의 얼굴에 자리 잡고 있던 관상 판까지 변해가고 있는 걸. 그에게 느껴지던 완악지상, 그 느낌이 차츰 위맹지상으로 바뀌어가고 있었다.

사람을 겁박하는 완악이 아니라 존경심이 들게 하는 위맹⋯⋯.

박길제가 나가자 길모는 장호와 함께 가방을 열었다. 가방 속에 든 건 정확히 1억이었다.

1억!

1번 룸에 1호로 떨어진 거금. 박길제의 금고도 열고 돈도 벌었다. 님도 보고 뽕도 딴 격. 신묘막측 관상의 위력이었다.

[우와!]

장호는 놀라 어쩔 줄을 몰랐다.

"놀라긴. 잘 챙겨둬라. 투자 자금이다."

[투자요?]

"우리도 쓸 만한 에이스 하나 영입해야지. 승아와 유나만으로는 한계가 있어."

[형 굿굿굿, 앤드 킹왕짱!]

장호가 엄지를 세워 흔들었다.

[그나저나 박길제는 대체 어떻게 한 거예요?]

돈가방을 끌어안은 장호 얼굴에 물음표가 다닥다닥 찍히기 시작했다.

"궁금하냐?"

[당연하죠. 거액 복채에다가 이런 거까지 들고 왔잖아요.]

장호는 납골묘 계약서를 흔들었다. 2,200만 원짜리 널찍한 납골. 완불된 영수증까지 대롱대롱 매달려 있었다.

"내가 관상으로 박길제의 금고를 턴 거야."

[그러니까 그게 어떻게 가능하냐고요?]

"이미 가능했는데, 뭐?"

암!

이미 가능했지.

말은 좀 어색했지만 뜻은 명료했다.

길모는 박길제가 남기고 간 양주를 조금 따라서 원샷을 했다. 그러자 장호도 병을 집어 들었다.

"너는 안 돼. 보조가 어딜."

[아, 진짜… 나도 속 타는데……! 그럼 빨리 설명이나 해봐요. 관상으로 금고도 털 수 있는 거예요?]

"자세히 말하자면 두 개의 자물쇠 가운데 하나는 내가 연 거고 남은 하나는 박길제가 스스로 연 거라고 볼 수 있지."

[그러니까 어떻게요?]

장호가 재촉했다.

"천기누설이야!"

길모는 말하지 않았다.

혼자 돌아보니 반반이었다.

관상 반, 모험 반.

박길제를 다시 보았을 때, 길모는 그의 얼굴에서 세 가지 액운을 보았다. 교통사고와 금전 손실, 그리고 혈육의 액운이었다. 하지만 그렇게 각기 검게 뻗친 기운은 요란하기만 하지 기세가 강하지 않아 치명적인 것은 아니었다.

그러나!

그걸 아는 길모지 박길제는 아니었다. 누구든 화마가 닥치면 당황하게 마련. 더구나 길모에게 유리했던 건 눈꼬리 밑의 붉은 점이 검푸르게 변한 게 바닥을 드러내고 있었던 거였다. 즉, 자식에게 화가 미치되 생각보다는 심각하지 않을 상. 마치 아파트 베란다에서 떨어진 아이가 멀쩡한 경우라고나 할까?

그게 바로 핵심이었다. 다른 화(禍)보다 자식에게 미친 불행에는 민감할 수밖에 없는 게 인간. 나아가 박길제의 아들들은 미국 유학 중이었다.

왜 유학을 보냈을까? 그가 자식을 생각하기 때문이다. 그렇기에 길모는 부성애를 회심의 승부수로 삼은 것이다.

예상은 적중했다.

차 사고로 흔들린 박길제는 장담하던 작전 설계가 빗나가자 당황하기 시작했다. 그의 이성은 아들의 사고에서 종지부를 찍었다. 누구든 거듭되는 불행 앞에서 흔들리지 않을 사람이 없었던 것.

만약 박길제가 그냥 버텼더라면?

그럼 그 불행은 가벼운 홍역으로 지나갔을 것이다. 하지만 그래도 박길제는 세 개의 금고를 잃을 운이었다.

그랬다면,

'내가 직접 금고를 접수했을 테니까.'

"금고 개방은 최후의 수단. 운명을 거역하는 인간들에게 보여주는 본보기."

호영의 말이 스쳐 가는 동안 길모가 씨익 웃었다.

[그런데 이건 누구 묻으려고요? 설마 나는 아니겠죠?]

장호는 납골묘가 궁금한 눈치였다.

"걱정 마라. 그 주인은 이미 죽은 사람이니까."

[말해주면 안 돼요?]

"나하고 똑같은 사람."

[에? 그 파타야에서 죽은 사람이요?]

"그래. 아주 위대한 사람인데 지금 누추한 데 누워 있거든. 그래서 좀 좋은 데로 옮겨주려고."

길모의 목소리가 갑자기 숭고해졌다. 자신도 모르는 사이에……

[형은 복 받을 거예요.]

장호가 엄지손가락을 세워주었다.

욕속부달(欲速不達)!

길모는 머릿속을 스쳐 가는 한 단어를 느꼈다.

서두르지 말라는 말. 박길제의 경우에는 살짝 돌아간 게 적중했다. 그 또한 돈에 눈먼 삶에서 벗어나게 되었으므로 손해가 아니다.

즉, 상대를 죽이지 않고 최상의 결과를 이룬 것이다. 이 오묘하고 숭고한 관상의 맛. 이건 오직 길모만의 것이었다.

길모는 헤르프메 사이트를 열어보았다. 공지란을 보니 '기부자 박길제' 라는 공지가 보였다. 액수는 보이지 않았지만 궁금하지도 않았다.

'박길제… '제' 는 클리어했으니 이제 '빈' 차례인가?'

길모의 머리에 겁악제빈의 마지막 글자가 스쳐 갔다.

제5장

유쾌한 도전장

"사장님이 사무실로 오래요."

또 하루의 밤이 장막을 드리울 무렵, 오 양이 길모에게 말했다.

[형, 월말 결산하려나 봐요.]

옆에 있던 장호의 입가에 미소가 스쳐 갔다. 왜 아닐까? 박스가 되고 처음 맞는 결산일이었다.

'3천 5백만 원…….'

길모의 계산은 그랬다. 이것저것 제하고 6 대 4 비율을 계산한 수입이었다. 물론 서 부장 같은 경우에는 1억 가까이 남을 것이다.

그렇다고 부러워할 필요는 없다. 서 부장은 에이스들을 직속으로 관리하고 있다. 이들에게만 두당 2~3천만 원은 배당해야 한다. 그러니 서 부장에게 떨어지는 순수 수입은 대개 2천에서 4천만 원.

이것도 부러워할 필요 없다. 적어도 서 부장 정도 레벨의 웨이터들은 투자라는 게 존재한다. 게다가 이건 순전히 명목상의 수입이다. 바로 외상이 있기 때문이다.

원래 술장사 3할은 외상이라는 속언이 있다.

텐프로에 무슨 외상이냐고?

텐프로도 영업이다. 술과 아가씨의 미소를 판다. 고로 상품 거래가 있는 한 외상에 예외는 없다. 다만 그 단어가 신용거래로 바뀌었을 뿐. 그나마 길모는 외상이 없어서 다행이었다.

3천 5백만 원.

텐프로라면 아가씨에게 최소한 월수 1천만 원~2천만 원은 보장해야 한다. 그렇지 않다면 텐프로 아가씨로 부를 필요도 없다. 만약 매상이 오르지 않는다면, 웨이터가 대출을 받아서라도 주어야 한다.

[형, 우리도 한 3천은 되죠?]

장호가 물었다. 보조 웨이터라고 눈 없고 귀 없는 건 아니다. 더구나 눈치가 빠른 장호. 어쩌면 길모보다도 더 정확하게 매출을 꿰고 있을 터였다.

'4등분하면 약 8백만 원씩.'

나름 대박이었다.

3대 천황이나 강남에서 잘나가는 1%나 텐프로 박스에 비하면 프로야구 최고 연봉과 최하 연봉의 차이쯤 되지만 지난달까지만 해도 가불 인생을 살던 길모가 아닌가?

그래도 그때는 아가씨들 수입을 챙겨줄 걱정은 없었다. 길모 직속이 아니었기에 방 사장이 알아서 처리했기 때문이었다.

"장호야."

뭔가 결단을 내린 길모가 장호를 돌아보았다.

[왜요?]

"너 컵라면 질렸냐?"

[조금요.]

"몇 달 더 먹으라면 어쩔 건데?"

[그걸 왜 먹어요? 우리도 배당 나올 텐데?]

"하여간 먹을래, 말래?"

길모가 인상을 구기며 다그쳤다.

[형이 먹으라면… 먹지요.]

"그럼 됐어."

[왜 그러는데요?]

"승아하고 유나나 데려다 놔. 맥주 몇 병에 안주도 좀 집어다 두고."

길모는 그 말을 남기고 사무실로 향했다.

4등!

예상대로 4등이었다. 말이 4등이지 말하자면 꼴찌. 하지만 길모는 당당했다. 지난달까지는 등수에 오를 자격도 없었기 때문이었다.

매상 1위 : 서 부장.

매상 2위 : 이 부장.

매상 3위 : 강 부장.

그리고 4위는 길모.

하지만 실수령액은 2위와 3위가 역전되었다. 이 부장이 사인(외상)이 많은 까닭이었다.

"아, 그 인간 부동산만 팔렸어도 내가 1등 거머쥐는 건데……."

이 부장이 쓴 입맛을 다셨다. 1등이 되면 보너스가 있다. 매상의 5%를 얹어주는 것이다.

"그 양반 아직도 건물이 안 팔렸어?"

결산표를 받아든 서 부장이 물었다.

"부동산 경기가 사니 어쩌니 해도 말뿐이잖아요? 게다가 양도세 무서워서 헐값에 내놓지도 못한다네요."

"이 부장, 그쪽 외상이 꽤 되지?"

이번에는 강 부장이었다.

"야금야금 먹은 게 한 장 가깝습니다. 그거 받아야 저도 좀 풀리는데……."

한 장!

1억을 말하는 것이다. 1억 하니 엄청나 보이지만 웬만한 술판 열 번 정도 벌리면 그렇게 어렵지도 않다. 더구나 그 손님은 부동산 거래를 위해 브로커들에게 접대(?) 술판을 벌였기에 이 부장이 거절하기도 쉽지 않았다.

"다음 달에는 좀 갚으려나?"

이 부장의 한숨이 잦아들 때 길모가 의견 하나를 개진했다.

"룸 청소와 잔일을 박스별로 나눠서 하자고?"

"네!"

서 부장이 묻자 길모는 당당하게 대답했다.

"아, 거 뭐 그런 걸 가지고 그래? 그냥 하던 대로 해. 내가 청소비 좀 더 부담할 테니까."

강 부장은 대충 넘어갈 기세였다.

"죄송합니다. 그래도 저희도 이제 명색이 박스인데 공평하게 하는 게… 그래야 서로 책임감도 느낄 테고요."

길모는 물러서지 않았다. 사실, 할 만큼 한 길모였다.

"너 많이 컸다?"

강 부장은 여전히 불만스러운 모습이다.

"저희도 정식 박스 아닙니까?"

"야, 박스도 박스 나름이지."

"그렇게 말씀하시면 섭하죠."

"뭐야?"

"죄송하지만 이제 모든 면에서 동등하게 했으면 합니다. 저도 머잖아 형님들 매상 못지않을 자신이 있으니까요."

길모의 선전포고가 터졌다. 강 부장과 이 부장의 입에서 허하고 한숨 섞인 탄식이 나왔다.

"홍 부장 말이 맞아. 어쨌든 내가 박스 허락한 거니까. 오 양한테 표 짜라고 할 테니까 당번식으로 돌아."

다행히 방 사장의 지지로 잡일 분담은 깔끔하게 정리가 되었다. 세 부장은 서로 어깨를 겨루며 사무실을 나갔다.

"너는 왜 안 나가고?"

방 사장이 서류를 챙기며 물었다.

"이거요."

길모가 내놓은 건 삼천오백만 원이었다. 그렇게 많지 않은 결산

액이었기에 방 사장이 오백만 원 뭉치 일곱 개를 주었던 것이다.

"왜?"

"보증금입니다."

"보증금?"

생뚱맞은 말에 방 사장이 눈빛을 세웠다.

"저도 사인 좀 받으려고요."

길모, 딜을 던졌다.

사인.

외상 손님을 받겠다는 공식 선포였다.

선불신공.

이건 강남의 전설적인 웨이터 백곰이 써먹은 신화였다. 강북에서 강남으로 진출한 백곰. 그러나 손님이 따르지 않았다. 강북에서 인사차 오던 손님도 두 달이 지나니 약빨이 떨어졌다.

텃세가 있었다. 퀸 사이즈에 미스 코리아급 아가씨들이 즐비한 곳이었지만 새로 온 웨이터라 에이스를 앉힐 수 없었던 것이다.

님을 봐야 뽕을 따지. 결단을 내린 백곰은 집을 저당 잡혀 실탄을 마련했다. 그리고 그가 지른 게 바로 이 선불신공이었다.

"보증금이라고 생각하고 한 달만 사인 좀 허락해 주십시오. 단, 다른 부장님들에게는 비밀로 해주시고."

룸 사장은 그 딜을 받아들였다. 그 돈이면 일단 원가는 확보가 되기 때문이었다. 백곰은 날마다 강북의 한량들을 끌어들였다. 발렌 30년 한 병을 무료로 안겼다. 그들은 단지 아가씨 차지만 부담하면 되었다.

손님이 팍팍 늘자 일단 아가씨들을 장악할 수 있게 되었다.

아가씨를 장악하자 손님들도 백곰을 찾게 되었다.

한 달이 지나자 룸의 판도는 완전히 바뀌어 있었다. 그가 텃세를 물리치고 황제 웨이터의 자리에 오른 것이다.

길모는 백곰을 벤치마킹하기로 마음먹었다. 그리고 그걸 시도하고 있는 것이다.

"얌마, 너 어디서 백곰 얘기 주워들었냐?"

방 사장은 역시 빠꼼이였다.

"그렇긴 하지만 제가 따로 생각하는 게 있어서요."

"뭔지 모르지만 속 차리고 가지고 가. 맨날 가불만 하다가 겨우 올린 매상인데 이렇게 막 쓰면 안 돼."

방 사장은 현찰을 밀어냈다.

"투자라니까요."

길모는 단호했다.

"투자?"

"네."

"뭐 어쩔 건지 설명해 봐라. 공감되면 수락한다."

"어차피 카날리아의 매상도 조금씩 내리막 아닙니까? 뭔가 전환점이 필요한 시기입니다."

"그거 알면 너도 나가서 근사한 에이스 좀 물어 와라. 박스 성공하려면 아가씨가 죽여줘야 하는 거 기본 아니냐? 마이낑 필요하면 일부는 내가 지원할 테니까."

"에이스는 영입할 겁니다. 하지만 승아와 유나도 제겐 에이스입니다."

"야!"

"지나간 장부 뒤져 보니 손님들이 많이 물갈이 되었더군요."

"그래서?"

"그중에서 아가씨에 흥미를 잃어 발길을 유흥업소에 발을 끊은 분들을 다시 모셔보려고요."

"그런 건 헛짓이야. 룸싸롱 출입도 다 한때지 누가 평생 룸에 드나들어?"

"술과 아가씨 말고 다른 걸 좀 끼워서 팔아볼까 하고요."

"다른 거? 너 뭐 비장의 안주라도 개발했냐? 먹으면 정력이 좋아진다거나 팍 젊어지는?"

"개발했지요?"

"뭔데?"

"관상이요!"

"관상?"

방 사장은 미간을 구겼지만 점차 누그러졌다. 길모의 한 달 매상을 지켜본 까닭이었다.

"관상을 봐주고 매상을 올린다?"

길모는 잔잔한 미소로 방 사장의 마음을 흔들었다.

"룸 이름도 죽이지 않습니까? 관상왕의 1번 룸. 제가 카날리아 1번 룸 한번 번듯하게 살려보겠습니다."

"번듯하게?"

"한 달만 믿어주시면, 다음 달에는 제가 톱 먹어 보이겠습니다."

"톱?"

"자신 있습니다."

길모는 후끈 열기를 뿜었다.

"좋아. 그 기백이 마음에 든다. 한번 해봐!"

기어이 방 사장의 허락이 떨어졌다.

관상왕의 1번 룸.

그 말이 먹힌 것이다. 찌질하던 길모를 거듭나게 해준 관상 솜씨. 방 사장이 보기에도 제법 신통방통한 구석이 있었다. 게다가 보증금(?)까지 내밀고 전력해 보겠다니 기특하게 보일 수밖에.

"자, 이번 달 수입은 5백씩이다."

1번 룸으로 돌아온 길모가 승아와 유나에게만 돈뭉치를 내밀었다. 민선이나 안지영처럼 스카웃되어 온 건 아니지만 그래도 명색이 텐프로의 아가씨들. 그러니 어느 정도 수입을 보장해 주어야 했다.

"오빠!"

불만이 있는 건지 유나가 쌍심지를 켜며 목청을 높였다.

"좀 적지? 미안하다. 한두 달만 참으면 그때부터는 너희도 월 천만 원은 보장해 줄게."

"됐어. 이 돈 안 받아."

"야, 미안하다잖아? 그리고 박스 시작했지만 이달 수입은 그렇게 많지 않아."

"오빠, 진짜 너무하는 거 아니야?"

유나의 목소리는 점점 더 커졌다.

"야, 너무하는 거 너희잖아? 솔직히 다른 애들은 룸 서너 개 뛰는데 너희는 주로 하나만 뛰잖아? 그러니 따지고 보면 그렇게 적은 것도 아니야."

"우리 말은 그게 아니라고."

"아니야?"

계속 높아지는 유나 목소리에 잠시 골똘해지는 길모.

"이 돈도 보증금으로 써. 복도에서 다 들었단 말이야."

"응?"

"오빠, 왜 그래? 죽어도 같이 죽고 살아도 같이 살자면서 왜 우리만 빼놓냐고? 승아하고 나는 인기 없다고 박스 멤버 취급도 안 하는 거야?"

유나의 눈에서 눈물이 쏟아졌다. 옆에 앉은 승아도 찔금거렸다.

[자기들한테는 상의도 안 하고 형이 질렀다고 삐졌어요.]

장호가 슬쩍 수화를 날리고서야 길모는 상황을 깨닫게 되었다. 그녀들, 길모가 방 사장과 이야기하는 걸 복도에서 죄다 들어버린 모양이었다.

"이럴 거면 우리 짤라. 멤버 취급도 안 해주는데 무슨 박스야? 그리고 에이스 영입한다며?"

"야, 그건 너희한테도 득 되는 일이야. 그래야 2번 방도 스페어로 확보할 수 있고……."

"그러니까 왜 우리한테는 말 안 하냐고?"

"내가 잘못했다. 나는 그냥 너희는 형편이 어렵고 돈 쓸 데도 많은 거 같아서……."

"오빠는 뭐 돈 많아? 그래도 우리는 팁이라도 받잖아? 이 달에는 오빠 덕분에 모처럼 짭짤하게 받았는데……."

유나는 승아를 껴안은 채 꺼이꺼이 울었다.

"야!"

길모가 먹먹해진 가슴을 숨기려고 괜히 고함을 질렀다.

"왜?"

유나도 고함으로 맞받았다.

"내가 잘못했으니까 맥주나 마시자."

길모가 웃으며 병을 들었다.

"씨이, 술집 나온다고 사람 우습게 알고……."

"그만해라. 꼭 내가 같이 울어야 속이 시원하겠냐?"

"한 번만 더 그래봐. 그냥 안 둘 테니까."

그제야 유나가 눈물을 씻고 잔을 들었다. 승아도 휴지로 눈물
을 찍어냈다.

"그런데 오빠."

잔을 받아든 유나가 길모를 바라보았다.

"또 왜?"

"아까 그 말 사실이지?"

"무슨 말?"

"오빠한테는 나하고 승아가 에이스라는 말."

"에이, 씨… 그 말도 들었냐?"

"몸매 작살 에이스 데려와도 그 마음 변치 마."

"당연하지. 인간 홍길모, 변덕으로 죽 끓이는 사람 아니다."

"그런데 봐둔 애는 있어?"

"이제부터 보면 되지."

"실탄은?"

"마침 하늘에서 뚝 떨어졌다."

"아무튼 고마워. 사실 승아하고 나하고 아까 오빠 말 듣고 빽 갔어. 우리 오빠, 왜 이렇게 자꾸 멋있어진대?'

[그러게.]

잠자코 있던 승아까지 합세하자 길모의 볼이 후끈 달아올랐다.

"야, 입에 침이나 바르고 거짓말해라. 그리고 이제부터 각오 더 단단히 해. 그동안 다른 박스 에이스들에게 곁다리 붙어 살아오던 거 다 청산이다. 이젠 박스 대 박스야!"

"알았어. 우린 오빠만 믿어!'

유나의 목소리가 힘차게 따라왔다. 매상은 꼴찌지만 단합은 일등인 길모네 팀. 관상왕의 1번 룸은 네 사람의 끈끈한 정으로 더없이 훈훈했다.

옥탑방으로 돌아온 길모는 박길제가 주고 간 1억을 바라보았다.

에이스!

텐프로의 유니크 아이템. 길모에게 필살기인 관상이 있다지만 그래도 텐프로는 룸싸롱. 매번 관상만으로 승부를 보기는 어렵다. 룸싸롱에는 다양한 이해관계의 손님들이 오기 때문.

3대 천황을 넘어서려면 그들의 에이스에 버금가는 에이스 확보는 필수였다.

에이스 구하기.

카날리아의 패권을 쥐기 위한 길모의 행보가 본격적으로 시작되었다.

*   *   *

한잠 맛나게 자고 일어난 길모는 '빈'을 생각했다.

'그건 또 어떤 인간일까?'

궁금증이 일었다. 앞서 만난 세 사람은 죄다 패악하게 치부한 인간들이었다. 수단과 방법을 가리지 않고 돈을 긁어모은 사람들. 그렇다면 '빈' 역시 그럴 가능성이 컸다.

'하지만!'

다른 각도의 생각도 들었다.

겁악제빈.

윤호영의 옵션이었다. 그런데 길모의 인성에 대한 그의 테스트는 이미 끝이 난 상태. 그러니까 '빈'은 그냥 없던 일로 되었을 수도 있었다.

'사룡공원을 다녀오면 연락해. 한 가지 더 알려줄 일이 있으니까.'

노은철의 말이 떠올랐다.

'한 가지 더!'

그건 뭘까?

그게 혹시 '빈'에 관한 건 아닐까?

궁금한 건 참지 못하는 길모. 동시에 살짝 약이 오르기도 했다. 박길제의 기부 건 때문이었다. 박길제가 금고를 털어버렸다면 1, 2억을 기부한 것도 아닐 터. 그렇다면 최소한 인사, 혹은 확인 전화 정도는 와야 하는 것 아니었을까?

길모는 내친 김에 번호를 눌렀다.

—여보세요?

스피커를 통해 노은철의 목소리가 흘러나왔다.

"홍길모요."

라고 말하자,

―호영을 만났습니까?

하고 은철이 물었다.

"만났지."

―허어!

은철은 한숨을 내쉬었다.

"연락하라고 했었죠?"

―예.

"왜죠?"

―제가 지금 미국에 나와 있어요. 며칠 후에 입국할 건데 그때 찾아가지요.

"카날리아로는 오지 마십시오."

―……?

"거긴 비싸잖아요? 술손님이 아닌 손님으로 온 건 한 번으로 족합니다. 주변 눈치도 있고……."

―그러죠.

"아, 잠깐만요."

은철이 전화를 끊으려하자 길모가 막았다.

―말하세요.

"박길제가 기부를 했죠?"

―그랬더군요. 홍 부장님 작품이겠죠? 수고했습니다.

모르는가 싶었지만 알고 있었고, 다소 엎드려 절 받는 기분이었지만 치사는 받았다.

"윤호영의 미션 말입니다. 겁악제빈… 그건 이제 끝난 건가요?"

─호영을 만났다면… 그에게 물어보지 그랬습니까?

'말 되는군.'

길모는 통화를 끝냈다. 적어도 빈에 대해서는 별 도움이 되지 않았다.

[끝난 거 아닐까요?]

하품을 하며 일어난 장호가 수화를 보내왔다.

"그 CD 어디 있냐?"

[여기요.]

장호가 내미는 CD를 받아 든 길모.

"이게 뇌암을 찍은 MRI란다."

[네?]

"나랑 똑같이 생긴 친구 말이야."

[아!]

길모는 한문이 다닥다닥 써진 CD 표지를 흘어보았다. 더러는 고사성어도 있지만 나머지는 그냥 한문인 경우가 많았다.

'설마 이 글자만큼이나 많은 인간을 손보라는 거?'

문득 그런 생각이 들자 헛웃음이 나왔다. 글자가 너무 많았기 때문이었다.

CD를 밀어둔 길모는 명함을 펼쳤다. 3대 천황이 버린 명함들. 그래도 대다수의 직함은 대표거나 이사, 이사장, 회장 등이었다. 혹시나 하는 생각에 '빈'이 들어간 이름이 있나 살펴보지만 보이지 않았다.

[뭐 하게요?]

"마케팅해야지. 우린 단골이 별로 없잖냐?"

[나도 도울게요.]

"회장급은 따로 빼라."

일단 회장은 미뤄두기로 했다.

장애인협회 회장처럼 단체의 간부는 그렇다지만 일없이 회장 명함을 박아들고 다니는 인간들이 많았다. 그런 인간들을 알고 보면 브로커나 남의 등이나 치는 부류가 대다수다.

최고급 차에 명품으로 치장하고 으스대지만 알고 보면 비즈니스 드레스 코드. 번드르한 차림으로 정치 실세들과의 친분이나 인연을 과시하면서 각종 이권에 침을 바르려는 속셈인 것이다.

길모는 직함이 없는 명함부터 추려냈다.

길모의 경험으로 볼 때 알짜 부자들은 직함을 달지 않는 경우가 있었다. 어쩌다 직함을 넣어야 할 때는 '실장'이나 '팀장' 정도로 그쳤다. 벼는 익을수록 고개를 숙인다더니 그 말이 딱이었다.

다음으로 졸부의 아들이나 재벌 3세들의 명함을 골랐다. 이것들 명함은 척 봐도 한눈에 들어왔다. 뽀대는 물론 최상이다. 과시를 위해 돈을 잔뜩 처바른 고급이기 때문이었다.

"내 얼굴 찍어서 인사 파일 하나 만들어라. 홍보용으로."

장호에게 지시를 내린 길모는 검은 양복을 꺼내 입고 넥타이도 검은색으로 깔맞춤을 했다.

[에이스 스카웃 나가게요?]

"그렇게 보이냐?"

[그런데 너무 엄숙한 거 아닌가요? 꼭 장례식장에 가는 거 같잖아요.]

"장례식장에 간다."

[부고 들어왔어요?]

"빨리 만들고 너도 같이 가자."

길모는 넥타이를 목에 딱 맞게 조였다.

바당!

장호의 오토바이가 몸서리를 쳤다. 홍보 문자 100개를 발송한 길모는 그 길로 사룡공원으로 향했다. 입구에서 소주 한 병과 북어, 흰 장갑을 산 후에 사무실에 들렀다.

"저쪽 8구역 4번 납골 유골함을 이 납골로 옮겨주세요."

박길제가 기부한 납골묘. 길모가 그 서류를 내밀었다.

"알겠습니다. 서류를 주시겠어요?"

중년의 여직원이 길모에게 말했다.

"완불한 계약서 줬잖아요?"

"그거 말고 현재 사용 중인 납골 계약서 말입니다. 그게 있어야 이장을 할 수 있거든요."

"네?"

"그게 규정이라서요."

"규정은 무슨 규정요? 그 양반은 우리 형인데 나 말고 인친척도 없습니다."

"그럼 신분증을 좀……."

"여기 있습니다."

길모는 주민등록증을 내밀었다.

"역시 안 됩니다. 이 납골을 계약하신 분이 아니잖아요?"

여직원이 고개를 저었다.

"아니, 우리 형이라는데 뭐가 안 됩니까? 납골까지 다 산 마당에?"

"죄송합니다. 원래 납골을 계약한 황기수 씨가 오셔야 해요."

"아, 진짜… 말 안 통하네."

길모가 목청을 높일 때 사무실의 과장이 들어섰다.

"왜 그러시는데?"

과장이 여직원에게 물었다.

"이분이 납골묘를 큰 데로 이장하시겠다는데 원 계약자가 아니라서…….."

"아이고, 죄송합니다. 이게 저희가 워낙 유족들 간 이해가 대립하는 경우가 있어서요."

과장이 수습을 위해 나섰다.

"이봐요. 솔직히 그 황 모시깽이인가 뭔가 하는 인간은 돈만 아는 인간입니다. 먼 태국에서 사고 나서 죽은 사람이라 보상금도 6억이나 나왔는데 꼴랑 저런 허접한 곳에 모신 인간이 무슨 친척요?"

"잠깐만요. 지금 태국이라고 하셨습니까?"

"그래요. 파타야!"

"아, 그 사람!"

과장은 뭔가 생각난 듯 손뼉을 쳤다.

"……?"

"오정혜 씨, 그거 이분 말대로 옮겨주세요."

"과장님!"

"아아, 괜찮아요. 사실 그 양반이 그 계약서도 버리고 갔거든요."

'버리고 가?'

길모가 귀를 쫑긋 세웠다.

"선생님 말씀이 맞습니다. 납골도 제일 싼 걸 원하길래 추천한 겁니다. 그러더니 우리 현장 직원들에게 돈 5만 원을 던져주고는 유골함을 다 봉인하기도 전에 가버렸다더군요. 계약서는 구워 먹든 삶아 먹든 마음대로 하라면서……."

"저런 개자식을 봤나?"

흥분한 길모의 입에서 욕설이 튀어나왔다.

[형.]

"알았으니까 받아!"

길모는 장호 이마에 만 원을 붙여주었다. 욕한 벌금이었다.

"그 계약서입니다. 구겨서 땅에 버린 걸 혹시 몰라서 제가 챙겨두었는데……."

과장이 내민 계약서는 가관이었다. 코까지 풀었지 않은가? 길모는 장호 이마에 만 원 두 장을 더 붙이며 욕설을 이어갔다.

"개쌍놈의 새끼!"

눈앞에 있다면 전치 20주의 고통을 전치 1주로 설계해서 패주고 싶었다. 그건 비단 호영에게 관상 능력을 받았기 때문이 아니었다.

길모가 비록 유흥가에서 잔뼈가 굵었지만 그래도 최후의 도리라는 게 있었다. 말이 되는가? 호영으로 인해 손해를 본 것도 아니고 자그마치 공돈을 6억이나 챙긴 마당에 이런 박대라니.

"저희도 뉴스를 들어서 마음이 착잡했는데 다행이군요. 고인이 그래도 인덕은 있으셨나 봅니다."

"고맙습니다."

"지금 당장 이장하시게요?"

"우리 형, 사회에 대단한 공헌을 한 분인데 그런 초라한 곳에 누워 있을 사람이 아닙니다."

빈말이 아니다. 지금 길모를 통해 얼마나 착하게 공헌하고 있는가?

"그럼 올라가세요. 제가 바로 현장 직원을 올려 보내겠습니다."

과장의 말을 뒤로 하고 길모는 납골묘역으로 향했다.

새로 산 납골묘는 마음에 들었다. 우선 앞이 훤하게 트여 있다. 게다가 잔디도 촘촘 파릇하다. 더 좋은 건 바로 자작나무 군락이 가깝다는 것.

어쩐지 숭고해 보이고, 어쩐지 어머니 품처럼 보이는 자작나무. 여기라면 호영이 영면에 들기에 맞춤한 장소 같았다.

인부들은 오래지 않아 모습을 드러냈다. 그들은 고인을 향해 절을 한 후에 납골묘 문을 열고 유골함을 꺼냈다. 길모는 흰 장갑을 끼고 그 함을 받아 들었다.

손이 파르르 떨렸다.

함을 열고 사리를 먹던 때와는 또 다른 떨림.

동시에 콧날이 시큰해왔다.

'만약 나라면……'

그 같은 꿈을 꿀 수 있었을까?

그처럼 할 수 있었을까? 자신을 두 번 희생하며 이룬 관상 능력. 자신이 제대로 써먹지도 못하고 죽을 운명. 그걸 고스란히 남에게 주는 거라면 길모는 당연히 흉내도 못 낼 거룩함이었다.

"비밀번호는 선생님이 정하시면 됩니다. 혹시 번호를 잊어버리시면 저희 사무실에 오시면 되고요."

유골함을 안치한 직원들이 말했다.

길모는 호영의 생년에 자신의 월일을 합쳐 번호를 만든 후에 납골묘 문을 닫았다. 그래봤자 길모에게는 의미 없는 일이지만.

"따라라!"

직원들이 내려가자 장호에게 잔을 내밀었다. 장호는 두 손으로 공손히 술을 따랐다.

윤호영!

길모는 그 이름이 새겨진 비표 앞에 잔을 놓았다. 혹시나 하는 일은 기미도 없었다. 혹 그가 길모 안에 들어와 길모를 조종하지 않을까 하는 우려. 그건 안드로메다로 날아갔다.

길모는 경건한 마음으로 절을 올렸다. 이런 저런 의혹의 시선을 보낸 자신을 반성하면서.

기이한 인연으로 만난 윤호영. 지상에서 가장 짧은 시간을 만났지만 가장 강력한 인상의 그. 그를 보내는 인사였다.

[나도 할래요.]

지켜보던 장호가 잔을 내밀었다.

"너도?"

[형하고 똑같으면 나한테도 형이죠 뭐.]

"고맙다."

그 마음이 고마워 피식 웃어버리는 길모다. 장호가 절을 마치자 이번에는 둘이 나란히 서서 또 절을 올렸다.

'편안하게, 좋은 데로 가요. 당신이 준 이 능력… 맹세컨대 나 혼자 잘 먹고 잘살지는 않을 테니까.'

길모는 눈덩이가 시큰해지는 걸 참으며 중얼거렸다.

*   *   *

─굿모닝!

장호는 폰에 쓴 글자를 나영운 얼굴에 디밀었다. 이제는 순번 제로 청소를 맡게 된 마당. 그 첫 빠따로 걸린 강 부장의 보조 손 병태는 화면을 외면했다.

─수고!

장호는 또 다른 문자를 보여주고 1번 룸을 열었다.

[어? 승아!]

장호가 수화를 그렸다. 벌써 출근한 승아가 1번 룸 테이블을 닦고 있었기 때문이었다.

[푹 자고 왔어?]

[응, 그런데 왜 이렇게 일찍 나왔어?]

장호가 수화를 날렸다.

[홍 박사 오빠 좀 도우려고. 이런 거 말고 할 게 뭐 있어야지.]

[야, 걸레는 이리 주고 이럴 시간 있으면 마사지라도 한 번 더

해라. 그게 형 도와주는 거야.]

장호는 승아를 내몰았다. 도와주는 건 고맙지만 아가씨는 아가씨의 역할이 따로 있었다.

[알았어.]

승아는 얌전하게 대답했다.

[야, 이거 받아.]

장호가 던진 건 포장된 향수 두 개였다.

[뭐야?]

[향수. 엊그제 네가 팁 많이 챙겨줬잖아?]

[그거야 뭐 당연한 걸 가지고…….]

[유나랑 하나씩 써. 내가 줬다는 말 하지 말고.]

[고마워.]

승아가 웃으며 나갔다. 장호는 괜히 기분이 좋았다. 아가씨와 보조는 공생관계다. 사이가 나쁘면 보조가 손해다.

"오빠, 우리 웨이터 오빠 너무 싹싹하지?"

이 한마디에 따라 손님의 주머니가 열리고 닫힌다.

텐프로.

보조 웨이터 팁은 안 줘도 된다. 그것조차도 다 박스 팀장이 관리한다. 하지만 주는 돈 안 받을 웨이터는 없다. 아가씨도 없다.

주면 받는다.

그러자면 아가씨와 보조의 호흡이 맞아야 했다.

룸 정리를 마치고 나온 장호 눈에 길모와 이 부장이 들어왔다. 막 출근을 한 이 부장. 길모가 그를 잡아 세운 것이다.

"왜?"

"2번 룸 말입니다. 제가 좀 쓰려고요."

"아직은 손님 넘치지 않잖아?"

"그래도 형님한테 미리 말해야 할 거 같아서……."

"알았어. 나도 손님 좀 줄어서 2번은 많이 안 쓰니까 그렇게 하자고."

"고맙습니다."

"아, 대신 말이야……."

이 부장의 목소리가 돌아서는 길모의 어깨를 잡아 세웠다.

"왜요?"

"이따가 내 손님 오면 관상 한번 봐줄 수 있어?"

"손님요?"

"어제 사무실에서 말하던 내 1억짜리 사인 말이야. 그 양반이 오늘 또 온다고 했거든."

"맨입으로는 안 됩니다."

길모가 웃었다.

"그야 당연하지. 봐서 수금될 거 같으면 계속 받고 안 될 거 같으면 마감을 하든지 하려고."

"그러죠. 오시면 불러주십시오."

"고마워."

그때 가게 문이 열리며 30대 중반의 손님 하나가 들어섰다. 얼마 전에 이 부장에게 박대를 받고 간 그 신사였다.

"어섭셔!"

병태와 영운, 승만, 장호 등이 입을 모아 손님을 맞았다. 손님은 또 이 부장을 찾았다. 개시 손님일까? 역시 개시는 역시 3대 천황들의 몫이었다.

"됐어요. 일 없다니까 왜 자꾸 이래요?"

길모가 1번 룸에서 마케팅 문자를 보낼 때 이 부장의 고함이 들려왔다.

"이 부장님, 이렇게 부탁합니다. 딱 한 번만 밀어주세요."

"아, 글쎄 일없다고요. 겨우 얼굴 한 번 본 처지에 무슨 사인입니까? 저번에도 말했지만 다른 데 가보세요."

"한 번만 밀어주시면 두 배로 갚겠습니다. 예?"

남자는 복도까지 쫓겨나서도 끈질기게 매달렸다.

"가세요. 우리가 이런 경우 한두 번 당하는 줄 압니까? 게다가 뭐? 에이스까지 붙여요?"

"부장님……."

"영운아, 이 손님 밖으로 모셔라. 소금도 팍 뿌리고!"

이 부장의 목소리에는 각이 잔뜩 서 있었다. 개시로 온 손님이 꼴랑 외상 예약. 김이 왕창 샐 만도 한 일이었다.

"사인 예약요?"

복도로 나온 길모가 이 부장에게 물었다.

"그래. 재수 없는 자식. 저번에 물주 따라와서 얻어먹고 간 주제에 배에 바람이 들었지. 돈 없으면 대포집 가지 무슨 텐프로?"

"참으세요. 첫 끗발이 개끗발이니 오늘 대박 날 겁니다."

길모는 의례적인 위로를 하고 밖으로 나왔다. 밖으로 나오면 고개는 자동으로 만복약국으로 향한다. 류설화는 한가해 보였다. 무심코 담배를 꺼내 물 때 옆에서 기척이 느껴졌다.

'응?'

남자는 아직 밖에 있었다. 환한 가로등 아래, 남자의 어깨가 축 늘어져 있다. 그도 담배를 피우고 있었는데 한숨 섞인 연기가 하늘을 찌를 것 같았다.

연기 때문에,

길모는 남자의 관상을 보게 되었다. 배에 바람이 든 한량들. 하긴 그건 남자 탓이 아니다. 누구든 텐프로에 한 번 오기만 하면 사흘은 아가씨들이 아른거려 정신줄을 놓는다.

진짜 애인보다 더 친절하고 더 매력적인 아가씨들. 그 미소가, 그 몸매가, 그 애교가 쉽게 떠날 리 없다. 어쩐지 잘 하면 넘어올 것도 같은 나긋함. 그게 바로 텐프로의 마력이자 마약이다.

"……!"

남자의 관상을 훑어 내려가던 길모가 캑 하고 연기를 뱉어냈다.

"저기요!"

길모가 남자를 불렀다.

"왜 그러시죠?"

"술 외상하러 오셨다고요?"

"그렇습니다만……."

"그거 제가 쏘겠습니다!"

길모는 두말없이 베팅을 날렸다.

홍길모. 그의 관상에서 뭘 본 건가?

제6장

귀인은 먼 데 있지 않으니

미친놈!

이 부장은 당연히 그렇게 말했다. 능력 없는 손님에게 외상을
주는 거야 누군들 못할까? 더구나 그 손님은 이 부장이 보기에
절대 돈이 될 인간이 아니었다.

그건 서 부장과 강 부장도 마찬가지 입장이었다.

"그냥 내보내라."

서 부장이 우정 어린 조언을 해왔다.

"아닙니다. 중요한 계약이 걸렸다는데 한번 믿어보려고요."

"홍 부장! 우리 말 들어. 박스 시작해서 마음이 급한 건 알지
만 그래도 이건 아니야."

이번에는 강 부장이었다.

"형님들, 너무 신경 쓰지 말고 손님이나 맞으세요. 제가 관상

을 봤더니 박종국 팀장님, 돈 떼먹고 갈 사람은 아니었거든요."

길모는 천황들의 등을 밀었다.

잠시 후에 그 허당, 박종국이 손님을 데리고 들어섰다.

"이걸로 세팅해 줘요. 아가씨는 안지영하고 한 명은 부장님이 추천으로!"

박종국이 짚은 건 통 크게도 700만 원짜리 꼬냑이었다. 거기다 이 부장의 에이스 안지영 지명……

"야, 홍길모!"

당연히 이 부장은 펄펄 뛰었다. 원래 에이스를 선보여 주는건 문제가 되지 않는다. 하지만 감정이 상한 이 부장이었다. 그의 입장에서는 먹튀가 분명한 인간이니 안지영까지 안겨주는건 용납이 되지 않았던 것이다.

"부장님, 한 번만 밀어주세요. 어차피 양주 깠습니다."

"너 돌았냐? 진짜 왜 이래?"

"저 손님, 먹튀 아닙니다."

"그럼 나랑 내기하자. 100만 원 빵!"

"……"

"흥, 겁나지?"

"하죠!"

길모는 시원하게 대답했다.

"허얼!"

3대 천황들의 한숨은 계속 높아갔다. 길모가 700만 원짜리 꼬냑을 세 병째 들여간 것이다.

"홍 부장이 당하는 거 같다고?"

좁디좁은 카날리아. 방 사장의 귀에도 결국 그 말이 들어가고 말았다.

"저놈, 관상 좋아하다가 된통 당할 겁니다."

이 부장이 혀를 찼다.

"그래도 길모한테 관상 부탁했잖아?"

주문서를 들고 나온 서 부장이 말했다.

"부탁 안 할 겁니다. 저놈, 관상 좀 본다 하니까 자기가 무슨 관상의 신인 줄 아는 거 아닙니까? 엊그제까지도 진상 처리나 하던 놈이 박스 시켜 주니까 아예 똥오줌 못 가리니……."

이 부장은 계속 콧김을 뿜었다.

결국, 꼬냑은 4병이 들어갔다. 박종국이 내놓은 건 아가씨 둘에게 날린 팁 20만 원이 전부였다.

그나마…….

"저기, 홍 부장님!"

손님을 먼저 보낸 박종국이 길모를 불렀다.

"말씀하시죠."

"미안하지만 택시비 좀 꿔주세요. 가진 걸 전부 팁으로 썼더니 차비까지 똑 떨어졌네요."

"……?"

옆에 있던 장호. 그 놀라운 말에 정신줄을 놓고 박종국을 바라보았다.

"여기 있습니다."

길모는 지갑에서 5만 원을 꺼내주었다.

"고맙습니다. 덕분에 계약 성사되었으니 내일 중으로 계약금

입금되면 바로 달려와서 다 갚을게요."

박종국은 그 말을 남겨놓고 떠났다.

[형?]

박종국이 탄 택시가 멀어지자 장호가 수화를 보내왔다.

"왜?"

[납골에서 귀신 씌운 거 아니에요?]

"겁나냐?"

[자그마치 3,400만 원 찍었어요.]

"그만해라. 나도 겁난다."

[그러면서 왜요? 저 사람 돈 안 갚으면 우리 이달에 돈 벌어도 다 날아갈 판이잖아요.]

"갚는다고 하잖아? 그것도 내일까지!"

[헐!]

"들어가서 룸이나 치워라."

장호의 등을 민 길모의 귀에 천황들의 비웃음이 들려왔다.

미친놈!

똘아이!

돌았구나!

가만히 어둠을 돌아보는 길모. 맞았다. 사실 길모도 두려웠다. 하지만 그 두려움은 3대 천황이나 장호가 가진 그것과는 방향이 달랐다.

'관상이 내 등을 밀었다.'

길모가 두려운 건 그것이었다. 어쩌면 뻔한 무전취식이 분명한데도 마음을 지르게 하는 관상. 그 관상 능력……

박종국은 원숭이 상이었다. 하지만 눈동자가 살아 있다. 검은 자위가 옻칠이라도 한 듯 한없이 검으면서도 점을 찍은 듯이 작았다.

이런 눈은 어마어마한 잠재력의 소유자. 어떤 일을 하든 뛰어난 성과를 거둘 사람이었다.

게다가 눈썹이 난 부위의 미릉골에 사업운이 내려앉았다. 앞으로 툭 치고 나온 기세에 눈썹까지 여덟 팔자의 느낌. 언뜻 코를 보니 준두에 윤기 나는 붉은 기운이 탱탱했다.

봉황비상(鳳凰飛上)의 기세.

길모는 그 기세의 시간을 읽었다. 내일 오전 안에 일어날 일이었다.

하지만 초년 운은 생고생을 했을 상. 일찌감치 부모를 잃었을 얼굴이었다. 어쨌든 더 재고 말고 할 일이 아니었다. 관상에서 눈이 차지하는 건 자그마치 50%. 더 말해서 무엇 할 것인가?

자정이 가까울 무렵 이 부장의 1억 외상 손님이 카날리아에 발을 들여놓았다. 이 부장은 길모를 부르지 않았다. 빈정이 제대로 상한 모양이었다.

'그럴 수도 있지.'

길모는 이 부장을 이해했다. 만약 입장이 뒤바뀐다면 길모도 그렇게 나왔을 테니까.

"야, 병태!"

복도에 선 길모는 양주를 들고 오는 병태를 불러 세웠다.

"왜요?"

"이리 내라. 내가 세팅할게."

"예?"

영문을 모르는 병태가 물음표를 달았다.

"내가 세팅한다고. 너 가는 귀 먹었냐?"

"부장님이 왜요?"

"그럴 일 있어. 이리 내."

길모는 병태의 쟁반을 받아 들었다. 그런 다음 손바닥을 어깨와 수평으로 하고 각을 잡았다. 나이트 웨이터 시절, 맥주 20병까지도 들었던 실력은 아직 녹슬지 않고 있었다.

"……?"

병태를 대신해 길모가 들어서자 이 부장의 눈이 휘둥그레졌다. 하지만 별다른 말은 하지 않았다. 손님 앞에서 쏘아붙일 수는 없는 것이다.

"야, 홍 부장!"

길모가 복도로 나오자 이 부장도 뒤따라 나왔다.

"죄송합니다. 손님 관상 좀 보느라고요."

"나 참, 그럴 필요 없습니다. 괜히 관상 믿다가 홍 부장처럼 쪽박 차고 싶지 않거든요."

이 부장은 존댓말까지 작렬시키며 빈정거렸다.

"그럼 관상 본 거 말하지 말아요?"

"뭐?"

"1억 외상 손님 관상요."

어쩔래? 길모는 말없이 이 부장을 윽박질렀다.

"벌써 봤냐?"

"예."

"……."

이 부장은 입을 닫았다. 그 또한 자존심이었다.

"뭐, 형님이 정 원치 않으시면……."

길모는 모르는 척 돌아섰다. 그러자 이 부장의 입이 하르르 열렸다.

"야, 기왕 봤으면 말은 해줘야지!"

"도로무공(徒勞無功)이 수도어행(水到魚行)입니다."

길모는 한 문장으로 말했다.

"도로 뭐? 수도?"

"밑 빠진 독에 물 붓기는 끝났다 이겁니다. 고기가 물을 만났으니 손님이 현찰 좀 만지겠습니다."

"진짜냐?"

방금 전까지만 해도 관상 따위 운운하며 혀를 차던 이 부장. 좋은 말을 하니 바로 급반응이 왔다.

"하지만 그냥은 안 줄 겁니다."

"그럼 어쩌라고?"

"오늘 째끈하게 쏘면서 체면 좀 세워주세요. 그렇지 않으면 현찰을 만져도 부장님 안 찾을 겁니다."

"야, 넌 잘나가다가 왜 또 옆으로 새냐?"

"형님도 홍길모 관상 한번 믿어보세요."

길모는 휘파람을 불며 돌아섰다. 그때부터 이 부장은 고민에 싸였다. 지금까지 깔린 사인지가 자그마치 1억대. 그런데 또 투자를 하라고? 하지만 길모 말에도 일리는 있었다.

내일 돈이 생긴다.

그런데 어제 개무시를 당했다.

그렇다면 돈 줄 마음이 사라질 건 당연지사.

깔린 외상 1억 원. 이제 아쉬운 건 이 부장이었다.

외상!

물장사의 골머리 0순위다.

특히 술값 외상은 시간이 지나면 갚을 생각을 하지 않는다. 외상을 하는 사람이 또 외상을 하는 것도 그 때문이다.

저번 밀린 거 갚으면서 오늘은 사인.

또 외상값 갚는다며 이번 건 사인.

외상이 늘어나는 공식이다. 마치 마이너스 통장 같다고나 할까? 물장사가 힘든 요인이자 앞으로 남고 뒤로 밑지는 이유이기도 했다.

"아, 씨……."

이 부장은 머리를 쥐어뜯었다. 하지만 그 발은 결국 주류 창고로 향했다. 그 손은 300만 원짜리를 집어 들었다.

'홍길모……'

그러면서 한마디를 중얼거리는 이 부장.

'만약 틀리면 넌 바로 초상이야!'

이 부장이 고민을 하든 말든 길모는 밖으로 나와 손님을 기다렸다. 청담동 큰손으로 불리는 사채업자 노봉구였다. 방 사장과 거래가 있던 사람. 카날리아에는 딱 두 번 왔던 손님이라고 한다.

"뭐하려고?"

방 사장이 방치한 명함들을 길모가 거두어들이자 방 사장은 인상부터 찡그렸다.

"혹시 이 안에 봉황이 있나 해서요?"

"마케팅하려고?"

"네, 사장님 지인들은 전부 재산이 빵빵하잖아요. 아니면 지위가 높거나."

그건 대략 사실이었다. 방 사장은 비즈니스의 달인이다. 동네 지구대 순경부터 검사, 판사, 국회의원까지 모르는 사람이 없다. 물론 그중 일부는 방 사장만 '아는' 사람이다. 상대방은 방 사장에 별 관심이 없기 때문이다.

물장사는 원래 발이 넓어야 한다. 왜냐하면 여러 가지 불법적인 요인이 많은 까닭. 가볍게는 아가씨들이 나이를 속이고 오기도 하고 친구의 민증을 가지고 취업하기도 한다. 물론 걸리면 작살난다. 아가씨보다 주인이 내상을 입는 것이다.

다음으로 각종 단속이다. 텐프로라고 단속에서 예외는 없다. 오히려 밉보이면(?) 집중 단속의 포화를 맞는다.

여기서 밉보인다는 건 관련 기관도 있지만 동업자도 포함된다. 동업자의 시기심, 이것만큼 무서운 것도 없다. 왜냐면 약점을 다 간파하고 요로에 제보를 하기 때문이다. 심한 경우에는 자기 집 단골 경찰이나 검찰에 찌르는 인간도 있다.

다음으로 세금.

텐프로는 룸싸롱이다. 유흥업소의 세율은 입이 쩍 벌어질 정도다. 그러다 보니 소위 인맥 관리가 필요했다.

관리를 위해서 골프도 친다. 내기를 해서 돈도 잃어준다. 돈

대신 한번 거하게 모시기도 한다. 모실 때 심한 경우는 아가씨를 안겨주기도 한다.

모시는 데도 등급이 있다. 보통은 양주+안주 무한 리필에 아가씨 차지는 손님 부담 코스가 많다. 보통이 아닌 경우는 사람에 따라, 업주가 아쉬운 정도에 따라, 신분에 따라 다르다.

길모가 골라낸 명함은 10여 장이었다. 그중 하나가 바로 청담동 큰손 사채업자 노봉구였다.

노봉구!

중년의 말미에 접어든 인물. 방 사장의 말에 의하면 단골 삼으면 망할 스타일의 손님이었다. 딱 두 번 다녀갔지만 한 번은 '모시기' 차원이라 공짜. 두 번째는 답방 차원으로 와서 기본만 빨고 갔단다. 여기서의 문제가 바로 '빨고'였다. 이 양반이 술만 빤 게 아니라 아가씨까지 여기저기 빨았던 모양. 기본만 시키고 본전을 제대로 뽑고 간 것이다.

아가씨는 사장이 모신 사람이라 하드코어 직전까지도 허용하고 말았단다.

그런 노봉구를,

길모가 초청한 것이다. 그것도 사인의 첫 주자. 그러니 방 사장이 반대하는 것도 무리는 아니었다.

하지만!

길모가 노봉구를 첫 주자로 찜한 데는 이유가 있었다. 바로 관상 때문이었다. 다행인지 불행인지 방 사장의 사진 중에 노봉구가 끼어 있었다. 금전 거래 관계로 안면을 유지하는 두 사람이 나란히 선 그린 위였다.

노봉구는 귀와 입술이 압권이었다. 둥근 귀에 두툼한 입술. 그게 재물을 잡아 당겼다. 평생 돈 걱정할 상이 아닌 것이다.

길모는 그것 하나만 보고 결정을 했다.

'귀인이다!'

다만 사진이 작아 더 자세한 건 보지 못했다. 그래도 걱정하지 않았다. 실물이 제 발로 달려오고 있으므로.

끼익!

노봉구의 차가 도착했다. 차는 대실망이었다. 구식 그랜져였기 때문이었다.

'인색하다.'

관상을 보지 않아도 알 수 있는 정보 하나가 길모 머리를 스쳐 갔다. 좋게 보면 검소한 것이지만.

"자네가 홍 부장?"

"어서 오십시오. 모시겠습니다."

길모는 정성껏 노봉구를 맞았다.

"방 사장이 재오픈이라도 한 건가? 느닷없이 웬 서비스?"

"제가 새로 부장을 맡았는데 방 사장님이 칭찬을 많이 하시길래 기를 좀 받을까 싶어 모셨습니다."

길모가 말했다. 딱히 마주친 적도 없었으니 그렇게 말해도 괜찮을 것 같았다.

"기는 무슨… 아무튼 공짜로 쏜다니 고맙네."

1번 룸.

"좋군. 카날리아에 이런 룸도 있었나?"

길모의 왕국에 들어선 노봉구가 룸 분위기를 살폈다.

'눈의 노란 기운… 게다가 눈가에 맺힌 핏기…….'

그의 인색함은 관상에서도 그대로 드러났다. 더불어 여자 밝히는 것도 엿보였다. 복도로 나온 길모는 다찌방 친구가 보낸 후보들 사진을 띄웠다. 마침 길모가 찾는 아가씨가 있었다.

"안녕하세요? 이소미라고 합니다."

잠시 후, 길모가 들이민 여자는 카날리아의 아가씨가 아니었다.

아가씨를 밀어 넣으면서 길모는 생각했다.

남자는 무엇으로 사는가?

유흥업소에서 이 명제는 명쾌하다.

술 취한 남자는,

20대는 예쁜 여자와 자길 원한다.

30대도 예쁜 여자와 자길 원한다.

40대도 예쁜 여자와 자길 원한다.

50대도 물론 그렇다.

60대도 마찬가지다.

그럼 70대는?

이하동문 절대 진리다.

이건 길모가 나이트클럽의 신화적인 웨이터 조용팔과 나운아에게 들은 통계적(?)인 경험담이다.

그들은 말했다. 여기에는 에브리띵 예외가 없다고. 다만 다른 건 대놓고 원하는 사람과, 은밀하게 원하는 사람이 있을 뿐.

"노인들이 더 밝히고 더 감동 먹는다."

카바레까지 경험한 조용팔의 명언이다. 돈 많고 외로운 노인의 주머니를 터는 법. 그의 지론은 간단하다.

하룻밤만 시녀가 되어 정성껏 봉사하라.

그게 다였다. 특히나 나이를 먹으면 여자들이 남자 대접을 해주지 않는다. 어쩌다 기회가 생겨도 물건이 기능을 발휘하지 못한다.

"시간 없어요."

"바쁘다니까요."

퉁명스러운 한마디에도 물건은 바로 시들어 버린다. 그러니 마음을 다해 봉사하는 여자 생각이 굴뚝같은 게 나이 든 남성들이었다. 이런 여자를 만나면 나이 든 남자는 보이는 게 없다.

노봉구의 관상은 좋았다.

그래도 한 가지는 나빴다. 콧망울에 붉은 단풍이 서린 것이다. 기왕 서린 거 불길이 활활 타오르면 좋으련만 붉은 기세에 맥이 탁 풀린 노봉구. 마음은 하룻밤에 열 아가씨도 품을 물개 같지만 실상은 그림의 떡 타령이나 할 시든 토끼 과에 속했다.

그래서 길모가 제대로 봉사를 하려는 것이다. 그 이유도 물론 관상에 있었다.

'사각에 가까운 얼굴에 몸까지 푸짐해 평생 사람 발길이 끊이지 않을 관상.'

돈 많은 부자, 동시에 사람을 많이 만나는 사람. 그런 사람의 입소문이라면 텔레비전 광고에 버금갈 위력이 아닌가?

'줄 때는 화끈하게!'

길모는 발렌 30년산을 세팅하고 룸 문을 닫았다. 동시에 룸은 세상과 격리되었다. 바야흐로 길모의 귀인 맞이가 시작되는 것이다.

두 시간이 되지 않아 노봉구가 일어섰다.

콧망울, 준두에 서렸던 붉은 느낌은 편안히 가라앉아 있었다. 길모는 씨익 미소를 머금었지만 조금도 내색하지 않았다.

"홍 부장이라고 그랬나?"

대리 기사 앞에서 노봉구가 물었다.

"예!"

"아주 마음에 들어."

"감사합니다."

"내가 말이야 대한민국 룸싸롱 안 가본 곳이 없지. 그런데 자네처럼 재주 좋은 사람을 못 봤네. 웨이터나 마담이 왜 존재하는 건가? 손님 니즈를 잘 맞추라고 있는 거 아닌가?"

당연지사이신 말씀.

"막힌 곳을 뚫으신 것 같아 다행입니다."

"막힌 곳?"

노봉구가 미끼를 물었다. 이제 길모가 한 방을 날릴 차례였다.

"송구하지만 사장님 관상을 봤더니 가운데가 꽉 막혀 있더군요. 마침 관상이 맞는 아가씨가 있어 매칭을 시킨 건데 잘 노신 거 같아 다행입니다."

"관상이라고 했나?"

노봉구가 관심을 보였다.

"예, 콧망울이 시원해지지 않았습니까? 오늘 밤은 아마 개운하게 주무실 겁니다."

"허어, 그러니까 자네가 내 관상에서 그걸 보았다?"

"예."

"그걸?"

"예!"

둘은 별 약속도 없이 그걸, '그걸' 이라고 표현했다. 그래도 맥락은 잘 통했다.

"하핫. 도사로군. 도사야! 이거 다음에는 제대로 와서 한 잔 마셔야겠는걸?"

"다시 모실 기회를 주시면 영광이겠습니다."

길모가 허리를 조아렸다. 많은 말은 필요 없다. 그가 간절해하는 단 하나의 팩트. 그걸 찔러주는 것으로 충분했다.

노봉구의 차가 떠나는 동안 길모는 고개를 들지 않았다. 물론 장호도 마찬가지였다. 길모는 장호가 먼저 고개를 들려하자 손으로 눌렀다.

복종과 충성!

텐프로의 손님들은 황제의 대접을 원한다. 적어도 종업원들이 그들이 시야에 있는 한은.

[갔어요.]

장호가 버둥거리며 수화를 날렸다. 그제야 길모는 장호의 등을 해방시켜 주었다.

[아, 진짜 공짜 손님을 뭐하러 이렇게 지극하게 대접한데요?]

"오늘은 공짜지."

[듣자니 저분은 무지막지 짠돌이라면서요? 그런데 다시 오겠어요?]

"도모시용(道模是用)!"

[도모시용요?]

"우린 우리잖냐? 귀 얇은 인간들처럼 남의 말 듣지 말고 우리 식으로 가자."

[형, 존나 유식해지네…….]

"자식……."

새끼… 가 아니라 자식이었다. 그러면서 온화하게 장호의 어깨를 감싸는 길모. 이 또한 전과 다른 여유이자 포용력이었다.

1번 룸으로 돌아와 휴지통부터 살피는 길모.

'역시…….'

휴지통 안에는 흰 휴지가 가득했다.

[핸플한 거 아니에요?]

"네가 무슨 개코냐?"

[형, 그거 형이 싫어하는 거잖아요? 남자가 꼴려도 침대에서 꼴려야지 아무 데서나 휴지 찾으면 안 된다고…….]

"도행 역시(倒行逆施)!"

[도행 역시?]

"가끔은 도리에 어긋나는 것도 괜찮아. 사실 우리 룸에 그런 인간이 한둘도 아니잖냐?"

[하긴요.]

접대!

간단히 말해 길모는 접대를 한 것이다. 그렇다면 접대 받는 쪽에 눈높이를 맞추는 게 옳았다.

술이냐!

여자냐!

분위기냐!

룸 안에서 일어나는 분위기를 대략 나누면 이렇다. 모든 접대
는 이 안에서 나뉘고 분화한다. 술을 좋아하는 사람이라면 비싼
술을 쏘면 된다. 갑이 좋아할 것이다.

여자를 좋아하면 비싼 술보다는 적정한 술을 시키고 예쁜 여
자를 붙여야 한다. 이 또한 갑이 좋아할 일이다. 마지막으로 분
위기. 이건 좀 애매하다. 때로는 둘 다를 포함하는 복잡다단한
일이기 때문이었다.

비싼 곳에서, 비싼 술에 비싼 여자를 끼고 술을 마셔댄다. 잔
은 비우기 무섭게 채워진다. 술이 오르면 형님 동생이 된다.

우리가 남이가?

거래에 기름칠이 쫙쫙 쳐진다. 처음에는 돈 봉투 정색하던 사
람들이 봉투를 받아 챙긴다. 다른 밀당도 쉬워진다. 결국 계약
서에 도장이 찍힌다.

명심하시라!

값비싼 술집으로 당신을 모는 사람. 그는 아랫 돈이 숨을 못
쉬어 당신을 모셔간 게 아니다. 그만한 대가를 치러야 하는 것
이다.

오늘이 아니면 내일. 내일이 아니면 그 내일 뒤의 내일에!

피크 타임에 길모는 두 번째 귀인 접대에 나섰다. 이번에는
성형외과 의사였다. 표면적으로는 망한 의사였다. 하긴 망하지
않았으면 어찌 방 사장의 관리 리스트에서 벗어났을까?

길모는 의사의 병원 이름을 검색했다. 그러자 엄청난 욕설이 도배되어 올라왔다. 그 의사는 의료 사고를 일으킨 의사였다.

원인은 안면 윤곽 수술.

불행하게도 수술을 받던 여대생이 사망해 버렸다. 더욱 불행하게도 그 여대생은 류설화처럼 명문대를 다니는 여자였다.

소송이 진행되는 사이에 병원은 망했다. 국내보다 요우커(중국인 관광객) 고객이 더 많았던 병원이었지만 지금은 인터넷 시대. 한국에서 발생한 상황은 중국에 생중계되다시피 전해졌다.

의사의 과실도 나왔지만 주의 조치를 충분히 취했다는 판결로 명예는 어느 정도 회복한 상태. 하지만 만신창이가 된 그는 아직 재기하지 못하고 있었다.

현대는 민주주의?

천만의 말씀. 현대는 오히려 지위나 신분, 재물의 시대다. 말인즉 여전히 실력이나 권력의 시대라는 것이다. 성형외과 원장일 때는 텐프로도 우스웠겠지만 지금은 상황이 달랐다.

불행을 만난 사람.

그 주변에는 사람이 꼬이지 않는다. 혹여 불행이 옮겨올까 봐 멀리하는 것이다. 인간의 본성이다. 주변을 돌아보라. 쫄딱 망한 친척은 누구도 반기지 않는다. 그건 이 의사에게도 예외가 아니었다.

김석중!

당 42세. 컴퓨터 화면에 올라온 관상이 그걸 말해주고 있었다.

곰의 상.

첫 느낌은 그랬다. 듬직하고 둥글다. 기다랗게 올라간 삼각 눈썹과 명궁에 박힌 가로 주름이 시선을 끓었다.

눈썹보다 눈꼬리가 긴 관상. 길모는 거기까지 보고 김석중에게 접대 문자를 발사하기 시작했다.

처음에는 씹었다.

당연한 일이었다. 아무리 곤란에 처했다고 해도 의사쯤 되는 사람이 어찌 술집 문자를 덥석 물으랴?

그래도 지성이면 감천!

김석중은 네 번 만에 답문을 보내왔다.

[이번에도 아가씨를 외부에서 부를 건가요?]

장호가 물었다.

"이번에는 창해 찜이다."

[에? 방금 지명 손님 오는 것 같던데 그렇게 되면 빠킹이에요.]

빠킹!

동시 지명을 말한다. 정확히 말하면 두 남자가 한 여자를 두고 마음에 들어 하는 것. 그러니 길모의 경우는 조금 달랐다.

[그러지 말고 승아나 유나 밀어넣어요. 형이 관상으로 썰 풀면 통하잖아요?]

"물론 걔들도 투입한다."

[네?]

"단, 막판에!"

[형!]

"왜? 내가 쓰리썸 포썸이라도 시킬까 봐?"

[그건 아니지만…….]

"저기 오신다."

김석중은 모범택시를 타고 등장했다. 어디서 전작을 했는지 살짝 상기된 얼굴이었다.

"모시겠습니다."

이미 큰 상처를 받았던 사람. 화려한 수사는 쓰지 않았다. 자칫 자신을 놀린다고 생각할 수도 있었기 때문이었다.

"그런데 아무래도 사람 잘못 안 거 아닙니까?"

1번 룸에 들어선 김석중이 점잖게 물었다. 행동도 관상처럼 선이 굵었다.

"천혀요. 김석중 원장님이잖습니까?"

길모는 부드럽게, 그러나 확신에 찬 목소리로 대꾸했다.

"솔직히 전에 친구들과 두어 번 왔었고 여기 아가씨들 수술도 한두 건 해주긴 했지만 그렇게 큰 단골도 아니었는데……."

겸연쩍어 하는 그의 얼굴에서 인성이 엿보였다. 사진으로 보는 것보다는 조금 야윈 얼굴. 그러나 전체적 윤곽은 여전했다.

믿음직스럽고 둥근 얼굴에 검은색이 살아 있는 눈동자. 심성이 좋을 관상이었다.

이런 얼굴은 남의 도움을 거절하지 못하는 성향이 있다. 고집도 있다. 하지만 독불장군형은 아니다. 양보와 타협을 알기 때문이다.

'살짝 나온 광대뼈에 전체 얼굴에 비해 코가 조금 낮고 구멍이 큰 편…….'

중년의 실패가 거기에 있었다.

그러나 쪽박까지 갈 우려는 없었다. 다행히 눈썹이 삼각 형태를 그리고 있어 머잖아 회복될 운이었다. 그의 성형 솜씨는 관상에서도 드러나 있었다.

'꼭 다물리지 않는 입에 미간의 가로줄······.'

꼼꼼하다는 반증이었다. 성형외과 의사에게 필요한 자질이 아닌가?

"아무튼 어려운 걸음 해주셔서 고맙습니다."

길모가 다시 예를 갖췄다.

"아닙니다. 요즘은 사실 불러주는 사람도 없거든요. 친구 놈들도 바쁘다고 하고······."

"술은 로얄살루트 38년이면 되겠습니까?"

"웬걸요. 발렌 17년도 황송합니다. 술값도 안 받는다면서······."

"그럼 제가 알아서 세팅하겠습니다. 그리고 아가씨는······."

길모가 돌아보자 창해가 들어섰다.

'오!'

김석중의 눈이 커지는 게 보였다. 혼자서 몰래 토한 감탄도 길모 귀에는 들렸다. 길모는 창해에게 찡긋 윙크를 날렸다. 잘 모셔달라는 의미였다.

창해는 잠시 김석중을 보더니 모았던 숨을 내쉬었다.

에이스!

그녀들이라고 룸 안에서 황녀나 황비의 대우를 받는 건 아니다. 오히려 그 반대다. 술 취한 손님의 입장에서는 더 품고 싶은 존재가 될 수도 있다. 더구나 혼자 온 손님은 더 그럴 가능성이 높았다.

그래서 에이스는 낯선 손님, 혼자 온 손님에게는 붙여주지 않는 곳도 많았다.

그럼 길모는 이번에는 왜 굳이 창해를 욱여넣은 걸까?

그것 역시 관상 때문이었다. 음욕이 차곡차곡 쌓인 노봉구와는 달랐다. 차분하게 가라앉은 김석중의 혈색. 혹 뽀뽀를 하거나 블루스, 포옹은 하되 엉뚱한 시도는 하지 않을 상이었던 것이다.

그래서 길모는 이번에도 틈틈이 룸 체크를 하려는 장호를 막았다.

[왜요?]

"그냥 두고 가서 2번 룸 청소나 좀 해라."

[지금이 들어갈 타임이라고요.]

"저 원장님 간다고 할 때까지 출입 금지다."

[형!]

"줄 때는 화끈하게!"

길모는 장호의 등을 두드려 주었다.

그게 귀인에 합당한 대우였다.

못마땅한 사람은 또 있었다. 바로 이 부장. 마침 큰손들이 오지 않아 다행이지만 에이스를 빌려준 생색을 내려는 것이다.

"너 진짜……."

"죄송합니다. 대신 다음에 저도 에이스 영입하면 팍팍 밀어 드릴게요."

"됐다. 네가 무슨 재주로? 에이스가 어디 외상 초청 손님처럼 저절로 굴러들어오는 줄 아냐? 그것도 능력이고 복이야."

"어디 볼까요? 형님 관상에 그렇게 쓰였는지?"

"됐어. 그놈의 관상……."

이 부장은 몸서리를 치며 4번 룸으로 들어갔다.

김석중은 길모의 기대에 어긋나지 않았다. 매너 쿨하게도 1시간 10분 만에 판을 끝낸 것이다. 양주 한 병 시켜놓고 질질 끄는 타입, 그 또한 진상에 다름이 아니다.

"장호야!"

길모가 주류를 정리하는 장호를 불렀다.

[왜요?]

"승아하고 유나 어디 있냐?"

[유나는 6번 룸에 끼어들어 갔고 승아는 지금 꿍이에요.]

"둘 다 잠깐 불러와라."

[형!]

"잠깐이면 돼."

길모는 그 말을 남기고 1번 룸을 열었다.

"즐거운 시간 되셨습니까?"

마감을 하러 들어온 길모가 웃으며 물었다.

"덕분에요. 이거 모처럼 좋은 술자리였습니다. 아가씨도 최고고."

"윤창해… 실은 저의 카날리아 넘버원 에이스입니다."

"어이쿠, 이런 영광이……."

"저희가 영광이죠. 원장님은 알아주는 성형의가 아니십니까?"

"알아주기는. 대형 의료사고 친 죄인인데……."

"그렇다고 해도 급시당면려(及時當勉勵)입니다."

"응?"

"실은 제가 관상을 좀 봅니다. 얼굴에 중년 액운이 있지만 잘 넘어간 것 같습니다. 그러니 좋은 때를 잃지 말고 재기하셔야죠."

"그런 게 관상에도 나옵니까?"

"코의 산근에서 재복궁까지 서광이 생기를 찾는 것으로 보아 길어도… 한 달 후쯤에 다시 재기하시겠군요."

"……?"

듣고 있던 김석중이 입을 쩌억 벌렸다.

"그것도 압니까? 그렇잖아도 다음 달 개업을 목표로 병원 실내 공사를 하는 참인데……."

"득환당작락(得歡當作樂)이오, 두주취비린(斗酒聚比隣)이라. 기쁜 일은 마땅히 함께 즐거워하고 술은 나눠 마셔야 제 맛이기에 축하를 겸해 모셨습니다."

길모, 문자 좀 날렸다. 유식한 의사 앞이니 크게 결례가 될 것도 없었다.

"허어, 이것 참……. 이제 보니 보통 분이 아니시로군요."

"천만에요. 그저 원장님 재기에 작은 위로라도 된다면 영광입니다."

"아닙니다. 그렇잖아도 내 실수에 대해 다들 손가락질하는 형편이라 보란 듯이 일어서고 싶었는데 이런 축하를 받으니 내 그냥 있을 수 없지요. 어디 보자… 이 아가씨는 별로 손댈 곳이 없고……."

김석중의 시선은 창해를 지나 길모에게 옮겨왔다.

"옳지. 우리 부장님이 한번 내원하세요. 내 기분이니 개원하기 전에 기기 테스트도 할 겸 쫙 고쳐 드리리다."

'나이쓰!'

주목하던 길모는 속으로 쾌재를 불렀다. 귀인에게 기대하던 말이 튀어나온 것이다.

"정 그러시면 저희 멤버들을 좀 봐주시죠. 비용이 필요하면 제가 대겠습니다."

뒤이어 승아와 유나가 들어섰다.

"원래 성형외과에 한번 가볼까 했는데 마침 믿을 만한 분이 없어서……."

길모가 승아와 유나의 등을 밀었다.

"그럼 이제부터 내가 의학 관상을 볼 시간인가요?"

김석중이 흔쾌히 가슴을 펴며 말했다. 성형 견적을 내겠다는 의미였다.

"입가심 하시게 술을 한 병 더 올리겠습니다."

창해를 내보낸 길모, 술을 한 병 더 까주고 룸을 나왔다. 의사 스스로 기분이 동해 던진 선심. 그러니 길모가 앞에 서서 부담을 줄 필요도 없었다.

"부장님, 대박이네요."

대기실 앞에서 창해가 말했다.

"네 덕분이다."

"의사 관상 보고 알았어요?"

"네 덕분이라니까."

틀린 말은 아니었다. 만약 창해가 룸 안에서 싸가지 없는 태도를 보였다면? 기분을 망친 의사가 인심을 베풀 일은 없었을 것이다.

"아무튼 밀어줬으니까 관상 보고 쓸 만한 남자 찾으면 소개해 줘야 해요."

"남자?"

"네."

"그때 그 가짜 변호사 사칭 사기꾼은?"

"그 인간은 다시 연락 안 와요. 우리 가게에는 얼씬도 안 할 걸요."

"으흠, 그건 그렇고 나는 벌써 소개해 준 걸로 아는데?"

"설마 방금 그 원장님요? 그분은 결혼했대요."

눈을 동그랗게 뜨고 정색하는 창해.

"원장님 말고 무쇠 공장 도련님."

"아, 그 페라리?"

"연락 안 왔어?"

"오겠어요? 눈치 보니 만나는 여자가 한 다스인 거 같던데……."

"상관있나? 결국 혼인신고 하는 사람이 위너지."

"부장님!"

"기다려 봐. 머잖아 예약 들어올 거야."

길모는 그 말을 하고 돌아섰다.

김석중은 술값의 몇 배에 해당하는 인심을 쓰고 돌아갔다. 승아와 유나의 변신을 약속한 것이다.

'에이스 영입도 서둘러야겠군.'

공사(?)에 들어가면 며칠 쉬게 될 수도 있다. 심하면 한두 달도 걸린다. 다행히 그렇게까지 대공사는 하지 않을 모양이지만 어쨌든 아가씨가 필요하게 되었다.

한숨 돌리는 사이에 길모는 명함들을 보았다. 그러는 사이에 마감 시간이 다가왔다.

"홍 부장!"

이 부장이 도끼눈을 뜨며 다가왔다.

"가서 꿈 잘 꿔라. 그래 봤자 그 인간이 술값 갚으러 오지는 않겠지만."

"맞아. 기왕 밀어준 김에 한 번 더 밀어달라고 하지 않으면 다행!"

강 부장도 가세했다. 그나마 서 부장은 길모의 어깨를 툭 치고 나갔다. 승아와 유나, 장호가 함께 어울려 성형에 들떠 있을 때 길모는 거액의 외상을 먹고 간 박종국을 생각했다.

'온다에 99.8%!'

나머지 0.2%는 겸손함의 발로.

그만큼 길모는 확신했다. 신묘막측의 관상 본능을 믿는 것이다.

제7장

WANTED 에이스

옥탑방에서 한잠을 자고 일어났다.

시간은 오후 1시를 지나고 있었다. 개운했다. 참 이상한 일이었다. 전 같으면 자고 또 자도 피곤했다. 오죽하면 출근하기 싫은 날이 많았으랴?

패배주의와, 습관처럼 마셔대던 손님들이 남긴 양주.

일단 그 두 가지를 벗어난 것이 큰 영향을 미쳤다.

그런데 그건 작은 이유에 지나지 않았다. 가장 중요한 건 열정과 자신감인 것 같았다.

전에는 아무 희망이 없었다. 가불은 늘어나고 카날리아에서의 존재감도 그저 떨거지에 불과했다. 아가씨는 물론이요 보조웨이터들까지 우습게 알던 떨거지.

지금은 달랐다. 길모는 차근차근한 희망에 불타고 있었다. 그저 쳐다만 보아도 존경스럽던 3대 천황들. 나는 언제 저렇게 될까 하던 동경심은 사라졌다. 프로페셔널 웨이터로서 그들의 위상은 엄청난 것이지만 길모에게는 누구 못지않은 자신감과 자존감이 있는 것이다.

"푸아푸아!"

장호는 곤하게 자고 있다. 장호의 얼굴에 가득하던 어두운 빛도 많이 사라졌다. 길모를 친형처럼 따르는 장호. 그러니 길모의 기세에 묻어가는 건 당연한 일인지도 몰랐다.

관상책을 읽었다.

졸리지 않았다. 책은 곧 수면제라고 생각하던 길모. 쪽팔리게도 만복약국 안에서 존 적도 있었다. 손님이 많아 차례를 기다리던 날 폼 좀 잡으려고 뽑은 게 하필이면 경제 잡지였었다. 차 광고, 시계 광고만 보려니 류 약사 눈치가 보였다.

좌르륵 넘기가 눈길이 닿은 곳이 하필이면 경제 상식. 채 두 줄도 못 읽고 최면에 빠지고 말았던 아픈 기억의 날……

찬찬히 책을 넘기며 본능적으로 각성한 관상과 책을 매치시켜 보았다. 사법고시를 패스한 사람들이 이럴까? 신기하게도 책의 내용은 죄다 머리에 있었다.

그러다 서 부장에게서 가져온 책을 펼쳤다. 첫 장을 넘기자 메모가 하나 떨어졌다.

경제 동향, 주식, 대학 입시, 골프, 해외여행, 성공한 사람의 심리……

몇 가지 글자들에 밑줄이 쫙쫙 쳐져 있다. 그리고 그 밑줄을 따라 필요한 정보를 메모한 흔적이 보였다.

'서 부장님의 필살기…….'

그랬다.

서 부장은 학구파. 그랬기에 상류층 사람들의 공통 관심사를 끊임없이 배워가고 있었다.

'하긴 그러니까 손님들이 조언도 묻고 그러지.'

서 부장의 이따금 손님들의 멘토 역할도 한다. 딱히 전문가는 아니지만 손님과 말이 통하는 웨이터. 그저 손님 주머니에서 매상이나 후려내려는 삼류들과는 차원이 다른 것이다. 그렇기에 그는 손님들 애경사에도 자주 초대를 받는다.

길모는 생각했었다. 그런 건 허당이라고.

매상이나 꽉꽉 올리면 되지 애경사까지 챙긴단 말인가? 게다가 넣었다 하면 최소가 30만 원이었고 무려 100만 원을 넣는 적도 많은 눈치였다.

하지만!

그래서 서 부장은 손님이 마르지 않는다. 강 부장이나 이 부장에 비해 손님들 퀄리티도 좋다. 소위 졸부나 목돈을 쥐고 거드름을 피우는 인간들, 혹은 파렴치한 방법으로 치부한 손님들이 아니라 제대로 부를 축적한 상류층이 많은 것이다.

길모는 서 부장의 메모를 주목했다.

경제 동향, 이제 보니 중요하다. 어쩌다 손님들과 대화를 하게 될 때 쥐뿔 모르는 웨이터가 형님, 형님 하면서 촐랑대기나 한다면 무슨 대화가 될 것인가? 파타야에 가기 전의 길모가 여기에 속했다.

주식. 이 또한 화두가 될 때가 많다. 이유야 어쨌든 많은 사람들이 하고 있거나 해볼까 생각하기 때문. 대학 입시는 의외였다.

'서 부장님 애들이 대학갈 나이인가?'

아직 그런 말은 듣지 못했다. 그런데 곰곰 생각해 보니 공감
이 갔다. 손님들끼리 자녀들 대학 입시에 대해 얘기하는 때가
많았던 것이다. 심지어는 족집게 과외선생이나 담임 선생을 데
려와 술을 사며 비기를 물어보는 손님들도 있었다.

그러니 입시 제도를 이해하고 있다면 같은 뻐꾸기를 날려도
품위를 보장받을 일이었다.

다음으로 골프와 해외여행.

이건 길모도 귀에 못이 박히도록 많이 들은 화두였다. 심지어
는 골프 갈 때 같이 갈 아가씨 소개해 달라는 요청도 많이 받았
던 길모. 실제로 그걸 달성하기 위해 단기간에 집중 방문하는
손님도 쏠쏠했다.

글로벌 시대가 되면서 해외여행은 이제 흔한 일이 되었다. 그
러니 손님들 니즈에 맞춘 해외여행 상식을 가지고 있다면 한두
마디 나눌 때도 좋은 이미지로 각인될 건 뻔한 일이었다.

'성공한 사람의 심리……'

거기도 고개가 끄덕여졌다. 적을 알고 나를 알면 백전백승이
라는 말이 있다. 길모의 관상이 그렇다. 척 보면 간파할 수 있는
관상 실력. 서 부장은 자기 나름대로 생존 전략을 키워왔던 것
이다.

'존경스럽네. 알고 보니 내 옆에 좋은 스승이 있었어.'

몰랐던 사실 또 하나를 알게 되었다. 막연하던 일 하나가 살
가워졌다.

타산지석(他山之石)!

남의 산의 작은 돌 하나도 배울 게 있다니 어찌 서 부장이 스승이 아닐까? 가만히 고개를 끄덕일 때 전화기가 울렸다. 하지만 생각에 골똘한 길모는 벨소리를 듣지 못했다.

[형!]

잠에서 깬 장호가 길모의 무릎을 건드렸다.

[전화 왔잖아요?]

"어? 그래?"

[빨리 받아 봐요. 그 사람일지 모르잖아요?]

장호가 수화를 날렸다.

그 사람 박종국!

아니었다.

전화를 건 사람은 뜻밖에도 광고 회사 이 실장이었다.

"안녕하세요?"

길모는 반갑게 응대를 했다.

—자는 걸 깨운 건 아닌가? 밤일하는 사람들인데…….

"아닙니다. 아까 일어났습니다."

—다행이군. 내가 홍 부장한테 부탁이 하나 있어서…….

"말씀만 하십시오."

—그 말이야, 혹시 내일 낮에 시간 좀 되나?

"왜 그러시는지?"

—다른 게 아니고 말이야 심사 위원으로 좀 모실까 하고.

"심사 위원요?"

—뭐 시간만 내주면 심사비는 톡톡히 마련해 두겠네.

"심사라니… 제가 무슨 자격으로……."

—어렵게 생각할 거 없네. 그냥 관상 좀 봐주면 돼.

'관상?'

—오후에 진행할 건데 몇 시가 좋겠나? 홍 부장 일정에 맞추도록 하겠네.

"그, 그렇게까지야……."

—어허, 심사 위원이라니까. 그거 아무나 하는 게 아니라네.

"시간은 얼마나 걸리는데요?"

—후보는 셋이네. 대한민국 대표 미인들이야.

'미인들?'

—그러니 시간도 홍 부장이 정하시게. 우리야 관상 보는데 얼마나 걸릴지 모르는 사람들이니…….

"그거야 한 시간이면 됩니다만……."

—그럼 네 시쯤 어떻겠나?

"괜찮습니다."

—네 시에 차를 보내겠네. 어디로 보내면 되나?

"아닙니다. 제가 시간에 맞춰 가겠습니다."

—그래주겠나? 그럼 우리 직원을 입구에 세워두도록 하겠네.

이 실장은 그 말을 끝으로 전화를 끊었다.

[누구예요?]

"광고 회사 큰손 이 실장님!"

[오늘 예약이에요?]

"내일 예약이다."

[서 부장이 아니고 우리한테요?]

"회사로 오래. 누구 관상 좀 봐달란다."

[관상요?]

"라면 물 올려라. 먹고 에이스 구하러 나가보자."

[홍 마담 누나 보러 가게요?]

"역시 같은 인간이지만 아가씨 조달 능력은 되잖아?"

[그 사람은요? 전화 안 왔어요?]

또 질문하는 장호. 딴에는 걱정이 되는 모양이었다.

"박종국?"

[예.]

"오늘은 이제 시작이잖냐? 걱정 말고 라면 물이나 올려라."

길모는 장호의 머리를 비벼주었다.

[알았어요.]

자리를 털고 일어난 장호가 가스레인지에 불을 당겼다.

알맞게 익은 라면발을 입에 넣으며 길모는 생각했다. 이 실장, 대체 무슨 관상을 보라는 것일까? 게다가 미인이라고?

'며느리 들일 나이도 아니고……'

가보면 알겠지. 길모는 그렇게 생각하며 남은 면발과 함께 국물을 들이켰다.

호로록!

"에이스?"

커피전문점의 테라스에서 만난 홍 마담이 선글라스 사이로 길모를 보며 물었다. 홍 마담은 36살의 백전노장이다. 심심풀이 충무로 노래방 알바로 시작해 단란주점과 하이퍼블릭을 거쳐 룸싸롱에 진출했다가 은퇴한 노계. 그녀는 다채로운 경력만큼이나 업소들 생리를 쫙 꿰고 있었다.

"죽여주는 사이즈에 빽 가는 마스크로요."

"홍 부장, 돈 있어?"

"뭐 두당 5천은 지를 수 있지요."

"어머, 대박!"

"돈 걱정 말고 자료나 까 봐요."

"그렇잖아도 죽여주는 사이즈가 하나 물색되었거든."

홍 마담은 커피를 내려놓더니 화면을 띄웠다.

"어때? 강남 나이트에서 간만에 건진 앤데 마이낑만 팍 지르면 오케이할 거야. 용돈이 궁한 눈치였거든."

화면 위에 한 아가씨가 떠올랐다. 22살쯤 보이는 여자. 수려한 용모에 첫인상이 나쁘지 않은 아가씨였다.

"빽찌!"

하지만 길모는 바로 퇴짜를 놓았다.

"빽찌? 허은경처럼 탕치기 할까 봐? 그러면 걱정하지 마. 얘 실물로 보면 바로 오줌 지려."

탕치기는 선불 받고 튀는 짓을 말한다. 홍 마담은 눈알이 튀어나와라 뒤룩이며 길모를 노려보았다.

"그럼 오줌 싸는 남자들에게 소개하고 나는 다른 사람 엮어 줘요."

"헐~!"

"없어요?"

"취향 독특하네. 기다려 봐."

홍 마담의 손이 화면을 밀어냈다. 그러더니 또 하나의 아가씨를 띄워놓았다.

"마스크는 좀 딸리는데 볼륨이 대박이야. 마스크야 성형으로 한 1, 2천 들이면 바로 퀸급으로 뜰 테고."

"뺀찌!"

"야, 홍길모!"

"홍 마담 맛 간 거 아니에요? 이건 전부 오봉순 스타일이잖아요?"

오봉순, 다방 아가씨들을 가리키는 말이다.

"그럼 다른 데 알아보든가?"

자존심이 상한 홍 마담이 콧김을 뿜어냈다.

"아, 진짜… 같은 종씨끼리 왜 이래요? 숨겨놓은 히든카드 같은 거 없어요?"

"야, 이것도 종씨라서 보여준 거야. 얘들 여의도 쪽 텐프로에서 땡긴다는 것도 미뤄두고 왔다고."

홍 마담, 이 바닥 빠꼼이답게 한마디도 지지 않는다.

"커피값 내가 쏘고 갈게요. 그 정도 말고 방송국에 갖다놔도 아우라 내쏠 만한 여자 좀 물색해 오세요."

"청순가련하고 우아하고 교양 있고 품위 있고 예쁘고 애교 있고 쫙 빠진 애?"

"아시네?"

"에라, 이 도둑놈아!"

홍 마담이 잡지로 길모의 머리를 내려쳤다. 하지만 맞을 리 없는 길모. 가볍게 방어하고는 뒷말을 이었다.

"그러지 말고 좀 빵 터지는 애 수배해 봐요. 나 큰맘 먹고 배팅하는 거 몰라요?"

"좋아. 그럼 하나만 물어보자. 나중 애는 그렇다고 치고 첫번째 애는 왜 뺀찌인데? 그 정도면 어딜 가나 바로 에이스야."

"걔는 텐프로에 어울리지 않아요. 혹시 소개하더라도 하드코어나 즉빵집으로 연결하세요."

"미쳤어? 간만에 잡은 에이스감인데?"

"관상을 보아하니 두상이 위로 뾰족하고 아래가 짧아서 천박한 일에 어울려요. 게다가 이중의 큰 눈이라 경박한 호사에 빠질 상이고 귀가 두툼하니 향락적일 것이오, 머리가 이마 중앙에 나온 데다 눈썹까지 초승달 형이라 남자가 찌르면 바로 옷을 벗을 상입니다. 그러니 일찍 결혼할 조혼 상인데 뭘 믿고 투자한단 말입니까?"

"뭐? 뭐? 두상이 어떻고 초승달이 저째?"

"조혼이야 그렇다고 쳐도 걸핏하면 손님하고 붙어버릴 상이라 이겁니다. 그럼 손님들 사이에 금방 소문이 날 텐데 본전 안 나오죠."

"야, 네가 무슨 관상을 안다고?"

홍 마담이 핏대를 올리며 테이블을 내려쳤다.

"왜요? 나는 관상 좀 보면 안 됩니까?"

길모, 잔잔한 눈으로 홍 마담을 압도하며 말을 이었다.

"홍 마담, 눈과 눈 사이의 산근을 보니 가로줄이 있군요. 지금 유부남과 불륜 관계죠? 헤어지고 새출발하고 싶은데 이걸 어쩌나? 턱 끝이 작고 뾰족하여 의지가 바닥이니 타고난 관상이 그런걸."

길모는 그 말을 남기고 일어섰다.

"야!"

홍 마담의 고함에 몇 발을 가다 돌아보는 길모.

"아무튼 진짜 대박 하나 건지면 연락하세요. 그럼 내가 불륜 관계도 정리해 드릴 테니."

길모는 휘파람을 불며 밖으로 나왔다. 반면, 홍 마담은 그때까지도 놀란 입을 다물지 못하고 있었다.

[형, 있대요?]

오토바이에 앉아 음악을 듣던 장호가 물었다.

"꽝이다. 허접만 있어. 눈 버렸네."

그때 한 무리의 여대생들이 깔깔거리며 길모 앞을 지나갔다.

"좋다. 저렇게 표정이 밝은 애들 중에서 에이스를 골라야 하는데 말이야 이건 맨날 닳고 닳은 애들이 이 업소에 구르고 저 업소에 구르니……."

[그럼 여대생 중에서 스카웃하세요.]

"뭐?"

[형 관상 실력이면 못 할 것도 없잖아요? 솔직히 홍 마담 아가씨들이야 다 거기서 거기 아닌가요? 일산 있던 애들이 여의도 오고 여의도 애들이 강남가고 하는 거지…….]

'여대생?'

[기왕이면 SKY 경제 경영학과 여학생 중에서 어때요? 그 정도면 손님들도 솔깃할 거 같은데?]

"SKY?"

[에이, 농담이에요. 걔들이 술집에 오겠어요?]

SKY.

SKY는 별거냐? 예전에 보니 S대 나오고도 취직 못 하는 사람도 많고 경비원으로 취직한 사람도 있다던데? 게다가 역사가 없는 것도 아니었다. SKY 출신의 아가씨. 흔하진 않지만 더러 화제가 되기도 했던 일이다.

'옳거니, 기왕 크게 저지르려면?'

SKY!

길모의 머리에 불이 번쩍 들어왔다.

내친 김에 S대로 달렸다. 멀었다. 하지만 오래 걸리지는 않았다. 무적의 라이더 장호가 있기 때문이다.

교문 앞.

상징 아치부터 마음에 들었다. 척 보니 마치 부적이라도 세워 놓은 듯한 위용. 그러나 학교는 무지막지하게 넓었다.

[어디로 가요?]

"어느 과 애들이 제일 똑똑하냐?"

[그야 물론 의대?]

"의대는 열외다. 술 마시면서 건강 얘기하면 술맛 떨어지잖아?"

[그럼 법대?]

"또?"

[경제 경영이 셀 거예요. 수능 보면 거의 다 맞아야 갈걸요?]

"거기로 가자."

[경영대로요?]

"오케이!"

길모의 지시가 떨어지자 또 다시 오토바이가 날았다. 장호는 오래지 않아 경영대 건물 앞에 길모를 내려놓았다. 한 무리의 학생이 오가고 있었다. 길모는 오토바이에 엉덩이를 걸치고 학생들을 주목했다.

"낯빛들이 장난 아니군. MOU 체결하기 쉽지 않겠는데?"

[MOU요?]

"아까 책에서 본 건데 그냥 한 번 유식해 보이라고 말해봤다. 어떠냐?"

[뭐가요?]

"경제인지 경영인지… 재학생이든 졸업생이든 제일 예쁘고 몸매도 되는 애로 스카웃하면? 완전 대박 아니냐? 3대 천황도 기가 팍 죽을걸?"

[그런 애가 있겠어요? 공부 잘하고 몸매도 되고 얼굴도 예쁜? 그리고 그런 애가 있으면 룸에서 일하려고 하겠어요?]

"룸이 뭐 어때서?"

[형! 여기는 안 돼요. 대한민국 최고잖아요. 차라리 홍대 앞에 가서 죽순이들 땡겨요.]

"쏘리. 나는 이미 결정 내렸거든."

[아, 진짜 왜 그래요? Y대 나온 류 약사님 앞에서도 버벅거리면서.]

"그건 좀 다른 경우고."

그렇지. 그건 연애고 이건 사업이지. 길모는 생각했다.

[형!]

"상전벽해(桑田碧海)!"

길모는 자신의 느낌을 사자성어로 대신했다.

[뽕나무 밭이 변해서 바다가 된다요?]

"그래. 관상왕의 에이스쯤 되려면 룸 판도 한 번 확 뒤집을 정도가 되어야 하지 않겠냐?"

[뭐 그러면 좋긴 하지만 가능성이…….]

"해보자. 우리도 이미 상전벽해 했잖냐?"

길모는 장호의 어깨에 한 손을 얹고 경영대 건물을 바라보았다. 당장은 눈에 쏙 들어오는 여학생이 없었다. 하지만 결코 실망하지 않았다. 첫술에 배부를 수는 없는 법!

*　　　*　　　*

"좋은 저녁입니다!"

길모는 가게 앞에 나와 있는 방 사장과 이 부장에게 인사와 함께 음료수 두 개를 꺼내 나누어주었다.

"웃음이 나오냐?"

음료수를 외면한 이 부장이 가시 돋은 말소리를 쏟아냈다.

"왜요? 웃으면 안 됩니까?"

"그 인간 연락 안 왔지?"

"누구?"

"얌마, 어젯밤에 사인하고 간 떨거지 말이야!"

박종국.

하루 종일 분주하던 길모, 그제야 그가 떠올랐다.

"아직 안 왔는데요?"

"이렇다니까. 제 말이 맞잖아요? 홍 부장 이놈, 제대로 당한 겁니다."

이 부장이 방 사장을 돌아보았다.

"전화 때려봐."

방 사장, 그냥 넘어갈 리가 없다.

"걱정 마십시오. 곧 올……?"

명함을 꺼내 번호를 누르던 길모, 머리가 쭈뼛 일어서는 걸 느꼈다.

─지금 거신 번호는 없는 번호이오니…….

멘트가 나오자 이 부장이 전화를 가로채 갔다.

"내가 이럴 줄 알았지. 관상이 어쩌고 하더니 잘하는 짓이다."

이 부장은 전화기를 던져 주고 계단을 내려갔다.

톡톡!

다시 번호를 눌렀다. 나오는 멘트는 똑같았다. 팽팽하던 자신감에 실금이 가는 소리가 들렸다.

"홍길모!"

"네?"

"백곰 신공 취소다."

"사장님!"

"다 너를 위해서야. 엉뚱한 생각 말고 원칙대로 해. 원칙!"

방 사장이 돌아서자 그 뒤에 서 있는 장호가 보였다.

[형…….]

"뭐냐? 그 동정심 가득한 눈초리는?"

[그 새끼… 진짜 우릴 등쳐 먹은 거잖아요?]

"그분, 손님이잖냐?"

[뭐가 손님이에요? 명함도 가짜잖아요?]

"들어가자. 아직 오늘 안 지났다. 지금이라도 현금 싸들고 오고 있을지도 모르지."

[형…….]

장호의 우려를 뒤에 두고 길모는 계단을 내려갔다. 씩씩하게!

"오빠……."

소문은 KTX보다 빠르다. 벌써 말을 전해 들은 유나와 승아가 복도에 나와 있었다.

"가서 꽃단장이라 해라. 오늘은 시스루 룩이 좋겠는데?"

태연히 1번 룸을 열었다.

관상왕 홍길모.

문을 닫는 순간, 수많은 비웃음이 따라 들어왔다.

'틀린 건가?'

길모는 박종국의 관상을 떠올렸다. 작렬하기 직전의 운. 관상으로 보아 그건 틀림없이 오전 중에 터졌을 것이다. 그게 뭐겠는가? 그가 꿈꾸던 계약이다.

그렇다면 지금쯤 왔어야 했다. 아니, 혹시 바쁘다면 전화라도 했어야 했다. 하지만 역시 명함이 마음에 걸렸다. 의도한 게 아니라면 그런 명함을 주고 가면 안 되는 일이었다.

'돈을 먹고 튈 관상은 아니었고……'

그 또한 확신했다.

그의 운이 좋은들 무엇하랴? 길모에게 해가 된다면 무리하면서까지 밀어줄 필요가 없었다.

저벅!

발소리와 함께 등장한 건 서 부장이었다.

"피울래?"

상대의 기분을 기막히게 알아차리는 눈썰미. 서 부장은 담배를 내밀었다.

"고맙습니다."

"어제 큰손이 안 왔다고?"

"예……"

"관상보고 준 거냐?"

"예."

"관상……"

서 부장이 연기를 뿜으며 말을 이었다.

"그런 말 아냐? 빛이 강하면 그늘도 깊다."

"들은 거 같습니다."

"갑자기 뭔가 한 가지를 잘하게 되면 거기에 너무 심취하게 되지."

"……"

"내가 볼 때 홍 부장 관상 능력은 훌륭해. 하지만 너무 맹신하지는 말았으면 좋겠다."

"형님······."

"전에는 네 멋대로 구니까 조언할 가치도 없다고 생각했는데 이제 애쓰는 모습이 보여서 하는 말이다. 신이 아닌 이상 관상만으로 모든 걸 알 수는 없는 일 아니냐?"

"······."

"액땜한 셈 치고 힘내라. 원래 큰 고기가 되려면 시련을 맞게 되어 있어."

서 부장은 담배를 눌러 끄고 일어섰다.

'관상을 맹신하지 말라?'

서 부장의 말에 윤호영이 마지막 남긴 말이 겹쳐 왔다.

심상!

서 부장의 말은 완전히 틀리지 않았다. 하지만 박종국의 심상도 그리 나쁘지는 않았다. 얼굴 어디에도 사악한 기세가 나타나지 않았던 것이다.

"고맙습니다, 형님. 하지만!"

길모는 문을 향해 걸어가는 서 부장을 향해 뒷말을 이었다.

"다른 건 몰라도 이번 일은 제 판단을 믿습니다. 박종국 씨, 꼭 올 겁니다."

"······."

서 부장은, 문고리를 잡고 한참 동안 길모를 바라보다 룸을 나갔다.

*   *   *

8시 40분.

개시 손님이 왔다. 놀랍게도 기광철이었다.

"이어, 홍 부장!"

친구 하나를 데리고 온 그는 여전히 기세가 좋았다.

하지만!

길모는 기광철의 왼쪽 이마 끝, 아버지를 의미하는 일각에 스며든 어두운 징조를 읽었다. 길게 내려와 입까지 걸친 검푸른 액운.

'치매 걸린 아버지가 죽었군.'

길모의 판단을 입증이라도 하듯 친구가 기광철에게 말했다.

"기 사장, 아버지 돌아가신 지 얼마나 됐다고 이런 데 와도 괜찮아?"

"아, 그 꼰대야 언제 죽어도 죽을 사람이었잖아? 술맛 떨어지는 소리하지 말고 달려보자고."

기광철은 대수롭지 않다는 표정이었다. 그의 눈매에 실룩거리는 전택궁이 도톰하게 도드라졌다. 좋은 살집, 불효자지만 부모에게 받을 유산이 많다는 반증이었다.

내친 김에 좀 더 집중하는 길모.

'코의 준두와 금갑이 좋아 돈이 모인다. 하지만 콧구멍이 지나쳐서 낭비가 심하고 마구 쓰는 편이라 결국은 다 털어먹고 말 상.'

쉽게 번 돈은 쉽게 나가는 법. 기광철은 그 말에 딱 어울리는 관상이었다.

"홍 부장이라고 했었나? 술 좀 가져와. 우린 보통 사이가 아니지?"

"보통 사이가 아니라고?"

친구가 길모를 바라보았다.

"저 친구가 당신 사업 자금 대준 거나 다름없지. 우리 꼰대가 번호 안 가르쳐 줘서 그림의 떡이던 금고를 열 수 있게 도와줬거든."

"오, 그래?"

"아닙니다. 실은 기 사장님이 술값을 사인하자고 하셔서 멋도 모르고 덤빈 게……."

길모는 겸손하게 설명을 하고 룸을 나왔다.

무심코 벽을 바라보는 길모의 눈에 벽시계가 들어왔다. 자정 오 분 전. 시간의 흐름이 뭘 뜻하는지 아는 장호는 길모와 시선을 맞추지 않았다.

'신기의 관상도 틀릴 때가 있는 건가?'

살짝 헛웃음이 나왔다.

그때였다.

계단 밖으로 차량의 경적 소리와 함께 경찰차 사이렌 소리가 요란하게 들려왔다.

"손님들 중에 누가 밖에서 시비 붙었냐?"

[모르겠어요. 룸 체크해 볼까요?]

장호와 길모의 시선이 복도를 따라 이어진 룸으로 향했다. 그 안에서 보조 웨이터들이 나왔다. 서 부장과 강 부장, 이 부장도 나왔다. 방 사장도 물론이고 에이스 두엇과 주방 아줌마까지 고개를 내민다.

"나가봐라. 단속 나왔을 수도 있으니."

방 사장이 어두운 표정으로 말했다.

"제가 나가볼게요."

맨 앞쪽에 서 있던 승만이가 단숨에 계단을 올라갔다. 그리고 높은 비명과 함께 바로 뛰어 내려왔다.

"차 주인이 홍 부장님, 찾는다는데요?"

"나?"

돌연 모든 눈동자들이 길모에게 쏠렸다.

요란한 경적을 울린 차는 구린 자가용이었다. 그 뒤로 경찰차가 경광등을 번쩍거렸다. 남자는 경찰과 이야기를 하다가 길모를 돌아보았다.

"홍길모 씨?"

젊은 남자가 물었다.

"그, 그런데요?"

"박종국 씨, 아니 박 사장님 아시죠?"

"그렇습니다만……."

박종국, 그 이름이 나오는 순간 길모의 머리에 정신이 번쩍 들어왔다. 야밤에 경찰차를 달고 온 남자의 입에서 튀어나온 박종국이라는 이름. 혹시 사기범으로? 불길한 생각이 스쳐갈 때 남자가 조바심을 내며 말했다.

"죄송합니다. 저희 사장님이 오전에 갑자기 교통사고가 나서 말이죠."

'교통사고?'

그래봤자 오십 보 백 보. 역시 불안은 현실이 되는 걸까?

"교통사고가 나서 계약이 틀어졌습니다. 돈은 다음에 갚겠습니다."

수도 없이 당해온 외상 술값의 수순. 길모의 낯빛이 어두워질 때 남자는 뒷말을 이었다.

"사장님이 방금 전에 정신을 차렸는데 당장 여길 가야 한다지 뭡니까? 홍 부장님께 술값을 드려야 한다고."

길모가 참았던 한마디를 쏘아붙이려 할 때 남자의 다음 말이 이어졌다.

"그래서 제가 달려왔습니다. 자정 전에 가야 한다고 하셔서 과속을 했더니 경찰차들이 따라와서……."

남자의 설명으로 순찰차의 등장을 바로 이해하는 길모.

"받으세요. 술값입니다. 약속대로 두 배하고 빌린 택시비도 넣었다더군요."

남자가 돈가방을 내밀었다.

시간은 자정 2분 전. 가방을 받아 든 길모의 콧날이 시큰해지고 있었다.

"……!"

이 부장은 말문이 턱 막혔다.

"……!"

방 사장도 물론 그랬다. 아니, 카날리아 직원 모두가 그랬다.

자정 1분여 전에 찾아온 박종국의 직원. 게다가 의식을 잃은 뒤에 바로 깨어나 길모를 챙겨준 그 마음. 모두의 넋을 빼기에 충분했다.

그가 가짜 명함을 준 이유도 밝혀졌다. 그건 예전 명함이라는 것. 계약 협의에 정신이 팔려 자기도 모르게 엉뚱한 걸 꺼내줬다는 것이다.

가방 안의 돈은 자그마치 6,800만 원에 플러스, 택시비로 빌려간 5만 원. 박종국의 직원과 경찰차가 돌아가자 길모는 돈가방을 공중에 던졌다가 받아 들었다.

"와우!"

장호가 엄지를 세워주었다. 유나와 승아는 손뼉이 터져라 박수를 쳤다.

"이래도 사인 안 됩니까?"

길모는 아무도 몰래 방 사장 귀에 대고 속삭였다.

"험험!"

입장이 난처해진 방 사장은 연신 헛기침만 쏟아놓을 뿐이다. 결국 그 화살은 이 부장에게로 향했다.

"거 잘 알지도 못하면서……."

이 부장, 납작코가 되었다.

납작코는 100만 원을 내게 된 이 부장만의 것이 아니었다. 에이스들도 된통 물렸다.

"자자, 수금합니다!"

유나가 손을 내밀자 민선아와 안지영 등은 브래지어 사이에서 10만 원씩을 꺼내 고이 바쳤다. 길모를 두고 아가씨들도 내기를 건 모양이었다.

[얘들 간도 크네?]

지켜보던 장호가 수화를 날렸다.

[피이, 우린 홍 오빠가 져도 홍 오빠 편이거든!]

"암, 그러니까 팀이지."

승아와 유나가 한마음으로 말했다. 길모의 콧날은 한 번 더 시큰해졌다. 온갖 눈칫밥을 먹으면서 다져진 정과 신뢰. 그게 유감없이 발휘된 것이다.

턱!

보란 듯이 길모는 3,400만 원 매상을 입금시켰다. 물론 박종국이 딜링한 보너스 3,400만 원은 길모의 차지가 되었다. 길모는 그 돈 또한 방 사장 앞에 묵직하게 내려놓았다.

"……?"

의미를 모르는 방 사장이 길모를 바라보았다. 룸싸롱에서 팁은 각자 고유 권한이다. 매상이 아니므로 굳이 입금할 필요가 없는 것이다. 길모는 당연히 이렇게 말했다.

"선불신공 보증금입니다!"

빙그레 미소를 던지는 길모. 방 사장은 처음으로 오싹함을 느꼈다. 허섭스레기로 보이던 홍길모. 그 허당은 간 곳 없고 태산 같은 놈이 버티고 있는 것이다.

"미안하다."

방 사장은 진심으로 사과를 했다. 그야말로 마음에서 우러난 일이었다.

"괜찮습니다."

"그나저나 홍 부장, 너 정말 신들렸구나."

"신이요?"

"그 왜 무당들도 신들리면 기가 막히게 맞추잖냐? 네가 딱 그 짝이야."

"뭐 그런 것도 같습니다."

길모는 씨익 웃어넘겼다.

"그나저나 세금 문제도 이렇게 시원하게 해결되면 좋으려만. 나 얼굴에 세금 면제받을 대운 같은 건 좀 없냐?"

방 사장이 현금을 챙기며 물었다.

세금!

온 국민이 난리다.

직장인은 연말 연초가 되면 세금 정산 때문에 법석을 떨고 자영업자들은 부가세 때와 소득세 때 홀딱 뒤집힌다. 그중에서도 룸싸롱 같은 곳은 더욱 심하다. 같은 자영업이라도 고율의 중과세를 얻어맞기 때문이다.

원래 줬다가 뺏으면 더 아까운 생각이 드는 법. 손에 쥔 돈이니 한 푼이라도 세금을 비껴가려는 생각은 인간이라면 피할 수 없는 생각이었다.

방 사장.

자세히 보니 소(牛)상이다.

그런데 개(犬)상도 끼어 있다. 그래서 부지런하게 빨빨거리고 다닌다. 재산궁으로 불리는 코 준두가 실하다. 대어는 아니어도 준치는 될 수 있다. 즉 중산층 이상의 재산복은 있다는 뜻. 게다가 양볼의 관골이 괜찮아 주변에서 도움을 많이 받을 상. 그의 넓은 인맥을 보면 그 또한 맞춤한 관상이었다.

"일념통암이라고 정신을 집중하면 바위도 뚫릴 것이니 그게

사장님 장점 아닙니까? 에너자이저처럼 지침 없이 인맥을 활용
하시는 것……."

"어이쿠, 우리 홍 관상박사님이 이제 문자도 쓰시네?"

"하지만 천려일실(千慮一失)이 있을 수 있으니 늘 인맥 관리
에 신경 쓰시기 바랍니다."

"철여일씰?"

"능력 있는 사람도 한두 가지 실수는 있을 수 있다는 말입니
다."

"아, 그거?"

뜻을 모르는 방 사장이 재치로 받아넘겼다. 하긴 물장수 몇
년이던가? 방 사장이라면 의사나 검사, 판사와 맞대화를 해도
눈치도 통할 사람이었다.

[형, 잠깐요.]

복도로 나오자 장호가 손짓을 했다.

"왜?"

[기광철이 파장할 눈치예요.]

"그래?"

박종국 때문에 기광철을 깜빡한 길모. 그러고 보니 룸이 회전
될 시간이었다.

[안 털어요?]

장호가 비밀스레 수화를 날렸다.

"뭘?"

[금고 말이에요.]

'금고?'

장호 말을 들은 길모, 주머니에서 핸드폰을 꺼냈다. 화면을 띄우니 기광철의 금고 사진이 나왔다. 지난번, 거사(?)를 단행할 때 기념으로 박아둔 것이었다. 금고 안에는 각종 서류와 현금, 달러, 금붙이들이 가득하다. 대충 보아도 수십억은 넘을 것 같았다.

더구나 차곡차곡 쌓인 서류들. 그게 뭐겠는가? 학생들처럼 리포트 자료를 넣어둔 것은 아닐 터. 그렇다면 대다수가 채권 채무 관계 서류일 가능성이 높았다.

[확 따서 엿 좀 먹이자고요. 무식한 게 돈 많다고 재는 꼴 보면……]

"안 돼!"

길모는 고개를 저었다.

[형!]

"그때하고는 사정이 달라."

[뭐가 달라요? 가서 금고 따버리면 되죠.]

"아니. 그때는 기광철도 금고 안에 얼마가 든 줄 몰랐어. 그러니 내가 일부 꺼내와도 몰랐던 거야. 하지만 이제 아버지가 죽고 금고가 정식으로 자기 것이 되었기 때문에 안에 뭐가 들었는지 다 알고 있을 거야."

[하지만 불법으로 모은 돈이니까 신고하지 못할 거 아니에요?]

"그럴지도 모르지."

[그럼 뭐가 문제예요? 털어서 좋은 일이라도 하자고요.]

좋은 일!

그 말 때문일까? 잠잠하던 손에서 후웅 반응이 일어났다. 길모는, 왼손으로 오른손을 가만히 눌러 진정시켰다.

겁!

윤호영이 던졌던 미션의 하나.

그러나 그 시험은 이미 완성된 것과 마찬가지. 더구나 벌써 세 번이나 그 금고를 연 길모였다. 기광철과 한 번, 그 몰래 한 번, 그리고 그의 재요청으로 또 한 번.

이 일은 장애인협회장 금고와도 성격이 달랐다. 장애인협회장은 적이 많았다. 그러므로 금고 안의 돈에 대해 의심할 사람도 많았다. 하지만 기광철은 다르다. 그라면 제일 먼저 길모를 의심할 수도 있었다.

[내가 흥분했었나 봐요.]

길모의 설명을 들은 장호도 결국 고개를 끄덕거렸다.

"다른 방법을 찾아보자!"

길모는 장호의 등을 두드려 주었다. 어차피 단골이 된 기광철. 그러니 관상을 이용할 수도 있었기 때문이었다.

내일 지구가 멸망할 것도 아니므로.

*　　　　*　　　　*

꾸준한 홍보가 슬슬 효과를 보기 시작했다. 그런데도 길모는 선뜻 예약을 받지 않고 날짜를 미루었다. 예를 들어 오늘 온다고 하면 오늘은 풀(Full)이니까 내일 이후에 와달라는 식이다.

호기심 많은 장호가 그걸 그냥 넘어갈 리 없다.

[룸 비었는데 왜 내일이에요? 그러다 안 오면 어쩌려고?]

"너 하나만 알고 둘은 모르냐?"

[뭐가 하나고 뭐가 둘인데요?]

"텐프로가 왜 텐프로냐?"

[그야 아가씨들 물이 좋으니까.]

"에이스들이 2차 나가냐?"

[안 나가죠.]

물론, 공식적으로다.

"텐프로 에이스가 천사라고 해도 바로 2차 나가면 손님 안 온다. 사람들은 은근하고 닿을 듯 말 듯한 걸 좋아하거든."

[그건 또 뭔 소리래요?]

"아가씨가 바로 벗으면 매력이 없다는 거다. 줄 듯 말 듯 해야 애간장이 녹고 그래야 돈 없는 손님들도 대출이라도 내서 온다는 거지."

[그게 예약이랑 같아요?]

"같다. 사람 심리는 게 어디서나 다 비슷하거든. 장사 잘되는 집 가보면 맛은 그저 그런 데도 손님들이 줄을 서잖냐? 바로 유명세라는 거다."

길모는 명함을 넘기며 계속 말을 이었다.

"예약도 그렇잖냐? 이 손님들은 자기 발로 오는 게 아니라 꽁술 준다니까 오는 거잖냐? 그러니 살짝 팅겨놔야 아, 이놈이 잘나가는구나 하고 생각하지. 또 그래야 테이블 회전시간도 군말 없이 맞춰주고."

길모의 설명을 듣던 장호는 어느새 설득되고 말았다.

테이블 회전 시간.

좀 나가는 룸이라면 테이블당 시간은 1시간 반에서 2시간. 그런데 손님 없고 장사 안 될 때 와주신 손님이라면 일없이 장타를 때릴 가능성도 높았다.

[형, 아무리 생각해도 나도 자살 시도해야겠어요.]

"뭐?"

돌연한 수화에 파뜩 놀라는 길모.

[혹시 알아요? 나도 그걸 계기로 뭔가 숨겨졌던 능력이 팍팍 뿜어져 나올지.]

"그러다 진짜 죽으면?"

[에?]

거기까지는 계산하지 못한 장호. 결국 길모에게 또 꿀밤 세례를 받고 만다.

[라면 물 올려요?]

"아니, 오늘은 우아하게 파스타 먹으러 가자."

[웬일로요?]

"산에 가야 범을 잡고 님을 봐야 뽕을 딴다지 않냐? S대 에이스 하나 구하려면 여자들이 좋아하는 것도 경험해 봐야지."

[진짜 S대예요?]

"남자가 한 번 하고 포기할 수 있냐?"

길모는 시계를 보았다. 12시 40분. 서두른다면 S대에 들렀다가 이 실장에게 가도 될 시간이었다. 그러다 길이 막히면 어쩌냐고? 그런 건 걱정 없다. 천하무적 라이더 장호가 있으므로.

걱정을 다른 데 있었다. 바로 의상이었다. 주구장창 집과 가게만 오간 길모. 대한민국 굴지의 광고 회사 에드왈에서 심사 위원을 해달라니 입던 대로 입고 갈 수도 없었다. 길모는 고민 끝에 오랫동안 입지 않던 양복을 집어 들었다.

*   *   *

오늘도 꽝!

S대 경영대 건물 앞에서 눈알이 빠져라 여학생들을 관찰하던 길모는 쓴 입맛을 다셨다. 총기 번득이는 수재들은 가득하지만 재기발랄하고 끼에 넘치는 여학생은 찾아보기 힘들었다.

더구나!

거기에 재색을 겸비하고 몸매까지 받쳐 줘야 한다. 아니, 조금 양보한다고 치면 최소한 공사(?)가 가능한 정도는 되어야 했다. 그래야 만들어진 에이스로 불리는 아까노끼 만들기에 착수하든지 말든지 할 것 아닌가?

[여긴 안 된다니까요. 아까 거기라면 몰라도.]

장호는 고개를 저었다. 아까 거기는 오면서 들린 여대 앞의 파스타 가게. 그곳에는 제법 준척들이 많았다. 워낙 멋 부린 여학생이 많아 사이즈를 보는 데는 딱히 관상을 동원할 필요도 없었다. 눈 달린 남자면 가능한 것이다.

[형, 그냥 여대 앞이나 홍대 가서…….]

"자꾸 초 칠래?"

[아, 진짜… 혹시 여기에 사이즈 되는 애 있다고 쳐요. 그런데 걔가 우리 업소에서 일하겠느냐고요?]

"그건 걔가 결정할 문제고."

[미치겠네.]

"미치지 말고 시동이나 걸어라. 이 실장님 뵈러 갈 시간이
다."

[알았어요.]

다시 아쉬움을 뒤로 하고 장호의 뒤에 올라타는 길모. 장호는
쏜살 같이 내쏠 양으로 처음부터 무한 가속 모드에 들어갔다.

"어어!"

조금 큰 길로 나올 때였다. 커다란 현수막 때문에 우측 시야
를 확보하지 못한 오토바이가 급회전을 하자 좌회전을 하던 자
가용이 놀라 급제동을 걸었다.

끼아아악!

차가 오토바이 쪽으로 밀려왔지만 장호의 핸들링이 기가 막
히게 좋았다. 아슬아슬하게 충돌을 면한 것이다.

"야, 거기 못 서!"

슬쩍 돌아보자 놀란 여자 운전사가 내려 길길이 날뛰는 모습
이 보였다.

'응?'

문득 뇌리를 치고 들어오는 여자의 이미지. 한 번 더 확인하
려고 고개를 돌렸지만 오토바이는 벌써 대학 캠퍼스를 벗어난
후였다.

쾌속 질주한 장호의 오토바이는 정확히 15분 후에 길모를 내
려놓았다. 광고 회사 에뜨왈의 도도한 건물 앞이었다.

자그마치 45층의 에뜨왈의 위용.

그걸 보자 길모, 돌연한 생각이 머리를 차고 들어왔다.

"나도 돈 벌어서 이런 건물 하나 지어?"

[형, 이게 얼만 줄이나 알아요?]

"무슨 상관이냐? 이 건물 주인도 처음부터 건물 달고 태어난 것도 아닐 텐데."

길모는 웃었다. 하지만 허튼 웃음은 아니었다.

"저어, 혹시 홍 부장님?"

건물을 올려보는 길모의 등 뒤에서 낯선 음성이 들려왔다.

"이 실장님 지시로 모시러 왔습니다."

말쑥한 정장의 여직원이 꾸벅 인사를 해왔다. 남자들이 가장 선호하는 키 167~168센티미터. 하얀 피부에 살며시 피어나는 홍조에 어린 몽환적인 눈웃음이 길모의 시선을 쪽 잡아끌었다.

그 순간 길모, 온갖 촉수가 발딱발딱 일어났다.

'에이스감이야!

제8장

운명에 우연은 없다

에이스!

그래도 나름 유흥가 짬밥이 차곡차곡 쌓인 길모. 첫눈에 영감이 왔다. 하지만 아쉽게도 헌팅할 자리가 아니었다.

"이 실장님이 기다리십니다."

그 한마디가 길모를 옥죄여 버린 것이다.

'일단 예약된 비즈니스부터.'

길모는 장호와 하이파이브를 하고 여직원의 뒤를 따랐다.

"어서 오시게!"

이 실장.

폼 났다. 카날리아에서 보는 것과는 차원이 달랐다. 본래 똥개도 자기 집에서 절반은 먹고 들어간다는데 굴지의 재벌 광고 회사 실세이니 오죽하랴. 책상에 앉아 있는 그의 등 뒤에 오오라가 비추는 것만 같았다.

"앉으시게나. 그리고 혜수 씨는 차 좀 부탁해요. 지난번에 오 대사님이 가져오신 보이차로."

보이차보다 혜수라는 말이 먼저 귀를 차고 들어왔다. 그 채혜수가 차를 내려놓았다. 하얀 섬섬옥수가 길모의 눈에 꽂혔다.

"홍 부장을 부른 건 말이지……."

슬쩍 채혜수의 관상을 보려는데 이 실장이 딴죽을 걸고 들어왔다.

"네……."

별수 없이 이 실장 말에 귀를 기울이는 길모. 그사이에 채혜수는 퇴장하고 말았다.

"혹시 무슨 심사인지 짐작할 수 있겠나?"

"그것까지는……."

"왜? 그런 건 관상에 안 나오나?"

"죄송합니다."

길모의 관상은 인간 초월에 가까웠다. 하지만 그렇다고 해서 인간의 '모든' 면을 들여다볼 수는 없는 일이었다.

"아무튼 일어나세. 가보면 알 테니."

이 실장이 자리를 털고 일어섰다. 길모는 그 뒤를 따랐다.

사무실은 으리으리했다. 맨날 좁디좁은 카날리아에서만 놀던 길모에는 대양이 따로 없었다.

"여길세."

이 실장이 복도에서 멈췄다. 언제 왔는지 채혜수가 문을 열어주었다. 하지만 허리를 조아리는 바람에 또 관상을 보지 못했다. 안으로 들어서자 부장 한 사람이 꾸벅 인사를 했다.

"준비됐는가?"

이 실장이 부장에게 물었다.

"네."

"그럼 시작하시게."

이 실장의 지시가 떨어지자 한쪽 벽 전체가 위로 올라가기 시작했다.

"……?"

길모 눈에 세 명의 절색 미녀가 들어왔다. 길모가 있는 곳에서는 다 볼 수 있지만 각각의 미녀는 서로 칸이 막힌 공간에 서 있었다.

"자연스럽게 포즈를 취해주시기 바랍니다. 아무거나 상관없습니다."

부장이 마이크를 통해 안내 멘트를 날렸다. 그러자 세 미녀가 움직이기 시작했다.

첫 번째 미녀.

많이 본 얼굴이었다. 그녀는 짧고 나풀거리는 원피스를 입고 우아한 포즈를 취했다.

두 번째 미녀.

역시 낯익은 얼굴. 극단의 미니스커트로 각선미를 과시하며 섹시한 자태를 뽐낸다.

마지막 미녀.

이름이 혀끝에서 맴도는 미녀. 귀여운 차림으로 애교 서린 윙크를 작렬시킨다.

미녀들은 노련하게, 그러나 지루하지 않게 포즈를 이어갔다.

"중국 시장 패권을 노리는 국내 글로벌 기업의 광고 모델 후보들이라네. 셋 다 최종 심사 과정을 통과해서 마지막 결정을 앞두고 있다네. 그래서 홍 부장을 부른 거야."

"……?"

등 뒤에서 들리는 이 실장의 말. 놀란 길모는 토끼 눈을 하며 돌아보았다. 심사라기에 뭔가 사람 관상을 보는 일인 줄은 알았다. 하지만 글로벌 기업의 광고 모델을 선택하는 일이라는 건 상상조차 못 했던 길모였다.

"실장님……."

"왜? 자신 없나?"

이 실장이 씨익 웃었다.

"그게 아니라……."

"그냥 자네 실력대로 보면 되네. 참고용이니까 부담 가질 필요도 없어."

"하지만……."

"광고 모델 결정에 무슨 관상이냐? 그 말을 하려는 건가?"

"……."

"지난번에 나랑 들렀던 백 거사 기억하나?"

"예."

"실은 그 양반이 이 일을 도왔었네. 아니지. 따지고 보면 그 양반의 스승인 모상빈 선생이 원조 격이군."

"……."

"사실 전 같으면 백도완 선생을 불렀겠지. 솔직히 그분에게는 미안하지만 어쩔 텐가? 하늘이 무심하게도 주유를 내고 또 공명을 냈으니."

주유와 공명. 그 얘기를 길모는 잘 몰랐다. 애당초 삼국지를 꼼꼼히 읽은 적이 없는 까닭. 하지만 분위기로 보아 무슨 말을 하는 가는 명백히 느낄 수 있었다.

"뭐 솔직히 말하면 요즘 같은 첨단 과학 시대에 사주니 관상이니 하면 웃는 사람이 태반이지만 광고란 게 타이밍 싸움이거든. 타이밍이란 게 뭔가 운칠기삼 아닌가? 아니지, 운이 반이지. 그러다 보니 기왕이면 한 번 더 밟아보고 가려는 것일세."

이 실장은 소담하게 설명했다. 그 말을 들으니 그의 바람이 피부에 느껴졌다. 그럴 수 있는 일이었다.

"그러시다면 없는 실력이나마 관상을 보겠습니다. 그러니……."

길모는 말꼬리를 흐리며 부장을 돌아보았다.

"모델들에게 화장을 지워달라고 해주십시오."

"화장을요?"

느닷없는 요청에 당황한 부장이 이 실장을 바라보았다.

"요청대로 하시게."

이 실장의 지시가 떨어지자 길모의 청이 모델들에게 전달되었다. 모델들은 난감한 표정이었지만 별수 없이 요청에 따랐다. 화장을 지워도 그녀들의 미색은 그리 추락하지 않았다.

하지만 길모, 모델에 집중하기는커녕 이 실장의 얼굴을 쏘아보듯 들여다보기 시작했다.

"홍 부장……."

"잠깐 그대로 계십시오."

"……?"

길모는 이 실장의 얼굴을 세 부분으로 나눠 집중했다.

상정! 중정! 하정!

이는 얼굴을 나누는 하나의 기준이었다. 이 실장의 관상은 대략 보았던 터지만 큰일을 앞두니 좀 더 집중하는 셈이었다.

그런 다음에야 길모는, 모델 후보들을 향해 돌아섰다. 그리고 이 실장을 향해 입을 열었다.

"죄송하지만……."

길모가 부장을 의식하자 이 실장은 금세 그 말을 알아듣고 부장을 내보냈다.

"이제 말하시게."

이 실장은 기대에 가득한 표정을 지었다.

"이 실장님의 관상은 학상입니다."

"홍 부장, 내 관상을 보라는 게 아니네."

"목이 수려하고 머리가 작아 고고하지요. 의사 결정 시에는 냉정한 이성을 유지하기도 하지만……."

"홍 부장!"

"여색이 있어 입 하나로 여자의 마음을 얻는 재주도 있습니다."

"허어, 이 사람이……."

이 실장의 미간이 살짝 구겨질 때 길모가 회심의 한마디를 던졌다.

"제가 보기엔 저 안의 후보들 중에는 두 명의 모델이 상당 기간 길할 관상입니다만 그중 한 사람이 실장님과 인연이 있어 보여 드리는 말씀입니다."

"……?"

길모의 말에 구겨졌던 이 실장의 미간이 한꺼번에 풀어졌다.

"그러니 말씀해 주셔야 선택할 수 있습니다. 무엇을 원하시
는 겁니까? 실장님 마음에 드는 여자입니까? 아니면 광고에 적
합한 여자입니까?"

"……!"

그토록 거인 같던 이 실장이 어깨를 파르르 떨기 시작했다.
눈도 떨고 손도 떨었다. 왜 아닐까? 길모, 이 실장이 감춘 내막
까지 짚어버린 것이다.

"그런… 것도 알 수 있단 말인가?"

묻는 이 실장의 이마에서 식은땀이 주르륵 흘러내렸다.

"죄송합니다. 꼭 확인해야 하는 일이라……."

"……."

"……."

침묵하는 두 사람. 그사이에도 유리 너머의 공간에서는 모델
후보들의 포즈가 계속되고 있었다.

"하하핫!"

침묵은 이 실장의 웃음소리가 깨버렸다.

"홍 부장!"

"네."

"최고시네. 역시 내 눈이 틀리지 않았어."

"……."

"이거 치부를 보여 미안하네만 저 모델과는 특별한 이유가

있었네. 그러니 개의치 말고 골라주시게."

이 실장, 그는 역시 전문가다웠다. 잠시 겪은 혼란을 바로 털어내고 거물다운 목소리로 길모를 호령했다.

"그렇다면 가운데 여자가 제격입니다."

"송주하 말인가?"

"송주하? 아, 네……."

송주하, 이름을 들으니 바로 기억이 떠올랐다. 얼마 전에 방영된 드라마에서 대박을 터뜨린 탤런트였다.

"이유는?"

"둘 다 명궁이 좋지만 첫 번째 후보는 뜨는 달이고 송주하는 보름달 직전입니다. 긴 투자라면 당연히 첫 후보를 쓰는 게 옳겠지만 바로 효과를 봐야 하는 광고라면 송주하가 어울립니다. 달은 보름을 전후해서 가장 밝으니까요."

"오!"

이 실장이 고개를 끄덕거렸다. 수긍한다는 뜻이었다.

"그럼 세 번째 후보 말일세. 그녀가 안 되는 이유도 설명할 수 있겠나? 사실 광고주가 가장 마음에 들어 하는 건 그녀라네. 나에게 전권을 맡겼긴 하지만 말일세."

"그녀의 관상에는 색기가 충만합니다. 남녀 관계가 난잡할 수 있겠습니다. 또한 미간에 흉살이 끼었으니 머잖아 고난을 당할 상이라 무조건 포기하시는 게 좋을 겁니다."

"고난이라면?"

"스캔들이겠죠."

"……?"

"죄송합니다. 제 실력은 여기까지입니다."

길모는 그 말을 남기고 돌아섰다. 보이는 대로 말하라기에 그렇게 말했다. 하지만 판단은 이 실장의 몫이었다.

"홍 부장!"

길모가 손잡이를 돌릴 때 이 실장 목소리가 날아들었다.

"네?"

"고맙네. 참고하도록 하겠네."

이 실장이 손을 들어 보였다. 길모는 가벼운 묵례를 두고 복도로 나왔다.

'후우!'

긴 한숨이 새어 나왔다. 룸에서 보던 관상과는 판이하게 다른 경험이었다. 자그마치 대한민국 최고의 미녀 스타들. 그것도 하나도 아니고 셋. 그들의 운명에 길모가 끼어든 것이다.

후끈!

달아오른 기분으로 돌아서던 길모는 시야가 막힌 기분에 파뜩 고개를 들었다. 채혜수였다.

"이거… 이 실장님이 여비로 챙기신 겁니다. 작지만 성의로 받아달라는……."

채혜수가 봉투를 내밀었다. 비로소 길모는 보았다. 채혜수, 그녀의 얼굴을.

'고양이상?'

복숭앗빛 눈동자에 오른쪽 볼에 찍힌 점 하나. 나른하고 몽환적인 분위기. 연령을 불문하고 남자를 녹일 관상이었다. 게다가 천한 상이 아니라 사람 뒤통수를 칠 상도 아니다.

귀도 맞춤하다. 날아오를 듯 붙어 있어 얼굴의 갸름한 맛을 더하고 있다. 결정적으로 눈꼬리 끝의 간문이 꽃이 핀 듯 발그 레했다. 인기가 아니라 넘치도록 사랑을 차지한다는 뜻.

그렇다면 그녀의 직업은 회사원이 아니라 스타가 되어야 옳았다. 그런데 왜? 라고 의문을 물던 길모는 그 답까지 찾아냈다.

답은 머리에 있었다. 두상이 위로 뾰족하고 아래가 짧았다. 천한 직업을 가져야 대길할 상이다. 나아가 귀가 둥글고 입술이 도톰해 재복을 끌어안았다.

그러면서도 눈썹은 다행히 유수미, 즉 버드나무처럼 축축 늘어지는 게 아니라 가늘고 둥글게 눈을 지나 춘심미에 가깝다. 유흥가에 적합하지만 거기서 평생을 허비하지 않아도 된다는 뜻.

고양이라면 야행성, 거기에 천한 직업이 대길한데 평생 머물 상은 아니라면? 그야말로 텐프로 에이스로 한몫 잡고 독립하면 될 관상이었다.

'대박!'

속으로 쾌재를 부르지만 눈앞의 난관이 남아 있다. 잘나가는 대기업의 직원인 채혜수. 모르긴 몰라도 연봉만 해도 5천은 넘을 일이니 돈 아쉬운 일도 없을 것이다.

하지만 그 또한 관상으로 헤쳐 나갈 길이 보였다.

이마에서 아버지를 뜻하는 일각과 질병운을 다스리는 양 눈 사이의 산근. 그곳에 길이 있었다. 다만……

고개를 한 번 갸웃한 길모는 내처 혜수를 불렀다.

"채혜수 님?"

"네?"

"명함 한 장 받을 수 있을까요?"

"아, 네. 여기……."

여기까지는 가볍게 성공하는 길모. 지나가는 사람도 아니고 업무 협조(?)차 방문한 것이니 채혜수로서도 마다할 수 없는 일이었다.

"후대해 주셔서 고맙습니다. 보이차도 잘 마셨고요."

"아닙니다. 실장님이 굉장하신 분이라고 잘 모셔야 한다며 신신당부했는데 너무 소홀해서 죄송해요. 제가 방금 전에 발표한 3억 상금 오디션 행사까지 맡아야 해서……."

"귀한 차를 주신 보답을 할까 하는데……."

"별말씀을 다 하시네요. 제 일인 걸요."

채혜수는, 정중하게 응수했다. 하지만 그렇게 물러설 길모는 아니었다.

"아버지 아프시죠?"

"어머, 어떻게 아세요?"

느닷없는 질문에 놀란 채혜수가 토끼 눈을 뜨며 물었다.

"죄송하지만 이틀 후에 돌아가실 것 같습니다."

쫘악!

길모의 말이 끝나는 것과 동시에 뺨에 따귀가 작렬했다.

"미안해요. 하지만 맞을 짓을 하신 거 아시죠?"

채혜수는 부릅뜬 눈으로 냉소를 뿜고 돌아섰다.

"저기요."

길모는 재빨리 채혜수를 잡았다. 채혜수가 도끼눈을 뜨고 쏘아보았다.

"피할 수 없는 일입니다. 그러니 이틀 후 오전 9시경에 아버지 곁에 붙어 계세요. 안 그러면 진짜로 돌아……."

쫘악!

다시 한 번 길모의 뺨에 불꽃이 튀었다.

'나이쓰, 성깔도 대박!'

솜털과 얼음을 겸비한 여자. 이건 밤의 여자들에게 꼭 필요한 성깔이기도 했다. 손님에게는 친절해야 한다. 하지만 무한 친절은 금지다. 자신이나 가게가 정한 한도를 넘으면 부드럽지만 우아한 의지로 '커트'를 외칠 줄 알아야 하는 것이다.

길모는 명함을 쑤셔 넣고 광고 회사를 나왔다.

[끝났어요?]

이어폰을 낀 채 오토바이 위에 올라앉아 흥얼거리던 장호가 물었다.

"그래."

[무슨 심사예요?]

"연예인 모델 심사."

[우와, 대박! 연예인 누구요?]

"야, 내가 연예인 이름 외우고 다니는 사람이냐?"

[에이, 그래도 그렇지 송주하, 이지유, 노애선 같은 스타는 알 거 아니에요.]

"으악, 맞아. 이지유하고 노애선!"

[네?]

"걔들이라고. 이지유, 노애선, 송주하!"

[형, 너무 오버한다. 설마 그 톱스타들이? 게다가 무려 셋이나?]

"진짜라니까."

길모는 강변했지만 장호는 잘 믿으려 하지 않았다. 그래도 상관없었다. 채혜수가 준 봉투 안에는 거금 1천만 원이 들어 있었다.

10,000,000원정.

수표에서 빛나는 7개의 동그라미.

[으아, 형 진짜 대박이다.]

장호도 수표 냄새를 킁킁거리며 덩달아 좋아했다. 하지만 길모가 좋아하는 이유는 돈만이 아니었다.

'채혜수⋯⋯.'

에이스감을 찜한 것이다.

잠시 후, 길모는 다시 에뜨왈로 들어갔다. 그런 다음, 로비의 안내 직원에게 몇 가지 정보를 물었다. 돌아온 대답은 대박이었다. 채혜수는 정직원이 아니라 계약직이란다.

'빙고!'

자동 출입문을 달리듯 뛰어나온 길모는 겅중 솟구치며 쾌재를 불렀다.

[에?]

길모의 설명을 들은 장호는 눈을 꿈뻑거렸다. 믿을 수 없다는 표정이었다.

"놀라긴. 진짜 딱이라니까."

[하지만 형⋯⋯.]

"대기업 여직원이 유흥가에 나오겠냐고?"

[불가능!]

장호가 수화를 흔들었다.

"내가 관상을 봤는데도?"

[에?]

다시 일그러지는 장호의 표정. 신들린 길모의 관상 솜씨를 알고 있으니 부정도 긍정도 못하는 장호였다.

"그리고 정직 아니다. 계약직이래."

[아무리 그래도…….]

"그녀에게는 안된 일이지만 우리에겐 행운이지. 안 그래?

[그래도 나는 안 된다에 한 표예요.]

"모레가 마지노선이다. 그때 보면 알겠지."

[모레까지 생각하라고 딜을 한 거예요?]

"아니, 그녀가 알아서 결정할 거다."

[형…….]

"그때 와주면 우리 팀이 되는 거고 안 오면 꽝!"

[그런데 나이는 몇 살이에요?]

"글쎄… 한 스물여섯, 일곱? 아니지. 어쩌면 한 서른세 살 먹었는데 동안인지도 모르지."

[형!]

이번에는 인상을 찡그리며 수화를 날리는 장호. 물론 왜 그러는지 길모도 알고 있는 일이다.

여자 나이 30에 가까우면?

노계!

그리고 은퇴!

그건 텐프로의 법칙이었다. 일단 25살이 넘으면 절정이다. 27살이 넘으면 은퇴해야 한다. 왜냐하면 22~25살 새내기들의 피어나는 미모에 밀리기 때문이었다.

물론, 채혜수도 그랬다. 그녀의 미모는 22살처럼 싱그럽지 않았다. 하지만 그녀에게는 그녀만의 원숙미에 원시미가 들어 있었다. 뭔가 약간의 부조화 같으면서도 남자의 마음을 당기는, 동시에 약간의 신비감과 더불어 몽환적인 느낌을 주는 여자.

다른 팀에게는 몰라도 길모에게는 꼭 필요한 인물이었다. 왜냐면 길모는 1번 룸의 관상왕이므로.

[아, 진짜… 다른 건 몰라도 그건 좀 아닌 거 같네요. 나이 많으면 꽝이잖아요.]

길모의 설명을 들은 장호. 그래도 고개를 저었다. 29살로 보이는 여자. 그런 여자가 동안이라면 서른 살을 훌쩍 넘었을 수도 있었다.

"장호야!"

길모는 두 팔로 장호의 어깨를 짚었다. 그리고 친형처럼 부드러운 목소리로 말을 이었다.

"우린 다른 박스하고는 다르잖냐? 손님들이 아가씨 민증 까라고 할 것도 아니고."

"……."

"그러니까 다른 사람은 몰라도 너는 무조건 나를 믿어줘야지."

길모의 눈은 평안했다. 그 눈에 홀린 장호는 아무 대꾸도 하지 못했다.

'모레 봅시다.'

길모는 시선을 들어 건물 안에 있을 채혜수에게 인사를 했다. 길모는 나름 확신하고 있었다. 그녀의 관상이 그걸 말해줬으므로.

끼이익!

장호의 오토바이가 멈췄다. 만복약국 앞이었다.

[음료수 안 사요?]

장호가 수화로 물었다. 잠시 다른 생각을 하던 길모는 파뜩 정신을 차렸다.

"괜찮을까?"

[뭐 어때서요? 형이 언제부터 그런 거 따졌다고?]

길모는 자신의 옷을 위아래로 훑어보았다. 하얀 양복 상하의와 하얀 넥타이, 거기에 깔맞춤한 백구두. 무려 심사 위원이라기에 하는 수 없이 꺼내 입은 양복은, 나이트클럽 웨이터를 할 때 입던 거였다.

'하긴 류 약사에게는 더 쪽팔릴 것도 없지.'

편하게 생각하기로 했다. 카날리아가 텐프로라는 건 그녀도 이미 알고 있다. 카날리아에 다니는 사람은 길모만이 아니니까. 오 양도 가고 아가씨도 가고 보조 웨이터들에 이어 3대 천황들도 종종 이용한다. 그러니 그녀가 눈멀고 귀 멀지 않는 한 어찌 모르고 있을까?

저녁 무렵, 약국은 이제 한가해졌다. 병원들이 문 닫기 직전이기 때문이다.

끼익!

문소리와 함께 길모의 심장이 쿵쿵거리기 시작했다. 아무리 침착하려고 해도 잘되지 않는다.

'이것도 병이라니까.'

길모는 꿀꺽 입안에 고인 침을 넘겼다.

그런데,

"홍 부장님!"

웬일인지 류 약사가 먼저 인사를 건네왔다.

"네? 네……."

졸지에 허를 찔리기라도 한 듯 버벅거리는 길모.

"이거 하나 드세요."

류 약사가 비싼 산삼 액기스 음료수를 따서 건네주었다.

"류 약사님……."

"쭉 드세요."

그러면서 속절없이 방글거리는 류 약사.

길모는 손에 쥐어진 음료수를 마시지도 못하고 어정쩡하게 눈알을 뒤룩거렸다.

그러자 등 뒤에서 주인 마 약사가 끼어들었다.

"그거 뇌물이야."

'뇌물?'

돌아보는 길모의 눈에 마 약사의 시원한 대머리가 눈에 들어왔다. 동시에 그의 얼굴 뒤 벽에 붙은 탈모 치료제 약들이 보인다.

"풋!"

길모는 겨우 입에 문 음료를 뿜고 말았다. 대머리 약사가 탈모 치료제를 팔다니. 어찌 웃지 않고 배기랴?

"왜 그러는데?"

마 약사가 뒤를 돌아보지만 길모의 속내를 알 리 없었다.

"무, 무슨 뇌물인데요?"

입안에 남은 음료를 넘긴 길모가 마 약사에게 물었다. 이 길목의 터줏대감 마 약사. 류설화의 외삼촌이다. 이 4층짜리 약국 빌딩은 그의 것이다. 상술이 좋은 그는 2, 3, 4층에 병원을 들이고 약국을 개설했다. 류설화를 데려온 것도 약국을 물려주겠다고 딜을 했기 때문이다. 그렇지 않으면 일류대 약대를 나온 그녀가 동네 약국을 선택할 이유가 없었다.

'족제비상.'

길모는 처음으로 마 약사의 관상을 보았다. 좁은 얼굴에 가늘고 긴 얼굴. 상인에게 많은 관상이다. 돈 관계에 있어서는 굉장히 짠돌이로 보인다. 조카에게 옵션을 걸고 데려온 사람다웠다.

'그래도 귀가 둥근 맛이 있고 입술이 든든해 재복이 있어 보인다. 번 돈이 쉽게 새어 나가지는 않겠고.'

길모, 다음으로 눈을 보았다.

관상에 있어 남자는 눈, 여자는 입.

길모도 그 명제를 잘 알고 있다.

마 약사의 눈은 비교적 맑았다. 눈썹도 좋다. 부모형제지간에 우애가 괜찮다는 뜻이다. 다음으로 코를 보려고 할 때 류 약사의 목소리가 황홀하게 날아왔다.

"홍 부장님 관상박사라면서요?"

"······?"

길모는 숨이 터억 막히는 것 같았다. 발 없는 말이 천 리를 간다지만 그게 류 약사의 귀에까지 들어갔을 줄은 생각지 못한 길모였다.

"실은 우리 류 약한테 선 자리가 들어왔는데 홍 부장이 관상을 잘 본다기에 말이야."

쿵!

무려 심쿵이다. 뒤이어 날아든 마 약사의 말은 숨구멍이 아니라 목숨줄을 툭 잘라 버리는 듯 무자비한 충격이었다. 선? 선이라고?

"복채는 이미 마셨으니까 좀 봐줘. 여기 두 사람인데······."

마 약사가 남자 사진 두 장을 꺼내 밀었다. 그러고는 자기 멋대로 지껄여 나갔다.

"류 약사가 인물 되지, 학벌 되지··· 심성까지 좋잖아? 내 생각에는 연애도 좀 하고 하면서 남자 보는 눈 키우다가 선봐도 될 거 같은데 우리 누님 친구들이 그냥 두질 않는가 봐."

"맞습니다. 연애해 봐야죠. 요즘 남자를 어떻게 믿습니까?"

자기도 모르게 목소리가 높아지는 길모.

"그렇지? 나도 가끔 보니까 카날리아에 드나드는 손님들 보면 멀쩡한 신사도 많더라고."

"카, 카날리아는 또 왜요?"

아차 싶은 길모. 자칫하다가는 '반사'에 당할지도 모르기에 생존적 방어 시스템에 불이 들어왔다.

"뭐, 홍 부장 듣는데 이런 말하면 좀 그렇지만 룸싸롱 아닌가? 그 안에서 예쁜 여자 끌어안고 술 마시면서 다 그렇고 그런 짓 하는 거 아니야?"

"마 약사님!"

길모, 결국 폭발하고 말았다. 그것도 류 약사가 빤히 지켜보는 데서.

"우리 카날리아는 품격 높은 비즈니스를 하는 곳입니다. 여자는 분위기상 있는 거지 이상한 짓은 하지 않는다고요."

"에이, 설마……."

"아, 진짜… 우린 정직하게 분위기만 판다니까요. 남자들이 술 한잔 마실 수도 있고… 술 한잔 마시면서 계약 관계 의논도 하는 게 뭐가 이상해요?"

"그런데 왜 뉴스 보면 반대로 나오나? 성매매하고 변태 서비스하다가 걸리고……."

"마 약사님!"

이번에는 더 크게 폭발하는 길모. 결국 선을 넘게 되고 말았다.

"그러는 마 약사님은 저런 거 다 사기 아닌가요? 탈모 방지제하고 살 빼는 약. 저거 먹으면 다 머리 나고 다 살 빠져요? 실패하는 사람도 많잖아요?"

"그거하고 똑같나? 약은 말이지……."

"이리 줘보세요."

길모는 마 약사의 손에서 사진을 낚아챘다.

"선보러 나가지 마세요."

잠시 사진을 쏘아본 길모가 류설화를 향해 말했다. 다른 날처럼 안으로 떠는 목소리가 아니었다.

"왼쪽 사람, 법이 직업이죠? 귀가 눈썹에 닿을 정도니 학구파
네요. 하지만 눈썹이 짤막하고 중간이 끊겼으니 형제간 우애가
바닥이고 귀의 안 바퀴가 뒤집어지도록 만개했으니 운이 다했
어요. 크게 성공하지 못합니다."

길모는 두 번째 사진으로 시선을 옮겼다.

"이 사람도 나랏돈 먹고 사는 공무원이네요. 그러나 이마가
고르지 않아 잘나가기는 틀렸고 눈에 금백의 기운이 있어 여자
나 밝히는 사람이에요."

그 말을 끝으로 길모는 사진을 류 약사에게 건네주고 약국을
나왔다. 그러자 마 약사의 길모를 불러 세웠다.

"홍 부장!"

사실 사진도 제대로 보지 않고 멋대로 말해버린 길모. 양심
때문인지 걸음을 멈추고 말았다.

"음료수는 안 사가?"

오랜 단골이라 길모를 아는 마 약사. 길모는 주저하는 사이에
류 약사가 다가왔다.

"고마워요. 이것도 복채로 해서 무료예요."

그녀가 음료수 박스를 내밀었다. 길모는 갑자기 눈앞이 환하
게 트이는 걸 느꼈다. 마치 백목련의 바다에 선 듯한 착각. 후끈
달아올랐던 길모의 마음은 거기서 하얗게 녹아내렸다.

"오늘 옷 잘 어울리네요? 혹시 홍 부장님도 선보시고 오는 거
아니에요?"

"아, 아뇨. 전 선 같은 거 안 봅니다."

여기까지는 괜찮았다. 그런데,

"좋아하는 사람 있거든요."

하고 엉뚱한 불을 피워 버리는 길모.

"어머, 죄송해요. 가게에 좋아하는 분 있나 보죠?"

"아뇨. 실은……."

내친 김에 말해 버려?

류설화 당신. 이라는 말이 목울대를 넘어왔지만, 길모는 그 말을 꼴깍 넘겨 버렸다. 아직은 그녀에게 고백하기는 무리였다.

그사이에 직장인 몇 명이 들이닥쳤다. 바빠진 류 약사는 가벼운 묵례를 남기고 자리로 돌아갔다.

타박!

맥없이 약국 문을 나서는 길모. 쓸데없는 말을 너무 많이 했다. 어쩌면 마 약사에게 미운털이 박혔을지도 모른다. 하필이면 왜 탈모제 얘기까지 꺼냈을까? 대머리를 앞에 놓고 말이다.

그래도 류 약사의 행동은 위안이 되었다.

'그녀는 심정적으로 내편?'

한편으로 아전인수 격인 해석까지 내리며 마음을 위로하는 길모.

하지만!

길모의 눈을 다시 한 번 구겨지고 말았다.

선!

길모는 관상박사가 아니라 한 남자로서 저주했다. 그 두 인간이 팍 발병이라도 나라고. 발병이 안 되면 식중독이라도 걸려서 류 약사 앞에서 피똥을 쫙쫙 싸라고.

'아니지. 그럼 류 약사가 지사제를 줄 테고 그럼 그게 인연이
되어서……'

길모, 괜히 똥줄이 타지만 유리 안의 류 약사는 여전히 백목
련의 자태 그대로였다.

'좋아. 기왕 이렇게 된 거 이제 전면전이다.'

길모는 마침내 결단을 내렸다. 상대가 누구든 상관없었다. 검
사든 판사든 의사든… 누구든 류 약사에게 침을 바르려고 하면
바로 천기를 누설해 버릴 각오가 된 길모.

그 마음 모르는 류설화는 오늘 밤을 내달릴 직장인들에게 숙
취 음료를 파느라 정신 줄을 놓고 있었다.

                    *   *   *

행운—불운—행운!

흡사 주식거래 차트 같은 날이었다. 이 실장의 광고 회사에서
에이스감을 찜한 행운을 맛본 길모. 그 기쁨에 얹혀온 만복약국
에서의 하마터면의 위기가 지나자 행운이 찾아왔다. 큰손 노봉
구가 지인 두 명을 이끌고 오겠다고 예약을 때린 것이다.

본시 사람은 유유상종을 한다. 비슷한 사람끼리 사귀는 건 자
명한 이치. 그러니 큰손 노봉구가 데려올 손님에 대한 기대감은
적지 않았다.

길모는 장호를 데리고 1번 룸에 이어 2번 룸까지 정리를 했
다. 2번 룸은 1번 룸과는 달리 현대적 분위기다. 이전까지는 이
부장이 주로 사용하고 있어 별 애정을 갖지 않았던 길모.

룸 장식물을 재배치할 때였다. 장호의 핸드폰이 요란하게 울렸다.

[모르는 번호인데요?]

장호가 고개를 갸웃거리더니 전화를 받았다.

—여보세요? …여보세요! …여보세요?

목소리는 똑같은 말만 세 번 하다 끊겼다. 장호를 모르는 사람이 확실했다.

[보이스피싱인가요?]

"그럼 사람 잘못 짚었구나. 너한테는 보이스피싱 안 통하지."

[얘들이 그런 거 알고 하나요? 완전 랜덤이잖아요?]

그런데, 전화는 또 왔다.

—여보세요!

같은 일이 반복되자 장호가 문자를 넣었다.

—누구신지 용건은 문자로 말해주세요.

하지만 상대는 응하지 않았다. 또 전화를 건 것이다.

"이리 줘봐."

보다 못한 길모가 전화를 대신 받았다.

"여보세요? 누군데 그러십니까?"

받자마자 점잖게 다그치는 길모.

—최장호 맞습니까?

"맞긴 한데 장호는 말을 못해요. 그러니 할 말 있으면 문자로 보내세요."

—그럼 지금 말하는 사람은 누구신데요?

"아니, 그러는 분은 누군데요? 전화 건 사람이 먼저 용건을 밝혀야 하는 거 아닙니까?"

―여긴 경찰서인데요?

"……?"

그 한마디에 주도권을 잃어버리는 길모.

"경찰이 왜요?"

―어제 오토바이로 S대 갔었죠? 뺑소니 신고가 들어왔으니 당장 들어오세요!

'뺑소니?'

결국 길모는 장호를 데리고 경찰서에 출두했다. 자칫하면 일을 키울 수도 있었기 때문이었다.

[진짜 안 부딪쳤어요.]

장호는 교통계 경찰 앞에서도 주눅 들지 않았다. 신들린 라이더 장호. 그가 아니라면 아닌 것이다. 문제는 상대방이었다. 일단 그녀를 봐야 오해를 풀든 말든 할 수 있으니까.

"도착했답니다."

경찰관이 통화를 끝내며 말했다. 5분도 되지 않아 여자가 등장했다. 자가용에서 내려 길길이 날뛰던 그 여자였다. 여자는, 들어서기 무섭게 야구 모자를 벗어 던졌다.

[으악!]

길모보다 여자를 먼저 본 장호가 자지러졌다.

"왜?"

[존나 예뻐요!]

장호가 허둥지둥 수화를 날려댔다. 길모는 그제야 고개를 들었다.

행운—불행—행운—불행…….

그다음으로 이어질 미지의 운명을 향해!

오 마이 갓!

길모도 자리에서 벌떡 일어났다. 거침없이 다가오는 아가씨. 그녀의 기세는 하늘을 찌를 정도로 높았다. 하지만 기세 따위에 놀란 길모가 아니었다. 그 저돌성 뒤에 감춰진 발랄한 아름다움. 움직임이 바로 웨이브 자체인 조각 몸매. 그게 길모를 홀린 것이다.

"맞아요. 이 사람들이에요."

길모의 마음과는 달리 아가씨의 목소리는 뾰족한 각을 더하고 있었다.

"맞다는데 왜 그래? 뺑소니했구만."

경찰은 아가씨 편이었다.

서홍연.

알고 보니 S대를 다니는 아가씨는 아니었다. 그날 그녀는 S대 다니는 친구를 만나러 가던 길이었단다.

"뭘 뜯어봐요?"

처음부터 눈을 떼지 못하는 길모. 결국 된서리를 맞고 말았다. 홍연이 보란 듯이 가시 돋친 목소리를 날린 것이다.

눈이 마주치면서 여자의 눈을 보게 된 길모.

'눈동자에 작은 점, 그리고 물을 뿌려놓은 듯 살짝 젖은…….'

옳거니!

더는 보지 않았다. 움직임이 곧 웨이브인 관능적인 몸매에 가미된 신선미. 비록 S대생은 아니지만 그 안에서 만난 사람이 아닌가? 더구나 채혜수와는 분위기가 아주 다른 그녀.

'화치불성반위봉자(畵雉不成反爲鳳子).'

길모의 입에서 문자가 쏟아져 나왔다. 꿩을 그리려다 오히려 봉황을 그리고 말았다는 뜻. 말 그대로 꿩 대신 봉황이었다.

입춘대길… 이 아니고 에이스 대길.

이런 기회를 주려고 오늘 하루 행운과 불행이 교차된 걸까? 하나도 아니고 무려 둘이나 에이스감을 찾아낸 길모. 불려온 자리의 성격도 잊고 온몸을 스쳐 가는 전율에 마구 떨었다.

대박!

그야말로 초초초대박이었다.

스카웃할 수만 있다면 말이다.

[뺑소니 아니에요. 부딪치지 않았다고요.]

"이 친구 뭐라는 겁니까?"

수화를 모르는 경찰이 길모를 보며 물었다. 하지만 대답은 홍연이 먼저 했다.

"뺑소니 아니래요. 끝까지 오리발이네요."

"……!"

길모와 장호, 완전히 임자 만난 얼굴이었다. 수재다 못해 수화까지 아는 것이다.

"수화도 아세요?"

경찰은 대놓고 홍연의 편을 들었다. 여자인 데다 피해자. 거기다 자그마치 남자를 무장해제시키는 눈부신 관능의 미녀 아가씨. 이건 신이 와도 길모 쪽이 밀릴 형세였다.

"봉사 활동할 때 배웠어요."

"오, 역시……."

미녀는 다르구나. 경찰관의 말줄임표 뒤에는 그런 의미가 숨어 있었다.

하지만!

이유가 어쨌든 길모는 장호의 라이딩 솜씨를 믿었다. 라이딩 감각은 타의 추종을 불허하는 장호. 더구나 거짓말하고는 거리가 먼 장호였다.

'이제 슬슬 분위기를 땡겨볼까?'

길모는 슬쩍 경찰의 관상을 보았다. 홍연과 경찰관, 두 사람에게 동시에 호감을 살 한 방이 필요했던 것이다.

"천창에 윤기가 가득하고 눈썹에 밝은 빛이 서려 있는 걸 보니 오늘 오후에 승진 소식을 들으셨겠군요. 일단 축하드리고요, 게다가 눈썹이 길고 눈에 정기가 있어 앞으로도 승승장구는 떼어 놓은 당상이요, 부부 금실까지도 좋을 상이십니다."

길모의 한마디에 경찰관의 눈자위는 바로 풀어져 버렸다.

"관상 볼 줄 아시오?"

"네, 조금……."

"그럼 어느 자리로 발령 날지도 좀 봐주시렵니까? 원하는 자리로 갈 수 있는지……."

경찰관의 태도는 그새 180도 바뀌어 있었다.

"낭중지추(囊中之錐)에 파죽지세(破竹之勢)의 운이니 원하는 곳으로 의자를 옮길 수 있을 겁니다."

이건 물론 길모가 그냥 지어낸 말이었다. 사람을 스펙으로 대우한 인간이니 제대로 봐줄 생각이 없는 길모였다.

"어이쿠, 이거 내가 관상도사님을 몰라 뵈었구만."

"아저씨!"

세상사 뜨는 해가 있으면 지는 해가 있는 법. 길모의 대우가 올라가자 급 불쾌해진 홍연이 경찰을 다그쳤다.

"지금 뭐하시는 거예요?"

"아, 네… 미안합니다."

"됐으니까 처벌해 주세요. 저는 절대 이런 사람들 용서 못 해요."

빈정이 상한 홍연이 대차게 요구하고 나왔다.

"그런데… 사실 블랙박스 화면으로도 구분하기 어려워서……."

경찰관이 어깨를 으쓱해 보였다.

"뭐라고요? 이 사람들이 갑자기 튀어나와서 제 차 긁고 가는 거 보셨잖아요?"

"그냥 보기엔 그런 거 같은데 확대하니까 저기 관상박사 무릎이 닿은 것도 같고……."

"아저씨!"

"그럼 같이들 확인해 봅시다."

경찰관이 블랙박스 영상을 띄웠다. 접촉하는 순간에는 화면이 확대되었다. 오토바이와 자가용의 운전석 부분이 미세하게 겹친다. 하지만 애매모호했다.

손가락 위를 지나가는 배구공. 그러나 흔들리지 않는 선수의 손가락. 판정 불가의 배구 화면 판정을 보는 기분이었다.

"보셨죠? 그냥 두 분이 화해하고 끝내세요. 사실 저 사람이 무릎 다쳤다고 싸고 누우면 학생도 같이 걸려요. 그때 과속이었거든요."

"그게 무슨 말씀이세요? 그런 규정 있어요? 법규 보여주세요."

S대 근처에만 가도 머리가 좋아지는 것일까? 홍연은 제법 논리적으로 경찰을 압박해 들어갔다.

여기가 또 길모가 나설 타이밍이었다.

"저희가 실은 그 대학에 중요한 인재를 찾으러 갔었는데 에뜨왈에 가느라고 바빠서 급한 데다 길을 잘 몰라 급히 핸들을 꺾느라고… 놀라셨다면 정말 죄송합니다."

길모는 정중하게 사과를 했다.

"에뜨왈이면 광고 회사요?"

홍연이 실눈을 뜨며 물었다.

"네. 아세요?"

"이 사람들이 누굴 놀리나? 경찰 아저씨가 그러는데 룸싸롱 웨이터라면서요? 그런데 무슨 에뜨왈? 거기가 무슨 양주 창고라도 돼요? 뻥을 까도 논리적으로 까야죠?"

홍연은 길모를 몰아붙였다.

[룸싸롱이 아니고 텐프로예요.]

장호가 설명하자,

[그쪽은 가만히 있어요. 이 아저씨랑 얘기할게요.]

홍연은 오히려 수화로 맞섰다.

[제가 운전했는데요?]

[이 아저씨 보조라면서요? 근무 중에는 업주가 책임지는 게 맞아요.]

[허얼!]

장호는 그녀의 적수가 되지 못했다.

"아무튼 미안합니다. 하지만 우리가 에뜨왈에 간 건 맞습니다."

"왜요? 거기서 뭐 웨이터 모델이라도 뽑았나요?"

"웨이터 모델이 아니라 모델 심사하러……."

"이봐요!"

참다못한 홍연이 버럭 목청을 높였다.

"아저씨가 주제에 무슨 자격으로요? 광고 회사니까 모델들 구경하면서 침이나 흘리려고 간 거겠죠?"

"서홍연 씨!"

길모는 흥분한 홍연과는 대조적으로 차분하게 말을 이어갔다.

"얼굴도 예쁜 분이 왜 그러십니까? 지금 사람 인격을 직업으로 판단하시는 겁니까? 웨이터면 다 찌질한 줄 아는 겁니까? 미국에서는 존경받는 웨이터도 많아요."

직격탄은 제대로 먹혔다. 기세등등하던 그녀의 풀이 살짝 꺾인 것이다.

"그건 미안해요. 하지만 너무 어이없는 말을 하니까 그러잖아요."

"그럼 이분에게 직접 확인해 보시죠."

길모는 채혜수의 명함을 내밀었다.

"어머, 이분 아세요?"

그런데, 뜻밖의 반전이 벌어졌다. 명함을 받은 홍연이 반색을 한 것이다.

"그쪽도 그분 아세요?"

"잘 알죠. 채혜수 씨랑 미팅도 한걸요."

"……?"

"됐어요. 아무튼 뺑소니는 뺑소니예요."

명함을 돌려준 홍연은 다시 완고한 표정으로 돌아갔다. 기왕 시작한 일 끝을 보겠다는 심사였다.

"좋아요. 그럼 내가 어떻게 하면 될까요?"

길모가 물었다. 차가 긁혔다고 주장하면 바로 칠해줄 생각이었다.

"블랙박스에 안 찍힌 게 있어요."

홍연이 말하자 경찰관도 귀를 쫑긋 세웠다.

"뭐죠?"

"내 심장이요. 얼마나 놀랐는지 아세요? 여기 보이죠? 확 긁혀서 생채기가 난 거!"

그녀가 앙가슴을 내밀었다. 적어도 B컵은 될 거 같았다. 볼륨도 빠지지 않는다는 반증이었다.

"그러니까 말씀만 하세요. 원하는 대로 해드릴게요."

"여기로 기어가세요."

그녀의 손가락이 바닥을 가리켰다. 자세히 보니 그녀의 가랑이였다.

"학생!"

관망만 하던 경찰관이 끼어들었다. 사적인 징벌, 그건 경찰이 개입할 수 있는 일이었다.

"왜요? 꼭 물질적 피해만 피해인가요? 난 그렇잖아도 어제 기대하던 오디션 떨어져서 기분 꽝이었는데 저 아저씨 때문에 덧이 났어요. 그러니 이렇게라도 보상을 받아야겠어요."

오디션!

그 말과 함께 채혜수의 얼굴이 스쳐 갔다. 그녀가 말하던 3억 현상금 오디션 발표. 그게 그거였던 모양이었다. 그러니까 홍연, 무슨 이유인지는 몰라도 에뜨왈의 3억 오디션에 응시했다가 미역국을 드신 거였다.

'까짓것…….'

유비는 제갈공명을 얻기 위해 삼고초려를 했다. 길모도 그럴 생각이 있었다. 거기에 비하면 이까짓 가랑이 기기는 새 발의 피일 수도 있다. 그녀를 에이스로 들일 수 있다면, 그보다 더한 일도 할 각오의 길모였지만!

"대신 관상을 봐드리면 안 될까요?"

하며 역제의를 던졌다.

"아저씨, 나 그런 거 안 믿거든요. 지금은 21세기예요."

요구가 묵살되자 홍연은 다시 핏대를 올렸다. 꺾이지 않는 사자의 기세. 어쩌면 다람쥐 안에 이런 기세가 들었을까? 그래서 더욱 매력을 발산하는 홍연. 길모는 점점 홍연의 매력에 빠져들었다.

"장호야!"

길모는 장호의 귀에 뭔가를 속삭였다. 그러자 장호가 수화로 통역을 해주었다.

[약 한 달 전에 새엄마 들어왔죠?]

"……?"

펄쩍 뛰던 홍연이 총을 맞은 듯 멈춰 버렸다. 길모는 바로 그 녀의 관상을 읽어냈다. 그녀의 이마 월각에서 읽어낸 관상. 월 각이 기울었다. 거기 검푸른 색이 배어 있다. 새엄마가 들어왔 다는 뜻이었다.

[그 새엄마가 이복 남동생을 데리고 왔고요.]

"아저씨……."

팽팽하던 홍연의 눈꺼풀이 푹 꺼져 내렸다. 신들린 듯 적중하 는 길모의 관상 앞에 어찌 감탄하지 않으랴!

[당신은 넘치는 에너지를 발산해야 하는데 그럴 길이 없군 요.]

"……."

[돈도 필요하시군요.]

"……."

[하지만 걱정 마세요. 당신은 그 고민을 해결해 줄 안내자를 만날 겁니다.]

"언… 제요? 3억 상금 오디션도 떨어졌는데."

홍연, 바로 관심을 보인다.

[앞으로 일주일 내!]

장호의 마지막 수화 통역과 함께 뺑소니 사건은 끝을 맺었다.

[형…….]

경찰서에서 나오자 장호가 걱정스러운 표정을 지었다.

"또 왜?"

[설마, 설마죠?]

"설마 아니다."

[형!]

"서홍연, 우리 팀 투 톱 에이스의 하나다."

[으악, 내가 미쳐.]

"넌 왜 그렇게 부정적이냐?"

[이게 누구한테 배운 건데요? 형도 원래는 그렇게 긍정적이지 못했잖아요?]

"내가 변했으니 너도 변해라."

[나는 관상 볼 줄 모르잖아요.]

"하지만 우린 늘 함께잖냐?"

[쳇, 그건 마음에 드네요.]

"채혜수와 서홍연… 우리 쟤들 땡겨야 밤 문화 장악한다. 기왕 몸담은 세계인데 아주 끝장을 봐야지."

[형은… 진짜 쟤가 올 거 같아요? 딱 보니까 나가요도 아닌데?]

"나가요는 날 때부터 나가요냐? 그리고 우린 텐프로지 나가요하고 다르다."

[그러니까 어떻게요? 쟤 관상에 나왔어요?]

"그래. 그러니까 그냥 믿어라."

[웬만한 일이어야죠. 멀쩡하게 잘나가는 여자애들만 찔러대

니까 그렇죠.]

"이 바닥에서 구르던 애들은 신선미가 없잖아?"

[그런데 이 여자는 왜 또 일주일이에요? 하늘의 계시라도 떨어졌나요?]

"계시 같은 건 없다. 우리가 헤쳐 갈뿐!"

[형…….]

'서홍연…….'

길모는 홍연의 차가 나간 경찰서 입구를 바라보았다. 그녀의 체취와 환상은 아직도 그 앞에 서 있는 것 같았다. 마치 통통 튀는 여신을 보는 것 같은 매혹을 지닌 그녀. 더구나 제 발로 와준 그녀였다. 뺑소니든 뭐든 이만한 인연이 없는 것이다.

'주는 떡은 먹어야지. 그것도 반드시!'

길모가 믿는 구석은 채혜수였다. 다행히 홍연은 채혜수에게 신뢰를 가지고 있는 눈치였다. 그러니 채혜수를 낚는다면 홍연에게 미끼로 사용할 수가 있는 것이다.

All or nothing! 전부 아니면 전무.

카날리아, 아니, 나아가 서울의 텐프로 판도에 지각변동을 일으키느냐 마느냐. 그 운명이 한 낚싯줄에 연결된 셈이었다.

그러자면 채혜수! 그녀부터 낚아야 했다.

제9장

관상대가 모상길

"이 친구라네."

노봉구가 1번 룸 안에서 길모를 가리켰다. 그의 앞자리에는 두 명의 장년이 포진하고 있었다.

"처음 뵙겠습니다. 홍 부장이라고 불러주십시오."

길모는 깍듯이 인사를 올리고 명함을 건넸다.

"일단 술부터 주시게. 아가씨는 알아서 두 명만 넣어주시고 안주는 알아서……."

노봉구는 길모에게 전권을 주었다. 이미 지난번에 원하는 걸 이룬 노봉구. 그 역시 체면을 아는 사람이니 호인의 면모를 과시하는 것이다.

'나 원래는 그런 사람 아니야.'

말하자면 그런 시위였다.

길모는 엷은 미소를 머금고 나왔다. 그 말은 틀리지 않았다. 노봉구의 콧등에 눌러앉았던 붉은 기운이 엿보이지 않은 것이다.

주방으로 간 길모는 채식 안주로 두 개를 준비시켰다. 세 사람 모두 채식류를 즐길 타입의 관상이었다. 처음에는 길모, 안주에까지 관상을 접목하지는 않았다. 하지만 서비스 안주를 내주며 체크해 보니 그것도 통했다.

이 관상은 이빨을 통해 알 수 있었다. 대개 송곳니형의 이빨을 가진 사람들은 육식 선호형이고 좁은 뿌리에 비해 끝이 넓은 이를 가진 사람들은 채식을 선호했다. 어느 정도 검증을 끝낸 일이니 이용하지 않을 필요가 없었다.

이날, 노봉구는 처음과는 달리 점잖게 놀았다. 그는 경제 동향부터 정치에 대한 견해까지 다양한 주제로 대화를 주도했다. 때문에 길모는 알게 되었다. 앞에 앉은 두 사람이 정치 지망생이라는 사실.

노봉구의 옆에 앉은 승아는 잔잔한 미소로 양념 역할을 톡톡히 했다. 두 중년 사이에 낀 유나 역시 눈치껏 봉사하며 분위기를 띄웠다.

[완전히 다른 사람 같아요.]

두 번째 들어갔다 나온 장호가 수화로 말했다.

"그런 사람 처음 보냐?"

사실 길모는 보고 또 본 경우이기도 했다. 그런 걸 일러 아가씨 궁합이라고 한다. 솔직히 아가씨도 사람이다. 그러다 보니 꿍짝이 잘 맞는 경우가 있다. 그런 날은 좀 심한 터치가 있어도 그리 불쾌하지 않다고 한다.

그런데 손님들도 동행자에 따라서 판이하게 변하는 경우가 많았다. 술을 마시는 사람이 친구냐, 아랫사람이냐, 혹은 갑을 관계냐에 따라서 성향이 바뀌는 것이다.

아무튼 아가씨들이 최고의 진상으로 꼽는 첫 번째 진상은 인격 무시형이다.

'술이나 따르는 주제에!'

라는 사고를 가졌다면 진정한 핵진상급이다. 기본이 무서워 가기 힘든 룸이라면 손님보다 좋은 학벌의 아가씨들도 수두룩하다. 더 무서운 건, 그녀들 중에는 낮에 손님보다 더 좋은 직장에 다니는 아가씨도 있다는 사실.

두 번째 진상은 단연코, 아무 룸에서나 다짜고짜 주무르려는 스타일이다.

룸은 총알과 목적에 맞게 선택해야 한다.

광란의 밤이냐!

바로 2차냐!

친해지면 2차냐!

좋은 술 마시며 여유롭게 즐기느냐!

이 룰을 망각하면 돈 날리고 속 버리고 손가락질까지 덤으로 받는다.

진상이라고!

이걸 조율하는 게 바로 길모, 즉 웨이터와 마담들이다. 그럼 왜 둘러가는가? 가끔은 대면한 데서 말하기 껄끄러운 일들이 있다. 성형외과나 치과에 가보시라. 상당수 의사는 치료 방법과 치료 목적에 대해서만 말하지 가격은 소위 '실장'에게 떠넘겨 버린다.

이 얼마나 우아한 선택인가? 대저 머리 좋은 사람들이 쓰는 방법은 최소한 생각해 볼 가치가 있다. 내 입으로 말했다간 서로 계산이 안 맞으면 돈이나 밝히는 의사로 추락하게 되는 것이니 체면도 지키고 실리도 챙기는 셈법이다.

룸에서도 마담과 웨이터가 이 역할을 맡는다. 그러니 총알에 맞게 잘 마시고 놀려면 역시 웨이터나 마담의 마음을 사는 게 좋다. 술장사 믿을 수 없다지만 그들도 인간. 그러니 궁합이 맞으면 가격 대비 최상의 세팅이 가능한 것이다.

"홍 부장!"

두어 시간이 지난 후에 노봉구가 입을 열었다. 두 중년을 먼저 보낸 주차장 앞이었다.

"예, 사장님."

"저 두 친구 관상이 어떤가?"

노봉구, 그제야 본론에 접어드는 눈치였다.

"어떤 뜻으로 물으시려는지……."

"내가 투자를 좀 하려고 하는데 말이야, 둘이 비슷한 아이템을 가지고 있거든. 본 대로 말해주시겠나? 우리 서로 윈―윈 하자고."

나는 매상을 올려줄 테니 너는 관상을 제공해라. 그거야말로 길모가 바라는 것. 노봉구는 큰손으로 사람을 많이 다뤄본 관록답게 핵심을 찔러왔다.

세상에, 대가 없는 일은 없는 법이니까!

"그렇다면 안쪽에 앉은 강 사장님이 좋다고 봅니다. 배 사장님은 코 준두를 둘러싼 금갑이 너무 두툼하여 콧구멍을 막고 있으니 자기 잇속만 차리는 분이라 다음 거래에 득이 되지 않으리라 봅니다."

"다른 이유는?"

"특별히 없습니다. 한 분은 자수성가형이고 또 한 분은 부모의 유산으로 가업을 누리고 있으나 당장 사업에 액운은 보이지 않았습니다."

"돈 떼어먹힐 우려는 없다?"

"적어도 이번 거래는요."

"그렇다면……."

노봉구는 길모를 바라보며 말을 이었다.

"나는 배일호에게 투자하겠네."

"네?"

"왜? 실망인가?"

"그건 아닙니다만… 사장님, 이유는 무엇인지?"

"홍 부장 관상 실력은 굉장하군. 사실 나도 투자에 앞서 사전조사를 한다네. 그러니까 자네 말은 다 맞았어. 하지만 자기 잇속을 차리는 건 몰랐던 사실이네."

"그런데 왜?"

"자기 잇속을 차리는 건 사업가에게 필수적인 일이라네. 그런 사람이라면 적어도 망할 일은 없지. 그렇지 않은가?"

"……!"

길모의 뇌리를 뜨끔함이 훑고 지나갔다. 나무만 보고 숲을 보지 못한 꼴이었다.

'그렇구나. 세상은 한 가지만으로 판단하는 게 아닌 법……'

그건 관상도 마찬가지였다. 어느 한두 군데 악상이 있다고 해도 다른 상이 좋으면 큰 문제가 되지 않는다. 반대로 전부 악상이어도 괜찮았다. 그런 경우에는 악상으로 얼굴의 균형이 맞는다. 그러니 해석 또한 경우에 따라 다르게 할 일이었다.

'관상을 모르는 분에게 관상을 배웠다.'

길모, 숭고한 마음으로 고개를 숙였다. 천부적인 능력을 받았다고 해서 과신할 일은 절대 아니었다. 멍한 정신이 조금씩 제자리로 돌아올 때, 길모는 또 한 명 운명의 남자를 만나게 되었다.

"여기가 카날리아 텐프로 맞나?"

어깨 너머에서 들려온 칼칼한 목소리. 까닭 모를 느낌에 길모가 돌아섰다. 길모의 눈에 들어온 건 낡은 생활한복을 걸친 시골 노인이었다.

"그렇습니다만……."

"가서 홍 부장이라는 사람 좀 불러주시겠나?"

"왜 그러시는지요?"

길모, 일단 시치미를 떼고 물었다. 행색으로 봐서 예약 손님은 아니었다. 그렇다고 아는 사람도 아니었다.

"예약 좀 하려고."

"어르신, 죄송하지만 여긴 비싼 술집입니다. 약주 한잔하시려면 다른 곳으로 가시는 게?"

"걱정할 거 없네. 홍 부장은 나한테 공짜술을 내야 할 사람이니."

"네?"

길모의 눈이 노인과 마주쳤다.

'둥그스름한 어깨에 긴 눈… 거기다 귀가 곧으니 이름을 남길 사람… 더불어 얼굴이 넓적하고 오뚝한 코에다 살집이 후덕하니 사람 발길은 끊이질 않을 상?'

"……?"

노인의 관상을 살펴내리던 길모의 눈에 불이 번쩍 들어왔다.

'관상쟁이?'

길모의 속내를 읽은 걸까? 노인도 길모를 바라보며 알 듯 말 듯한 미소와 함께 입을 열었다.

"이제 보니 자네가 홍 부장이로군."

길모는 노인을 1번 룸으로 모셨다. 그런 다음 큰절을 올려 버렸다.

"……?"

뭔가 트집을 잡으려던 노인 모상길. 길모의 행동에 눈동자만 뒤룩거렸다. 그건 길모 옆에 선 장호도 마찬가지였다. 길모가 절을 하니 장호도 고개를 갸웃거릴 뿐이었다.

"왜 절을 한 것인가?"

"보아하니 허튼 소리를 하실 분은 아닌 것 같은데 제가 공짜 술을 낼 처지라고 하니 저도 모르게 큰 신세를 입은 게 아닌가 해서 그랬습니다."

길모는 또렷하게 대답했다.

"내가 누군 줄 안단 말인가?"

"선배님이시군요."

"선배?"

"예, 그렇습니다."

길모는 한 번 더 묵례를 올렸다.

관상쟁이.

보아하니 그는 관상가가 틀림없었다. 그렇다면 길모를 앞서 간 사람이니 선배인 것은 확실했다.

"푸하하핫!"

모상길은 룸이 떠나가라 파안대소를 했다.

"기왕 지른 것이니 끝까지 확인해 보아야겠다. 내가 왜 선배 인지 말해보거라."

모상길이 후끈 안광을 뿜었다.

"미력하나마 관상을 배워 더러 원하는 분들의 관상을 봐드리 고 있습니다. 제가 보아하니 선생님도 관상가가 틀림없기 에……"

"그래서 선배 대접을 하고 있다?"

"예."

"그렇다면 너무 소홀한 것이 아니냐? 적어도 술 한 잔은 올리 면서 인사를 올려야지."

"곧 준비하도록 하겠습니다."

[진짜 술 올리려고요?]

복도로 나오자 장호가 득달같이 수화를 날려왔다.

"응!"

[안 돼요. 척 보니까 돈 한 푼도 없어요.]

"나도 알아."

[알면서 왜요? 게다가 투자할 가치도 없는 사람 같잖아요?]

"그거야 알 수 없지."

길모는 은근한 미소를 머금은 채 장호를 내려다보았다. 장호는 입을 실룩거리며 주류창고로 가버렸다.

'누굴까?'

길모는 잠시 생각에 잠겼다. 관상가라면 아는 사람이 없었다. 어쩌면 호영과 관계가 있는 사람일 수도 있긴 하다.

'더구나 상을 보니 안으로 깊은 사람……'

보기에는 허술하지만 외유내강(外柔內剛) 풍의 강골이었던 것이다.

길모가 잠시 전화를 받는 사이에 1번 룸에서 와장창 하는 소리가 들렸다.

"홍 부장님!"

놀란 오 양이 길모를 바라보았다. 길모는, 침착하게 룸 문을 열었다.

"……!"

큰 소리만큼이나 룸 안은 엉망이었다. 노기탱천한 모상길과 그 앞에서 잔뜩 갈기를 세운 장호. 화가 난 장호는 여차하면 모상길에게 덤벼들 기세였다. 바닥에 떨어진 술은 발렌 17년. 왜 이런 일이 일어났는지 알 것 같았다.

"발렌 17년을 드렸단 말이냐?"

길모가 준엄하게 장호를 향해 말했다.

[이것도 과분하죠. 그런데 오히려 자기를 무시하냐고 화를 내잖아요.]

다행히 모상길은 수화를 몰랐다.

"죄송합니다. 다른 룸으로 갈 술을 저희 보조가 잘못 가지고 왔습니다."

길모는 모상길을 향해 정중한 예를 표했다.

"그래? 그럼 다시 가져와 보시게."

모상길은 그 한마디를 두고 자리에 앉았다.

[이거면 되죠?]

주류창고로 나온 장호가 로얄살루트 38년산을 집어 들며 물었다. 그 볼과 입에는 아직도 화가 줄줄이 맺혀 있었다.

"그 옆옆의 것."

[형!]

길모의 말에 장호가 바락 표정을 바꾸었다.

"줄 때는 화끈하게!"

길모가 잘라 말했다.

300만 원짜리 최고급 꼬냑!

길모는 장호를 대신해 세팅을 했다. 안주는 육류로 준비를 했다. 그의 치아를 보니 육류파로 보였다. 장호를 대신한 건 표정 때문이었다. 장호의 표정이 풀리지 않은 것이다.

모든 서비스업은 분위기를 판다.

고급 템프로라면 더욱 그렇다. 그런데 이 좋은 룸에서 보조 웨이터의 썩은 얼굴을 누가 즐겨할까?

"못 보던 술이군. 얼마짜리냐?"

"병당 300만 원 받는 술입니다."

"그렇다면 마실 만하겠군. 기왕이면 아가씨도 붙여줘야지?"

모상길은 뻔뻔할 정도로 당당하다.

"물론이죠."

아가씨는 승아가 들어왔다.

"우선 한 잔 올리겠습니다."

길모는 귀빈을 맞이하듯 정중히 술잔을 채워주었다.

"기꺼운 마음으로 올리는 것이냐?"

모상길이 까칠하게 물었다.

"물론입니다."

"왜?"

"인생이란 타산지석이라고 했는데 하물며 대선배님 아니십니까? 안면도 없는 저를 찾아와 주신 것만으로도 대접하는 게 당연하다고 생각합니다."

길모, 승아를 향해 뒷말을 덧붙였다.

"잘 모셔. 내 스승과 같은 분이시니까."

길모는 띄워주자 모상길의 눈꺼풀이 살짝 떨리는 게 보였다.

모상길은 상상 초월의 주당이었다. 10분도 되지 않아 꼬냑을 빈 병으로 만들고 말았다.

"비싼 술이니 가히 탄화와주(呑花臥酒)라 술이 술술 들어가는구나."

병이 비자 비로소 한마디를 던지는 모상길.

'탄화와주… 술에 핀 꽃을 보면서 술을 마신다?'

길모는 그 말뜻을 알아들었다. 하지만 내심 놀랐다. 그건 술

에 관한 문자 좀 쓴다는 방 사장이나 서 부장도 쓰지 않는 말이
었다.

"술맛이 유하일배(流霞一杯)이니 장야지음(長夜之飮)해야 마
땅하지 않겠는가?"

"한 병 더 올리겠습니다."

술맛이 하늘의 신선이 먹는다는 술과 같으니 밤새도록 마셔
야 하지 않겠느냐는 뜻. 말을 알아들은 길모는 한 병을 더 들고
들어왔다.

"술파는 관상쟁이치고는 통도 크고 아는 것도 제법이구나.
그럼 혹시 차망우물이라는 말도 아느냐?"

차망우물(此忘憂物), 시름을 잊게 하는 물건이라는 뜻으로 술
을 가리킨다. 신기하게도 길모는 그 말 역시 바로 알아들었다.
뿐만 아니라,

"지나치면 평기독우(平氣督郵)가 되기도 하지요."

하고 응수하는 길모. 얘기가 거기까지 이어지자 모상길의 술
잔 든 손이 파르르 경련을 했다.

'적어도 주도 초단 이상의 애주가……'

어쩌면 이제 겨우 시작인 듯한 모상길의 음주량. 어쩌면 길모
의 유흥업소 경력 중에서 가장 센 주당일지도 모른다는 생각이
머리를 스쳐 갔다.

"술꽃 맛은 보았으니 어의화 맛도 보자꾸나. 이런 룸은 무슨
폭탄주 같은 게 유행이라지? 한 잔 만들어보거라."

잔을 비워낸 모상길이 승아에게 잔을 내밀었다.

─원자폭탄주, 충성주, 뽕가리주, 흡혈귀주, 황제주 중에서 어

떤 걸 만들어드릴까요?

승아가 화면에 문자를 찍었다.

"기왕이면 충성주를 맛보자꾸나."

그러면서도 절대 승아에게 지분거리지 않는 모상길. 폭탄주 선택은 마음에 들지 않았지만 모상길의 태도는 길모의 마음에 썩 들었다.

충성주, 일명 마빡주라고 불리는 폭탄주다.

맥주잔 위에 양주잔을 걸쳐 놓고 테이블에 머리를 박으며 '충성'을 외치면 그 진동으로 양주잔이 맥주잔 안으로 빠진다. 이때 발로 테이블을 치면 족탁주가 되고 두 손으로 내려치면 호통주가 된다.

충성주의 끝은 길모가 했다. 승아가 말을 못하기 때문이었다.

"이 술을 마시면 충성을 받는 거다, 이거로구나?"

―네.

"그럼 술 한 병 더 가져오거라. 원래 뭐든 삼세판이 아니더냐? 만물은 천지인이라 관상도 상정 중정 하정으로 나누고 있으니."

모상길은 꼬깃꼬깃한 오천 원짜리 지폐를 팁이라고 던지며 아무렇지도 않게 말했다. 길모는 땅에 떨어진 지폐를 집어 들어 먼지를 턴 후에 고이 지갑에 꽂았다. 모상길의 눈매는 그 행동 하나하나를 빠짐없이 쏘아보고 있었다.

마치,

독수리처럼!

모상길.

과연 이 사람의 정체는 뭐란 말인가?

세 병!

그건 좀 무리였다. 길모를 엿 먹이려고 온 바가 아닌 다음에
야 공짜로 먹는 술, 그것도 고급 꼬냑을 세 병씩이나 까밸 인간
은 없었다. 하지만, 이미 선을 넘은 길모였다. 결국 주류창고에
서 또 한 병을 꺼내 들고 말았다. 그때 길모의 손목을 잡은 사람
이 서 부장이었다.

"형님……."

"또 관상 때문인가?"

"……."

"오 양 말로는 노숙자 같다던데?"

"그렇게 보입니다."

"그래도 투자할 가치가 있단 말이지?"

"솔직히… 오늘은 아닙니다."

"아니야?"

"네……."

"그런데 그걸 세 병씩이나? 발렌 17년이 아니라는 건 알고 있
지?"

"그런데 왠지 마음이 제 등을 밉니다. 이해해 주십시오."

"투자가 아니라면 입가심 맥주나 몇 병 넣어드려. 그 정도면
이미 할 만큼 하고도 남았어."

"……."

"홍 부장!"

"죄송합니다."

길모는, 그냥 꼬냑을 들고 나왔다. 관상으로 보아 큰 사업운이 있는 것도 아닌 사람. 운은커녕 이마의 명궁에도 해가 지고 있어 있던 운도 기울고 있는 사람. 그러니 관상으로 봐서도 꽁술을 쥐어서는 안 될 상이었다.

'돈만 기부냐? 술 좋아하는 관상 선배에게 기부한다고 생각하지 뭐.'

길모의 등 뒤로 서 부장의 염려가 따라왔다. 걱정하는 건 장호도 유나도 마찬가지였다.

[형, 이제 진짜 그만해요.]

오죽하면 장호가 룸을 막아섰다.

"장호야!"

[왜요?]

"너 책 좀 읽었지?"

[그, 그런데요?]

"재벌들 성공 신화도 많이 읽더라. 거기 보면 기업가들 처음부터 끝까지 성공만 하던?"

[아, 아뇨.]

"시련도 있지?"

[그, 그야……]

"내가 며칠 전에 네가 읽는 기업가 스토리 들여다보니까 이런 말이 있더라? 실패라는 건 포기했을 때만 실패고 계속 시도하면 성공의 한 과정이라고."

[아, 진짜… 그건……]

"네가 밑줄까지 쫙쫙 그어놨던데?"

[그, 그래서 뭐요? 술 또 주려고요?]

"날 찾아온 첫 관상 선배 아니냐? 술 실컷 마시면 큰 배움이라도 주고 갈지 아니? 세상에 꼭 현금만 돈이 아니거든. 머리에 불 번쩍 들어오는 말씀 한마디도 재물이 될 수 있는 거야."

[형…….]

"그러니까 비켜라. 응?"

길모의 눈빛은 부드럽게 장호를 장악했다. 그 눈빛에 홀린 장호는 스스로 문을 열어주는 수밖에 없었다. 길모가 들어가자 장호도 그 뒤를 따랐다.

룸에 들어선 길모가 세 번째 꼬냑을 따르려고 화끈하게 집어 들었다. 그러자,

"기다리시게!"

쏘아보던 모상길의 목소리가 길모의 손을 막아섰다.

"내 친구가 있는데 불러서 같이 마셔도 되겠는가?"

[친구까지? 그건 너무하잖아요!]

길모를 봐서 꾹 참고 있던 장호, 단박에 손으로 엑스자를 그리며 반대 의사를 밝혔다.

"저 웨이터가 뭐라는 건가?"

모상길, 상황으로 봐서 모를 리도 없건만 태연스럽게 물었다.

"아가씨하고 수화를 나눈 것 같습니다. 괘념치 마십시오."

길모는 장호를 무시해 버렸다.

"여보세요!"

모상길은 결국 전화를 걸었다.

"나 모상길입니다. 간만에 주독에 빠졌는데 대작할 사람이 없군요. 시간이 되시면 오셔서 같이 즐기지 않겠습니까?"

[놀고 자빠졌네.]

길모 뒤에서 장호가 승아를 향해 수화를 보냈다. 길모는 그러지 말라고 주의를 주었다.

"늦은 밤이지만 오시면 그만한 보람이 있을 겁니다."

모상길은 간단히 통화를 끝내고는 길모를 바라보며 말을 이었다.

"내 손님이 오실 텐데 나가서 마중 좀 해주겠나? 차량 번호는……."

휘이이잉!

밤바람이 갈기를 세우고 불었다. 밖은 제법 쌀쌀한 느낌이 들었다. 시원한 바람 때문인지 장호도 더는 투덜거리지 않았다. 이미 엎질러진 물이기 때문이었다. 오래지 않아 도로에서 차량 한 대가 방향을 틀었다. 환한 전조등이 길모와 장호의 시야를 가렸다.

끼익!

차는 부드럽게 멈췄다.

[형…….]

눈 위를 걸어가는 맨발처럼 부드럽게 멈추는 차량. 장호는 그 위용에 놀라 토끼눈이 되었다. 서 부장 손님인가 싶을 때 차량의 번호판이 길모의 눈을 파고 들어왔다.

[관상쟁이가 말한 번호예요.]

"……!"

길모도 눈을 의심했다. 차량은 놀랍게도 최고급 마이바흐. 무려 10억에서 왔다 갔다 한다는 바로 그 차였다. 장호, 방금 전까지 쫑알거리던 것도 잊고 보조답게 달려가 문을 열었다.

"여기 모 대인님이 와 계신다기에 왔는데……."

차에서 내린 사람은 60대 후반의 호인. 귀티와 부티가 주르륵 흐르는 대물이었다.

"제가 모시고 있습니다. 이리 오시죠."

안으로 들어서자 병태와 영운, 승만까지 도열해 인사를 했다. 이 부장과 강 부장도 구경을 나왔는지 카운터 옆에서 묵례를 한다. 앞서 걷는 장호는 신바람이 났다. 사실 전 직원 도열 인사는 심심찮게 행해지는 이벤트의 하나다.

예를 들어 유명 스타가 뜨면 다들 구경 삼아 나와서 인사를 했다. 그건 부장들로서는 하나의 파워 과시에 속하기도 했다.

'내 손님들은 퀄리티가 이 정도다' 하고 기세를 올리는 것이다.

그런데 그걸 길모가 하고 있다. 그것도 정식 예약이 아니라 무전취식으로 알았던 손님과 합석하는 차. 단숨에 길모의 무모한 시도는 부러움의 대상으로 바뀌어 버렸다.

"대체 무슨 바람이 나셨기에 뵙자고 뵙자고 해도 튕기시더니 이런 싸구려 술집에 납셔서 호출을 하신단 말입니까?"

자리에 앉은 호인, 첫마디부터 범상치 않았다.

싸구려!

텐프로를 싸구려 술집이라니?

"그러게 말입니다. 내 조용히 천기에 따를까 했는데 늘그막에 팔팔한 신물을 만났으니 천 회장님의 성원을 갚으라는 하늘의 명으로 알고 이리 결례를 저지르게 되었습니다."

"당치 않습니다. 저는 대인의 호출이라면 어디든 달려갈 준비가 된 사람입니다. 그런데 신물이라는 분은 어디에?"

천 회장은 더 없이 공손한 시선으로 모상길을 바라보며 물었다. 그러자 모상길이 길모를 보며 묵직한 말을 날렸다.

"인사드리시게. 이분이 바로 기업의 명줄을 관장하는 거두 천경대 회장님이시라네."

'천경대?'

길모보다 장호가 먼저 뒤집어졌다. 기인들의 성공 스토리를 좋아하는 장호. 그중에서도 천경대의 성공신화를 유독 인상 깊게 본 장호였었다.

"홍 부장이라고 불러주십시오. 성심껏 모시겠습니다."

길모는 공손히, 명함을 두 손으로 건네주었다.

"웨이터? 모 대인님. 이 웨이터가 신물이라는 겁니까?"

놀라기는 천 회장도 마찬가지였다. 그가 존경하는 모상길. 그랬기에 심야임에도 불구하고 부름을 받고 달려온 터였다.

"그냥 웨이터가 아니고 웨이터 옷을 입은 관상대가로 보시면 됩니다."

"모 대인님!"

"이걸 보십시오. 천 회장님이 처음 저를 만났을 때 주머니 탈탈 털어 제게 인심 쓴 술이 아닙니까? 회장님은 고작 한 병이었는데 이 친구는 자그마치 세 병을 내주었습니다. 그러니 어찌 신물이 아니겠습니까?"

"……?"

"아직도 아리송하시다면 이 말씀까지 올려야겠군요. 제 제자 백도완이가 에뜨왈에서 밀려난 거 아시죠?"

"이 실장이 뉴 페이스 관상대가에게 빠져 신뢰를 잃었다는 말은 들었습니다만……."

"그 뉴 페이스가 바로 이 친구입니다."

"……!"

천 회장의 눈동자 안에서 천둥과 벼락 치는 소리가 들렸다. 그는 길모에게 고정된 눈을 차마 깜빡이지도 못했다. 그는 알고 있다. 백도완이 어떤 관상가인지. 비록 모상길에는 미치지 못하지만 현역 관상가로는 대한민국 5인방에 꼽힐 사람. 그런데 어쩌면 약관을 살짝 지난 젊은이에게 밀렸다니?

'그랬구나. 그랬어…….'

길모 또한 그 안에서 격렬한 몸살을 앓았다. 모상길, 그가 바로 백도완의 스승이었다. 그제야 궁금하던 밑그림들이 세밀하게 드러났다.

백도완은 길모에게 밀렸다. 이 실장이 중요한 모델 선정의 중책을 길모에게 맡긴 게 그 반증. 그걸 전해 들은 모상길은 길모를 확인하러 나섰던 것이다.

"허어, 믿기지 않는군요? 관상은 관록이라 어느 정도 세월의 톱밥이 켜켜이 쌓여야 그 역량이 무르익을진대 갓 서른도 안 되어 보이는 청년이…….'

"그렇기에 제가 회장님 수면을 방해한 거 아니겠습니까? 어때요? 제 외상값도 좀 갚아주시고 간만에 제대로 한판 달려보지 않겠습니까?"

"물론이죠. 저야 대인님이 원하신다면 술독에 빠져 죽을 의향도 있습니다."

두 사람 죽이 척척 맞는 걸 보니 친분 또한 보통은 아닌 모양이었다.

"홍 부장이라고 했나? 모처럼 대인님과의 술판인데 저 술 치우고 이 집에서 제일 비싼 걸로 가져오시게. 한 병에 1억이라도 상관없네."

"……!"

룸 안의 승아와 장호, 귀를 의심했다. 한 병에 1억도 상관없다니?

"아가씨는……."

"아가씨는 필요 없네. 대신 홍 부장이 필요하니까 왔다 갔다 하지 말고 여기 앉으시게나."

"그럼 일단 술을 들여오겠습니다."

길모는 묵례를 하고 복도로 나왔다.

[형!]

경솔한 짓을 했다는 마음에 또 눈물을 글썽거리는 장호.

"됐으니까 가서 최고급 양주가 뭐가 있는 지나 체크해 봐라."

[미안해요. 그리고 존경해요.]

장호는 후다닥 수화를 그려 보이고는 주류창고로 뛰었다. 하지만, 바로 돌아 나왔다.

[비싼 술이 없어요. 300 꼬냑 두 병에 로얄 38하고 발렌 30이

다예요.]

길모는 바로 사무실로 뛰었다.

"야, 마이바흐가 왔다며? 그 무전취식 매상 대신 갚아준다냐?"

대충 상황을 파악하고 있던 방 사장이 물었다.

"사장님 때문에 다 틀렸습니다."

길모는 시치미를 뚝 떼고 변죽을 울렸다.

"왜? 내가 뭘 어쨌길래?"

"마이바흐 회장님, 모처럼 제대로 한잔하신다며 1억짜리 양주도 좋으시다는데 창고에 남은 건 쪼잔하게 300 꼬냑하고 발렌 30년, 로얄 38년뿐이니 다른 데 가신다지 않습니까?"

"1억짜리 양주도?"

"안 되면 비슷한 거라도 수배해 주세요. 못 하시면 무전취식 손님 매상은 사장님이 책임지시고요."

"그, 그건 안 되지. 기다려 봐라."

그때부터 방 사장은 궁둥이에 선불 맞은 노루처럼 뛰었다. 5분쯤 지났을까 방 사장은 기어이 초고가이자 희귀본 양주 한 병을 수배해 냈다.

"야, 강남 1% 친구 놈이 로얄 50년 한 병 꿍쳐 둔 거 있단다. 괜찮겠냐?"

방 사장이 수화기를 막고 길모에게 물었다.

"그거면 얼마 받아야 하는데요?"

"마지노선이 5천이다. 그 이상은 네가 알아서 해."

"8천 받죠."

"……?"

"수배해 주세요."

"가져오려면 이래저래 한 시간 가까이 걸릴 텐데 그동안에 가면 어쩌려고?"

"오토바이 보낸다고 하세요."

결정은 길모가 내렸다. 오토바이 하면 장호. 장호의 친구들이라면 10만 원만 쥐어줘도 총알 배송이 가능한 실력파들이 바글거렸다.

로얄살루트 50년산은 딱 11분 만에 도착했다. 장호 절친 운표가 강남역 부근에서 놀던 라이더를 물색한 것이다.

"우와, 로얄살루트 50년산……."

보통 사람은 쳐다볼 수도 없는 명품 중의 명품. 재벌이라고 해도 손쉽게 구할 수 없는 한정본. 구경 나온 오 양과 병태, 승만 등의 웨이터들도 벌린 입을 다물 줄 몰랐다.

"……!"

3대 천황들도 마찬 가지였다. 평생 한 병만 팔아도 대박이라는 엄청난 술. 그걸 길모가 테이블에 올리려는 것이다. 주방도 덩달아 바빠졌다. 8천만 원짜리 술을 아무 안주하고 매칭해서 내놓을 수도 없는 일이었다.

"야야, 조심해라. 깨지면 작살이다."

방 사장도 애가 타는 모양이다. 로얄살루트는 양주병 중에서도 견고함을 자랑한다. 그런데도 간만에 받은 주문이다 보니 조심하는 것이다.

"아, 진짜 빈집에 소 들어가네."

한탄의 목소리는 이 부장이다. 그 역시 이 카날리아에서 로얄살루트 50년을 팔아본 경험이 있었다. 신도시 개발로 수백억 보상 벼락을 맞은 졸부가 주인공이었다. 물론, 서 부장도 경험을 갖고 있다. 천황 중에서는 강 부장만이 로열 50년산 매상 기록이 없지만 대신 그는 7천만 원짜리 와인을 판 경험이 있었다.

[그만 봐라. 병 닳겠다.]

박스를 정성껏 닦는 장호. 승만이 쳐다보자 유세를 떨었다. 갑자기 카날리아의 주도권이 길모에게 넘어온 것 같았다. 졸지에 일어난 일이었다.

"홍 부장, 나도 인사 좀 드리게 해다오."

방 사장도 그 대박 행렬에 꼼사리를 꼈다. 특별한 일도 아니었기에 길모는 수락했다.

박스가 개봉되었다. 이어 길모가, 모상길과 천경대가 지켜보는 가운데 뚜껑을 열었다. 50년 로얄살루트, 향기부터 달랐다. 명함을 건네준 방 사장은 인사와 함께 퇴장을 했다.

"먼저 받으시지요."

술병을 집어든 천 회장이 모상길에게 첫 잔을 권했다.

"뭐하시나? 회장님께 한 잔 올리시지 않고?"

잔을 받아든 모상길이 길모에게 말했다. 길모는 정중히 잔을 채워주었다. 세 번째 잔은 길모의 차지가 되었다. 간곡히 사양했지만 천 회장이 부득 물러서지 않은 것이다.

"건배 한번 할까요? 신물과 대물, 그리고 퇴물의 의미심장한 만남을 위하여!"

건배사는 모상길이 했다. 신물은 길모, 대물은 천 회장, 마지막으로 퇴물은 자신을 낮춘 말이었다. 길모는 마지막으로 잔을 비워냈다. 이 또한 전과는 달랐다. 호영을 만나기 전의 길모라면 주빈보다 먼저 홀짝 마셔 버렸을 것이다. 그건 무례다. 룸에서는 손님이 왕. 그러니 무엇이든 손님에 앞서가면 롱런하기 힘들었다.

"모 대인님. 입이 근질거려 못 살겠군요. 이제 술도 한 순배 돌았으니 궁금증이나 좀 풀어주십시오."

8천만 원짜리 술판을 벌인 사람도 궁금증 앞에는 도리가 없는 모양이다. 천 회장 체면 불고하고 모상길을 채근하기 시작했다.

"과학계에만 천재가 나는 게 아닙니다. 관상계에도 천재가 난 거지요. 왜, 그러면 안 됩니까?"

"안 될 리 있습니까? 다만 귀띔조차 듣지 못한 일이라……."

"천재의 득도는 하루아침이죠. 반대로 저 같은 맹추는 오랜 시간 공을 들여야 겨우 한쪽 눈을 뜨는 거 아닙니까?"

"오라, 그러니까 이 얼굴이 관상 천재형이라?"

"아니지요. 하늘이 내린 천재의 상은 속인이 보는 게 아니라오. 혹 달마대사쯤 된다면 모를까."

모상길이 잘라 말했다.

"홍 부장, 사실 모 대인님과 나는 30년 지기 사이라네. 내 사업의 초기 때 모 대인님의 덕을 많이 봤지. 수백억 벌었어. 그래서 솔직히 대한민국에서 관상 하면 모 대인님 말고는 생각해 본 적이 없네. 게다가 이분이 다른 사람 칭찬하는 것도 보지 못했고. 오죽하면 제자인 백도완 거사도 폄하하는 분이란 말일세."

천 회장이 길모를 바라보았다.

"거사는 무슨… 관상쟁이가 타이틀에 얽매이면 바로 사이비 되는 거라오."

"들었지? 그래, 홍 부장은 누구 수하에서 관상을 배웠나?"

"만물에게 배웠습니다."

길모는 겸손하게 대답했다.

"만물?"

천 회장이 모상길을 바라보지만 그는 작은 반응도 보이지 않았다.

"독특하군. 하긴 천재는 어느 날 하늘에서 뚝 떨어지는 법이니… 그럼 미안하지만 내 관상 좀 한번 봐주실 수 있겠나? 복채는 원하는 대로 내놓겠네."

"8천만 원짜리 테이블을 차리셨는데 그만한 복채가 또 있겠습니까? 8천을 복채라 생각하고 성심껏 읽어보도록 하겠습니다."

길모, 천 회장의 얼굴에 시선을 꽂았다.

조용하던 모상길의 시선에 불이 번쩍 들어왔다. 승아도 숨을 죽이며 길모를 주목했다.

홍길모!

과연 대물 천 회장을 인연으로 품을 것인가?

『관상왕의 1번 룸』 3권에 계속…

즐거운 인생

미더라 장편 소설

FUSION FANTASTIC STORY

A Bittersweet Life

삶의 의욕을 모두 잃은 주혁.
어느 날 녹이 슨 금속 상자를 얻는데……

"분명 어제도 3월 6일이었는데?"

동전을 넣고 당기면 나온 숫자만큼 하루가 반복된다!

포기했던 배우의 꿈을 향해 다시금 시작된 발돋움.
눈앞에 펼쳐진 새로운 미래.

과연 그는 목표를 이루고
인생을 바꿀 수 있을 것인가!

Book Publishing CHUNGEORAM